阅读之前 没有真相

午夜文库

夏日萤火

谢筠琛 著

新 星 出 版 社　NEW STAR PRESS

第一章

1

早上六点三十分，关月青准时离开家，她的目的地是市里一所重点高中，今天是她上班第一天。从没想过毕业后还会重回校园，何况这次是以生物老师的身份。

进入五月后，夏天的味道越来越浓。关月青打开公交车的车窗，让早晨的清风吹进来，这才感觉有些凉爽。路上尽是些早起赶时间的上班族，关月青默默地看着他们在身边倒退。在休养的这段时间里，像这样风和日丽的天气她肯定还在自家阳台摆弄植物，也许以后只能借寒暑假才能过悠闲的生活了。

今天是她自遭遇车祸以来第一次起这么早。

去年十月，关月青和男友冼驹在旅行途中遭遇车祸，虽然自己只受了轻伤，但冼驹却因为伤势过重，在救护车赶来之前就不行了。尽管身体无恙，可经历了如此不幸的遭遇，关月青还是受到了不小的打击。尤其是在最初的一段日子里，由于过度悲伤，关月青整夜整夜地失眠，愈发严重的神经衰弱让她的身体每况愈下，根本无法集中精神工作。

“不行的话就不要勉强自己。”母亲那时总是这样劝她。

关月青虽然心里不情愿，可她也明白以自己的状态继续工作恐怕是弊大于利。拗不过家人的一再要求，关月青最终还是在十一月初向公司递交了辞呈，回到家中安心调养。

静养的日子里关月青过着十分清闲的生活。作息时间规律，每天都会花些时间收拾打扫，学着做几样简单的饭菜，到了晚上就用阅读打发时间。尽量保持心情平和，慢慢忘却往事，这是关月青能想到的最好的方法了。

闲散安宁的生活一直持续到今年春天，随着情绪日趋平静，即便回忆车祸发生时的情景，她的身体也已经不再有不良反应了。如果身体本能已经能接受，那么人的心理就没必要再囿于困境了。趁着毕业季还没开始，关月青决定尽快找一份合适的工作。

为此，关月青特意回到了曾经的大学。

据她所知，学院的实验室时常人手不足。关月青打算借此机会问问实验室是否需要助理。虽然这不是最理想的工作，但工作内容简单，很适合她这种身心都刚刚恢复的人。

不过，肖馨很快就打消了关月青的念头。

“薪水太少，而且这种工作只要学生来做白工就行了，学院怎么舍得花钱聘用专门人员呢。”

坐在以前上学时两人经常光顾的咖啡店，肖馨一边咬着吸管，一边说道。玻璃杯中的橙汁已被她喝掉了一半。有实验要做的时候肖馨总是化淡妆，今天也一样，身穿一件短袖女式衬衫，下面是一条深蓝色牛仔裤。

果然还是一副学生模样啊，关月青心想。

听到朋友的规劝，关月青也没有感到失望。依当下的就业形势，她早就有碰壁的心理准备。

“不过，你可以试试别的。”肖馨一只手撑在脸颊上，故作神秘地说。

大四那年，肖馨被一家市内外企看中，四月份就入职实习，到了夏天顺理成章地签了正式合同。虽然从事的是和本专业不相关的销售工作，但那年市场形势大好，加上对工作的新鲜感和年轻人不服输的精神，业绩连连攀升，肖馨在职场上狠狠地风光了一段日子。只是从第二年开始，产品的市场反响下滑，公司却没有及时调整战略，几乎是意料之中地陷入低迷状态。由于看不到希望，在伴随公司一起坚守了半年后，肖馨果断递出了辞职申请。

辞职后的她先是在家休息放松了一段时间，接着又用两年来存下的钱做了一次长途旅行。旅途中肖馨也没有停止思考，在分析了当下形势和自身能力后，她认为与其逃离到另一家公司，不如急流勇退，重回校园进修。

借着当年的基础，肖馨突击复习了半年，最后顺利地考上了母校的研究生。仍然是生物学专业，专攻菌类方向。面试通过那天，她还约关月青在学校附近的一家餐厅里好好庆祝了一番。

“我从导师那听说，有所高中现在急需一名生物老师，你不是考了教师资格证吗，我有那边的电话，你要不要去面试一下？”

“人家应该不会要我吧。”

虽说有教师资格证，但当年考证纯属是盲目地从众行为。关月青毕业之后并没有从事过任何与教育有关的工作，现在忽然说要去当老师，她心里完全没有准备。

“为什么？”

“我没有工作经验，而且忽然让我站在讲台面对一群学生，我肯定会紧张得说不出话。”

关月青并没有刻意夸大，毕业后她一直在一家制药企业担任研发工作。在缺少与人交流的环境工作，几年下来她日渐感觉沟通能力大不如前了。

“这有什么可紧张的，那都是一群小孩子，你一个成年人没必要害怕。”

“哪像你说得这么容易。”关月青轻咬着嘴唇。

“你听我说。高中的课程你还记得吧，虽然我们毕业已经这么多年，但课本内容改动并不大，就算没有经验，但我觉得你可以凭着印象去讲课，哪怕是模仿自己高中老师也可以。”

“谁还记得高中怎么上课啊。”

“赶紧回忆回忆，高中课程里最简单的就是生物了，不然也不会到高二才开课。”

话虽如此，关月青却真快忘得一干二净了，努力回忆也只能想起一些模糊的片段。但有一点肖馨说得不错，高中生物课程简单，很多知识到了大学几乎就是基本常识，所以只要是生物学专业出身的人在纯知识层面都能胜任教师的工作。只是教育并非简单的灌输，更需要讲究教授的方式和互动性，一想到这些，关月青仍然信心不足。

“为什么学校会忽然招老师啊？”

教师招聘时间应该会在学年末前后，即使没有从事教育工作，但师大出身的关月青还是对此略知一二的。现在刚进入五月，哪怕说是临近学年末也够牵强的。

“好像是人手不够了。具体是什么原因我也不了解。”

虽然等到夏天结束肖馨才会升入研三，但现在已经可以感觉到日程的紧张了。每天除了上课还要在实验室观察培养皿，做记录，当然导师布置的课题也不能疏忽，总之是忙得不可开交。关于学校招聘的事就是她在实验室时偶然从导师口中得知的，印象中导师好像说了句有人突然离职了，目前仅有的生物老师根本应付不过来。

“你有现在的高中课本吗？”

肖馨摇了摇头。

“我至少要知道他们学到什么程度了才行。”

“喂，基因工程、细胞遗传、有丝分裂那些东西你还记不记得。”

“那当然记得。”

“那就拿出点儿勇气来，面试都有运气成分的，赌一次好了，反正即使没被录取也不会有什么损失。”肖馨说着就拍了桌子一下，玻璃杯里的冰块跟着晃起来。

大学时代，关月青和肖馨不仅是形影不离的朋友，学习上也不分伯仲，扎实稳健是两人共同的风格，只不过肖馨胆子更大些，身上总有其他女孩子不具备的果决和魄力。大二暑假那年，学院安排了野外实习。一个系的人分成几个小组在山林做树种调查，没想到却碰到一条缠在树上的黄链蛇。女生们都吓得退到远处，男生即使知道是无毒蛇也没人上前。就在大家束手无策之际，只有肖馨悄悄从侧面走过去，一把握住蛇的脖子扔进了随身携带的袋子里，让在场的人都看呆了。

“我建议先打电话问问，如果可以，你就说是从我导师那得到的消息。”肖馨认真地说。

“能行吗？”

“有难度就说明有价值，做老师总比当实验室管理员强，这么好的机会劝你别错过。”

“连面试都还是未知数呢。”

“不会有什么损失的，大不了就不去了。我帮你问联系方式。”肖馨放下橙汁杯子。

“我倒不在乎通不过面试，我就怕自己无法胜任这份工作。教师可不是份简单的职业，而且还不知道要从几年级开始，万一让我跟着带毕业班可怎么办。”

被昔日最要好的朋友竭力鼓舞，关月青终于有些动摇了。

“你想得可真多，那都是以后的事情。你先准备面试吧。”

“有什么可准备的，你明明就是希望我带着愚勇去见人。”关月青喝了口奶茶。杯子里的冰块化得差不多了，味道比刚才变淡了许多。

“我可没那么说。”

“但是你已经向我传达出了意思。”

“反正你是同意了对吧？”

“嗯，听你的。试试吧。”

看到关月青点头应允，肖馨从包中拿出便签和笔。她摇摇手示意关月青暂时保持安静，然后就拨通了导师的电话。

电话很快就接通了，肖馨直奔正题，询问起了招聘的事情。她一边和导师说着，一边在便签上记录着重要信息，很快便结束了对话。

当天下午，关月青拨通了电话，另一端传来一位中年男子的声音。关月青表明了来意，对方询问了一下年龄、学历，在大致了解了关月青的工作经历后，提出了第二天上午面试的要求。

为了准备面试，关月青找出了当年毕业时的一件职业套装。虽然不知道学校的面试要求，但穿正装总不会有错。肖馨在面试的前一天打来了电话，虽然无法得知面试的流程，但好歹问来了目前高中的教学情况，这让关月青心里有了几分把握。

那天，负责面试的老师似乎并不在意关月青没有工作经验，只是问了一些有关生物课程的问题，关月青也对答如流，整个过程出奇的顺利。最后，关月青被告知五月十三日正式来学校上课，除了负责两个班的生物课程，还担任其中一个班的班主任。

幸运地通过了面试让关月青感到难以置信，还要负责班主任的工作更是超出了她的预想。在休养的那段时间，关月青曾对未来的工作有过担忧。自己暂时不需要对薪水要求太多，只是想先找一份轻松的工作过渡一下，可一旦开始工作难免会遇到身不由己的变动。没想到先前的担心这么快就变成了现实。

今天，就是关月青第一次走上讲台的日子。

从车站下车，步行大约两百米就到达学校了。这里虽说是重点中学，但规模称不上大，和大多数学校一样，学校的大门建得十分气派，在石质拱门的正中间刻着学校的名字，并涂上金漆。

关月青穿过学校大门，沿台阶而上，映入眼帘的是两座灰色教学楼，右侧是初中部，左侧则是高中部，在高中教学楼后面还有一座规模稍小的实验楼。三座建筑都是六层，在高中楼的第四层有两条空中回廊，将实验楼和初中部连接在一起。也就是说，若是从空中俯瞰，这三座建筑构成的图案就像是英文字母“L”，单看每座教学楼又像是假名“コ”。

关月青走进左侧的高中楼，距离七点半的早自习还有十五分钟左右，不时有背着书包的学生从她身边匆匆而过，楼道内一片嘈杂之声，显得乱哄哄的。

办公室位于三楼走廊正中间的位置，不到五十平方米的样子，有序地摆放了十张办公桌和两个储物柜。办公室前后各有一个门，很明显这里以前是间教室。此刻，几位女老师有的正在对着小镜子补妆，有的则喝起了早餐奶，男老师大都坐在椅子上翻看着讲义。显然，大家各忙各的。至少表面上对关月青这个陌生人没有投入过多关注。

关月青不露声色地左右扫视了一遍，每个老师的桌子上和桌前的地板上都堆满了学生的练习册。想到自己即将开始这样的工作，关月青不由得苦笑了一下。

面对办公室右面墙壁的位置有两张并排摆放的木质办公桌，靠外侧的那一张桌子上空空如也，跟办公室里的格调格格不入，那就是关月青的工位了。

坐在内侧位置的是一位染着棕色头发，穿着入时的年轻女老师，感觉到身旁有人坐下，她立刻收起化妆镜和樱桃红色的唇膏。

“哎，你就是那位新来的老师啊。”她转过头，眼睛睁得老大，长睫毛向上翘着。

被突然一问，关月青马上礼貌地微笑点头。

“怎么称呼啊？”

“姓关，关月青。”

“你以前在哪所学校，怎么跑来这了，看你不像应届生。”她慢悠悠地说。

“以前不是做教师的。”

“噢……”她小心地打量起关月青，“那你以前……”

“就是一般的公司职员。”

她漫不经心地咕哝了一句“哦”，之后仿佛有所察觉似的扭过头，诧异地打量着关月青：“哎，不是教育系统的吗？”

“的确不是。”关月青笑着说。

“那怎么跑这来当老师了？”

“觉得当老师也不错，而且我挺向往回到学校和学生打交道的。”

不知道对方信不信，关月青随口回答着。

“好什么呀，一天到晚忙得不得了。要是遇上不听话又难对付的学生就费死劲了。”

“我还真没想过这个。”

“以后你就慢慢体会到了。”

“但令人省心的学生总还是占多数吧。”关月青微笑着说。

她身体凑近了些说：“你怎么不找一所好学校呢，来这干吗？”

“这里是重点高中，我想无论是学生还是管理都不会差的。”

“那倒是，比别的学校好一些。可是招聘的消息才放出去，我听说负责学校还想等等应届的毕业生，你动作还蛮快的，哪里听来的消息？”

女教师漫不经心地说着，两手开始整理桌上的教材和讲义。关月青瞥见上面都印着“语文”的字样。

“这不就阴错阳差地来了。”关月青讪笑着回答。第一次见面就被问这问那让她觉得很不自在，但若敷衍地太明显又不礼貌，只好说一些不疼不痒的话来回答。

就在关月青寻思接下来要面对什么问题时，楼道里传来了预备铃的声音。

“烦死了，今天是我的早自习。”

这位自始至终都没有自我介绍的语文老师手脚麻利地整理好需要的课本和笔记，一只手抱在胸前快步走了出去，在她身后的空气里只留下浓厚的化妆品味。

随后又有几位老师相继离开，办公室和走廊里渐渐安静下来，偶尔可以听到嗓音尖细的老师的讲课声。

关月青从包中取出讲义和笔记摆放在桌子一角，又翻开课本随意浏览着。按照教学进度，现在她要准备讲授的是基因工程和细菌培养的重点部分。这些内容在大学课程里几乎就是常识，关月青早就烂熟于心，让她担心的是能不能深入浅出地讲给学生听。

办公室最热闹的时刻就是课间休息那几分钟，总会有学生一股脑地拥进来，他们拿着练习册跟老师问这问那，尤其是关月青身后位置的两位数学老师，几乎每节课下课都会被团团围住，反复讲着极坐标方程和相关参数的解法。

但愿这群学生不会对生物学感到触头。关月青在心中默默祈祷。

语文老师那边就是另一番景象了。大概是因为没课，“爱问问题”小姐整个下午都在批阅学生的作业，偶尔会有因为作业的问题把学生叫到办公室问话，这些学生中不少都是那种见到老师就会嬉皮笑脸的问题少年。

“果然高中生不容易对付啊，已经开始懂得和老师打哈哈了，真不明白他们能不能体会到学业的重要性。”

训斥完一名留着三七分发型的男生后，语文老师合上最后一本作业，放到已经堆成一摞的习题册上，然后从包中取出一本铜版纸印刷的时尚杂志，随意地翻阅起来。

关月青并没有接她的话题，此刻她正在为另一件事犹豫不决。

尽管今天没有自己的课程，但身为班主任是不是该去和学生们打个招呼呢？然而左思右想，关月青觉得还是多一事不如少一事。

像今天这种没有课的情况，如果利用课间时间走上讲台，迎接自己的可能不是全班学生齐声问候“老师好”，最有可能出现的画面是几十张不明所以的脸庞和齐刷刷的茫然目光，“这人是谁啊，不会是咱们的新班主任吧，哦，就长这个样子啊，我还以为是个老太婆”。

这样的情景光是想想都让人觉得尴尬。

还是等到正式上课的时候再说吧，关月青做出了决定。

最后一堂课的下课铃在下午五点准时响起，很快办公室外面渐渐变得喧闹起来，背着书包的学生三五成群地从教室拥出来，迅速便占据了走廊。

关月青本打算等学生全部离开后就下班回家了，可是就在挎起包的那一刻，一个念头忽然从她脑子里冒出来：不如去实验室看看。

收到入职通知后，负责人事工作的老师也向她介绍了目前的教学进度和工作安排。再过几周就是理科的会考了，考试内容除了笔试还包括实验。虽说每门课程只考一项实验内容，可由于是抽签决定，高二这一年中学到的实验课程都要重新准备一遍。学生的会考结果会直接决定该学生能否参加高考，事关声誉，学校在这件事上是不会有丝毫松懈的。

由于有空中回廊连接，关月青先沿着楼梯到达高中楼四楼，再从走廊穿行到实验楼即可。

生物实验室位于实验楼的五层，右翼一侧并排有两间朝南的实验室。在建筑的左翼，两间稍大的房间一间用来储存实验物品，另一间专门存放实验器材，主要是类似显微镜、电子天平之类的精密仪器，走廊尽头则是卫生间。在连接两翼的中部位置有一间还算宽敞的房间用来做休息室。

关月青打开一间实验室的门，宽敞教室里的清冷空气立刻让她感觉清爽许多。实验室的窗户没有窗帘，照进来的一道夕阳正落在靠窗的一排实验台上。关月青沿着成排的实验台慢慢走着，手指在老旧的橡胶台面上依次划过。在大学时代，关月青经常会长时间待在实验室，那时主要是在记录数据，观察实验进度，有时忙起来会连饭都顾不上吃。但现在回想起来，仍觉得是一段让人怀念的好时光。

不知什么时候起窗外已经没了嘈杂的声音，整个校园变得极其安静。关月青从一张实验台下抽出凳子，坐下。实验室整齐摆放了四列实验台，每组实验台下面有两张四方凳。这是高中实验的标准配备了，关月青想。

高中的实验课对学生来说意味着躲开了一板一眼的课堂教学，总是受到学生期待。关月青在高中时总以为到了实验室可以创造出什么新奇的实验现象，但到了大学才体会到高中水平的实验充其量只是起到了辅助教学的作用，真正以探究为目的的实验只能在大学实验室进行，动辄观察几十个培养皿的菌落实验高中可没有条件去做。

坐了一会儿，她站起身。该是离校的时候了。

锁好实验室的门，关月青又从右翼绕到左翼，这边的药品室和器材存放室都锁着，但透过门上的一道窄玻璃可以窥见房间内的布置，净是些物品架和玻璃瓶，与一般的存放室配备无异。实验楼的面积和教学楼比起来略小，在连接左翼和右翼的中部还有一间房间，但门上是磨砂玻璃，看不到房间内是什么样子。关月青在楼层内最后巡视了一圈便顺着楼梯下去了。

从实验楼大厅出来，身体立即感受到了傍晚空气的温热。关月青望了眼左面的操场，空荡荡的足球场现在空无一人。她移动脚步朝着右边校门的方向快步走去，就在这时，一声闷响从身后传来。

关月青停住脚步，像是回放一样，脑子快速分析刚才的声音：声音很重，好像是从实验楼后面传来的。

稍微迟疑了一会儿，她最后还是转过身往回走，决定去看个究竟。

然而，当她绕过灰色的墙体，眼前的一幕却令她大吃一惊。

一名穿着校服的男生一动不动地趴在水泥地面，他的头和嘴角都在流血，身下一摊血水把散落在周围的几本教科书都染红了。

关月青倒吸了一口气，尽力稳住情绪。她下意识抬头望了一眼实验楼的楼顶，小心翼翼地走过去，试探着问“你还好吗”。见对方毫无反应，关月青从包中拿出手机，快速按下急救中心的号码，一边等待电话接听，一边往校门口的传达室跑去。

2

魏立行回到家中的时候特意看了一眼挂在墙上的时钟，已经是晚上八点四十分了。

这是一间一室一厅的小型公寓，位于城市西边的一片住宅区，距离上班的地方有点远，好在房租不算贵，适合一个人住。去年秋天，魏立行看过房子后就立即搬了进来，一次性付给房东一年的租金。可能是年纪增长的缘故，他越来越不喜欢与人合租。之前住的地方就是因为舍友时常带朋友回家，他才不堪其扰的。

魏立行没有开灯，直接走进卧室，换上一身宽松的T恤衫和运动裤，然后来到厨房，从冰箱上层拿出一罐啤酒。拉开拉环，铝罐立即发出“哧”的声音。

已经渴得不行的他大喝了一口，细密丰富的泡沫不及咽下就在口腔中纷纷爆开，这才感到比刚才舒服些。

回到客厅，他又重重地坐到沙发上，一口接一口地畅饮起来。若是平时，魏立行很少会自饮自酌，只是今天从下午开始就感到心烦口渴。结束了一天的工作，回到家中能好好喝上一杯才让疲惫的他感到些许的放松。

魏立行抓起茶几上的遥控器，打开电视机，节目中一个最近走红的年轻歌手正在说着出道以来的感触，没多会儿音乐响起，画面变成他唱歌的样子。

随意切换着频道，晚上这个点儿播的大都是一些无聊的肥皂剧。屏幕的亮光在黑暗的客厅一闪一闪，不知过了多久，频道转了一圈，刚才那个歌手又出现在画面中。

这下，他索性关上了电视机，房间再次归于平静。他摘下眼镜扔到茶几上，舒展着四肢靠在沙发上继续喝起酒来，好像这样才能消除疲劳。今天一早就赶去教委开会，散会后也没能马上回家，长时间在外面处理事情，不论是身体还是心理，魏立行都感到格外疲惫。

酒还剩不到一半的时候，身体有了些力气，但魏立行也不打算找点儿什么事儿做。正盘算再去厨房拿啤酒时，放在玄关鞋柜上的手机发出了刺耳的震动声。

谁会在这时候打电话呢？

魏立行走到玄关处，拿起手机，来电显示的名字令他眉头一皱。他按下接听键，将手机贴在耳边。

“喂。”

“你干什么去了，给你打电话一直没人接。”电话里的声音带着不悦。

魏立行这才想起来手机还一直处于震动模式。

“校长，今天开教研会，我把手机调成震动了，一直没有改回来，真是对不起。您找我有什么事？”

“不是小事儿。你听好了，你班上有学生死了。”

“是谁？”

“叫韩立洋，从实验楼上跳下来了。”

“这是什么时候发生的？”

“今天放学后。被发现后立刻叫了救护车，但是在去医院的路上人就已经昏迷了。”

魏立行仔细听着，生怕错过什么关键信息。

“先等一下，校长。我不太明白，如果是静校之后跳楼那是怎么被发现的？”

“有个老师走得晚，刚从教学楼出来就听见有东西从高处摔下来的声音，没想到是个人。学生家长从刚才就一直给你打电话，没人接最后只好打到我这了。我刚从医院出来。”

“是哪家医院，我这就过去。”

“不用来了。我刚才想了想，你不来的话反而更好。”

“啊？”魏立行愣住了。

“你没看见刚才在医院的场面，那两人已经失控了，像疯了一样。尤其是妈妈，一边号啕大哭，一边朝我喊要我解释这是怎么回事儿。”

“很严重吗？”

“当然了，独生子死了。”

“能说一下具体情况吗，我想有个心理准备。”

“具体的我也不了解，我联系不到你，就让政教处的几个人先过去了，反正他们哭着喊着说这是学校的责任。不过咱们的人也不傻，既然是放学后发生的事情，又没有确凿的证据，说什么都不能承认和学校有关。”

“真是对不起。那今晚有什么需要我做的吗？”

“太多了。”电话中的声音加重了语气。“你现在要做的就是仔细想想这个韩立洋最近有没有什么反常的行为，或者有没有情绪波动。最重要的是，最近有没有老师严厉地批评过他。明白吗，尤其是最后这一点很重要。”

“校长，既然是学生自己跳楼，我们不用担心这些细节吧。这件事和学校没有关系。”

“你是这么认为的，我也是这么认为的，但是学生家长不会这么想。他们只会觉得孩子死在了学校，那学校就要承担责任。现在的这些家长他们都把学校当成了幼儿园，把孩子送到学校，就要享受二十四小时的保护和照顾，发生任何事情都要由学校来负责，但这是不可能的。总之，你先好好想想，明天学生家长一定会来学校，你要提前做好准备。当然如果真是他自己的原因就最好不过了，但是现在谁也不敢贸然下这个结论。”

“我知道了。”

校长王珺的一番分析打消了魏立行心中全部疑惑。

“你明天有课吗？”

“全天都有。”

“早点儿过来。他们肯定会一早就来学校的。”

“好。”

“那就先这样吧。”

“校长再见。”

挂断电话，房间里立刻恢复了先前的平静，黑暗中只有手机屏幕亮着光。魏立行轻轻按动键盘，屏幕上显示一共有二十多个未接来电。

政教处的那几个老师都是善于察言观色的老油条，今晚他们一定能把事情推诿过去，但是韩立洋的父母绝不会因此而退缩，明天他们来到学校会不会有新的说法了呢。在这种情况下，只要认定是学校的责任，不顾一切地制造出证据也是有可能的。这可比毫不讲理的哭闹还要麻烦。

魏立行把手机放回柜子上，脑海中慢慢浮现出韩立洋的相貌。片刻，他将啤酒罐抵到唇边，一仰头将所剩的酒全灌进了嘴里。

第二天一早，魏立行便来到学校。

穿过校门，走上几节台阶，左前方的高中楼是他授课的地方了。

五年前，魏立行来到这所学校，成了这里的一名生物老师。从那天起他就开始了每天与学生、粉笔打交道的生活。超乎他预料的，这份工作一干就是五年。

其实在两年前他曾有过一次辞职的念头。工作已经满三年，职业的倦怠期如约而至，虽不明显，但只要是站在讲台，魏立行还是能够体会心境的细微变化的。几年来重复讲述着相同的内容，可学生却一届不如一届，体会不到新鲜感和教学成就都令他看不到未来和希望。有时候他也想消极面对就可以了，然而教师的身份像是在提醒他一样，不时让他决定再坚持坚持，哪怕只是讲课给自己听也好。

说起来，教育岗位的工作有利有弊。由于经常需要大声说话，咽喉不适几乎是教师的职业病，如果赶上带毕业班，更是要陪着学生辛苦一整年。至于利，就是寒暑两个假期了，能够在假期自由出行这一点让许多其他行业的人都羡慕不已。另外，工作相对稳定，也是优于其他行业的。但也只是稳定，要知道一个人的工作环境囿于校园，时间久了难免会和社会脱节。

人对于职业始终要做长远的考虑，如果工作热情逐渐消退，却还找不到足以说服自己留下的理由，是不是就应该考虑换份工作呢？毕业后这几年，魏立行和昔日同学已经很少联系，只是偶尔通过网络能够了解其他人的状况。尽管内心排斥比较，可看着别人的事业风生水起，心里的不甘又对当下这份工作产生了动摇。在去留之间徘徊让魏立行困扰了好久。

可就在他犹豫不决的当口，新校长的到来最终让他决定留下来继续任教。

魏立行记得王珺刚一到学校就表现出女强人的一面，她先从教育局那里申请了一笔资金，把学校从里到外翻新了一遍，专门移植了广玉兰和五角枫在校园内间种。打造出“花园式”的校园环境后，在薪酬方面也大幅追加了教职人员的福利，一时间学校的老师们都充满了干劲。

魏立行环视了一下西式风格的校园，想起了昨晚王珺说的那些话。这里俨然成了她一手筑造的城堡，当然是要尽全力守卫。

一进办公室魏立行就看见马震和史磊正在聊天，现在刚刚早上七点，办公室里除了有他们两个，还有三位女老师在。

魏立行来到自己的办公桌前，坐在旁边的马震转过头开口道：“昨天你班上的学生跳楼了。”

“消息传得够快的。”魏立行苦笑着，把挎包放在桌子上。

“我也是碰巧听说的。”

“怎么个碰巧法？”

“来时听传达室的保安说的。”马震轻描淡写地说。

“真是坏事传千里。”

“死的是谁啊？”

“韩立洋。”

马震发出一个长长的“噢”，恍然大悟的样子。他是韩立洋的化学老师，但对其印象谈不上深刻。成绩处在中游，看上去貌似机灵，却总不愿踏实努力，这样的男生在高中似乎很多。

“为什么要跳楼？”史磊问。

“谁知道呢，现在的学生整天神神秘秘的，不知道他们都在琢磨些什么。”

魏立行叹了口气：“我昨天也想了很久，不明白为什么会这样，他平时看上去没什么异常。”

“肯定还是有原因的，只是我们看不到罢了。”

“要我说，八成是遇到什么困惑了。这个年龄的学生最容易走极端，小题大做，胡乱猜想。没准是遇到了什么想不开的事情，就爬到楼顶纵身一跃。”

“比如说？”

“比如说感情方面的。”石磊的小眼睛不住地眨巴。

“他？会吗？”马震反问。

“怎么不会，他那种男生太正常了。”史磊停顿了一下，“是那个挺高挺瘦的吧，我高一时教过他。”

史磊教的是政治课，但文理分班之后韩立洋便不在史磊负责的几个班里面了。

“不，我是说，女生会对他产生感情？”

“就是因为不会才想不开的。不要只看外表，他们正处于青春期，这太正常了。你说呢，魏老师。”

魏立行无奈地笑笑：“从昨晚到现在我都一点头绪也没有。我以为作为班主任我比较了解学生，可是现在才知道这种‘了解’太表面了。”

“你昨天就知道了吗，学生家长找到你了？”马震继续问。

“嗯。”

“王珺知道了吗？”

“她知道。”

魏立行本不想扯出王珺，看来是不行了。

“她说什么了？”史磊拽着椅子凑近了些。

魏立行瞟了眼坐在远处的几个女老师，她们似乎并没有在意这边的谈话内容。

“她很吃惊，但是打算静观其变。”

“也对，这事和学校无关，主动反而不利。这学生真是麻烦啊，连死都要带来这么多问题。”

“发生这种事他家里才是最难受的吧，他好像是独生子。”马震打了个哈欠。可能是办公室人还不多，他把嘴张得老大。

“多可惜啊，年纪轻轻选择了这条路。”

魏立行点了点头。

昨晚，王珺说过今天韩立洋的父母要来，他们会说些什么呢。正承受丧子之痛的父母如果大声质问，自己该如何回答。说是做好准备，可是这种事谁也不会轻易碰上，能做什么准备呢。从昨晚到现在，魏立行能做的只是让自己尽量保持镇定。

“马老师精神不太好啊。”

“昨天晚上一直陪孩子玩儿，睡得有点儿晚。”

魏立行瞧了一眼马震桌上的相框，上面是一个穿着向日葵婴儿服的男孩。

“几岁了？”方海明问。

“三岁。正是开始调皮捣蛋的时候。”

史磊拿起相框端详起来，笑着说：“注意身体吧。”

马震一只手按在腰部凸出的赘肉上，故意做出很虚弱的样子：“不行，越来越虚了。”

“真的吗，是最近太累了吧。”魏立行问。

再过不久就是理科会考，最近理科班的老师们的确都在超负荷运转。

“有一点儿。也不知道怎么回事儿，感觉体力不如以前了。”

“马老师应该注意锻炼，健身房最缺少你这种知识分子的潇洒身影。”

谈话气氛开始转向轻松，魏立行不由得笑起来。

这时，魏立行的手机响了，他瞥了一眼屏幕，立即接听。

“喂。”

“第一节有你的课吗？”

“没有。”

“来我这边。快点儿。”

“我知道了。”

挂断电话，魏立行发现身边二人正一齐盯着自己。

“校长找我。”

魏立行匆匆来到校长室外，敲了敲门，听见一声“进来”后便推门而入。

王珺正坐在对面的办公桌后面，房间右侧的沙发上还坐着一对中年夫妇。三个人的表情都很严肃，房间内气氛异常。

魏立行认出那是韩立洋的父母，他们脸色很差。他向二人微微颔首致意。

“你先坐。”校长指了一下右前方的沙发。

虽然已经做过好几次预想，但真正与韩立洋父母相对而坐还是让魏立行一阵紧张，目光都不知该落在何处，最后只好看着褐色的茶几。

“让你来是想从你这了解一下韩立洋在学校的情况。刚才他们也提出了一些疑问，作为班主任，还是你来回答更合适。”

"您有什么想了解的尽管问我。"

"魏老师，我不觉得我儿子会自杀。昨晚我和孩子母亲检查了韩立洋的遗物，没有遗书，这不可能是自杀。所以我想问问，他是不是在学校遇到什么事情了。你是班主任，应该对学生有一定的了解。"

"我知道这件事后也很吃惊。"

"你已经知道了是吗？昨天给你打电话一直都没人接，我还以为班主任失踪了呢，需要你的时候连人都找不到。"说话的是韩立洋的母亲。

魏立行的视线在两人脸上来回扫过。一边是脸色阴沉的男人，一边是面带怒气的女人，一股压抑感扑面而来。对话就在这极差的前奏下开始了。

"昨天在开会，错过了你们的电话真是对不起。"魏立行赶紧低头道歉。

"你开会开到晚上啊。"

"之后是我错过你们的电话，是我疏忽了。"

但对方似乎并不领情，从鼻腔重重地"哼"了一声，板起脸扭向别处。

"魏老师有工作可以理解，我们先不谈这个。你刚才说对韩立洋的死感到意外，这也是我疑惑的地方。我孩子早上还好端端的，到了放学就死了，我很好奇他在学校的这段时间里经历了什么。我不相信他是自杀，也知道学校这边是不会轻易承认他是被谁害死的。所以我刚才已经和校长表达过我的态度了，找出线索，如果确实发生了什么和他的死有关的人或事，我要把他找出来，不然作为一个父亲我是不会罢休的。虽然现在我可以坐在这心平气和地和你们谈，但是其实我的忍耐早就到达极限了。不瞒你们，我从昨晚到现在都没睡过。"父亲韩厥两眼带着血丝，目不转睛地盯着魏立行，像是催促他做回答。

“我觉得他最近……”魏立行向上推了下眼镜，略微想了想，“没有什么不寻常的地方。”

“会不会是有哪位老师批评过当了，如果有这种事的话请如实告诉我。”

虽然料到会被问到难以回答的问题，但没想到对方问得这么直接，或许是那些无聊的客套话已经让王珺说干净了。

印象中，韩立洋家中好像在经营建材方面的生意，家境比较富裕。韩厥已经发福的身体端坐在沙发上，显得十分厚实，polo衫乍一看还算整洁，可衣领处仍有些褶皱。

“据我所知，没有。他虽然称不上出类拔萃，但学习一直在中上游，也比较稳定，不是那种让老师费心的学生。其他课程的老师对他的评价都不错。”

“魏老师这话是对所有老师而言吗？”

“就我所知，是这样的。”魏立行并不回避对面投来的目光。

“那我儿子为什么会死？”

“这……”

“说这些话没用，你也不用问他们，老师怎么会真的了解学生？就算你们了解，我儿子还是死了，这不是更讽刺吗！”

说话的是韩立洋的母亲，魏立行对她印象不多，可现在也能感到对方是不依不饶，全力进攻的主儿了。

“除去教课，我确信我是平时比较关心学生的精神状态的老师。”

“也许是学生自身的困扰，现在的学生心智发育早就超过以往了，会不会是遇到了什么不顺或者是面对升学压力什么的？”王珺试图把话题引向别处。

“那不可能，我儿子心理素质很好，我对他的未来很有信心。就在上个星期他还信心十足地对我说有把握考上重点大学，所以我更不会相信我儿子是自杀。我认为只要高三这一年扎扎实实地准备，他考上国外的名校也是有可能的。”

家长眼中孩子都是万里挑一的，家长过分高估学生能力的情况数不胜数。然而韩厥这么说并非全是他一厢情愿的美化。最近一段时间，韩立洋的一言一行都带着前有未有的自信和欣喜，“有信心考上重点大学”这句话也确实出自他口。

“只要全力以赴，高三这一年是可以改变很多的。”魏立行顺着他们的意思应承着。

“还有件事说出来对学校可能会不好，但我觉得还是有必要说出来。我认为学校在这件事上存在不可推卸的责任，为什么会让学生出现在天台呢，那种危险的地方不是应该锁起来吗？”

“三栋建筑中只有实验楼通向天台，如果危险也是韩立洋自己上去的。而且当时已经放学了，没人想到他会去那儿。”王珺说。

“你是说一切都是他自己的意思？是他要自杀？学校不用承担一点责任？”齐洁一下坐直身体，瞪着王珺大声质问，眼白上的血丝都暴露无遗了。

“学校有义务杜绝各种安全隐患。我觉得应该锁起来，正常情况都会这么做。”

“是应该锁起来，但是没有锁并不代表是学校造成了这次的事件。实际上，禁止私自去天台这样的规定老师会在日常生活里反复和学生强调的。”

“这一点我可以保证。”

“那为什么我儿子会上去？”

“学校是不可能做到二十四小时监护一个学生的。”王珺说。

“这是在撇清责任吗？”

“如果的确是学校监管不力，那么这次事故的责任一定会由学校来承担。可这不等于学校得盲目承担一切责任。从现场看也很难断定韩立洋的死亡原因，既然这个问题存疑，我们双方都不要急着下结论，也不能强行要求哪一方必须承担责任。我从事教育工作二十多年了，高中阶段的学生有时候我和我们表面看到的并不一样。”王珺看着韩立洋的母亲，“就像您刚才说的，老师不一定了解学生，其实有的家长也不是很了解孩子。”

“我们了解。”韩厥口气十分坚决。

王珺无话可说。

韩厥厚实的身躯靠向沙发，双臂抱在胸前，随着呼吸一上一下急促地起伏着。“我们只有这一个孩子，他不明不白地走了，我和他母亲无论如何也接受不了。今天的谈话我也并不满意。我们是带着疑问来的，可学校不但解决不了，还让我感觉根本就不愿意解决。如果这样的话，我们也只能从韩立洋平时关系不错的同学那里试试能不能找到什么答案。”

“我昨天就说立即报警，你还非要来这里浪费时间。”

“事情还没到这一步，你们希望学校怎么解决这件事。”王珺十指交叉放在桌上。

“我只想知道为什么我儿子会死。”韩厥一字一顿地说。

“学校并没有推卸责任的意思，只是很多事情学校这边也不了解。现在我们都不能对他的死做出一个合理的解释，不停的争论也不能解决问题。事已至此，我觉得最有可能发现他死亡原因的其实还是你们。”魏立行赶紧试着安慰。

“回去吧，今天就不该来。说什么都没有用。报警吧，快点让警察处理。”说着，齐洁已经做出要走人的架势。

“王校长是什么意思呢？”

“依现在的情况看，我们谁也无法轻易对韩立洋的死下结论。我觉得你们还是再看看他的遗物，看能不能梳理出什么线索。”

王珺还在试图争取回旋的余地。

“我觉得也是，或许能找到些痕迹。”

“也就是说还是他自己的原因？再说一遍，说他自杀我们没法接受。”

“因为学校这边的确是没有任何能够说得通的结论。”魏立行说。

“既然学校无法给出一个让人信服的结果，我们准备让警察调查。”韩厥坚定地说，像是终于亮出了最后一张牌。

“那好吧。既然当下的焦点是死亡的具体原因，交给警察处理是最好的方案。我们就耐心地等待结果。”能够感觉出不情愿，但这是王珺现在能说出的最体面的话了。

直到二人愤愤的背影离去，魏立行绷紧的神经也没有放松下来。谈判不和是因为自己弄巧成拙吗，况且自己的上级刚刚也被这对夫妇摆了一道，是不是接下来所有的不满会转向自己而来呢？校长室重新归于平静，魏立行却不知道该如何开始话题。房间里，两个人都不说话，王珺思独自索着，手指有节奏地敲着桌面。

“校长，没事的话我先回去了，下节课是我的。”等了好一会儿，魏立行主动开口了。

“嗯，快去吧。”但王珺马上把走到门口的魏立行又叫住了，“这件事不要再让更多的人知道了，尤其是学生，让他们把精力放在学习上。”

怎么可能，这么小的学校能有什么事是传不开的吗？魏立行心里暗想。

他点头应承着，推门离开。刚在走廊走出几步，身后就传来了王珺的喊声。

“等一下！”

3

“先等一下。”

听到下课铃声，关月青拿起黑板擦，麻利地在黑板上擦出一块儿干净的地方。“关于伴性遗传的问题，我多讲几句。一会儿再下课。”

尽管拖堂已成定局，坐在教室后排的几个男生还是不耐烦地合上了课本。他们的心思已经不在课堂上了。

“已知家兔的黑色毛与褐色毛是一对儿相对性状，有A、B、C、D四只家兔。A和B是雄兔，C和D是雌兔。A、B、C是黑色毛，D是褐色毛。已知A与D的后代全部是黑色毛子兔……”

关月青一边侧身在黑板上写下遗传图解，一边频频扭过头为学生进行详细讲解。

就在昨晚，她还在思索该如何克服紧张感与学生畅通交流，然而就在课上到三分之一的时候她就发现自己完全是多虑了。

与其说这些学生是在认真听课，不如说是机械地接受更为合适。一开始关月青还因为数十双眼睛一齐注视着自己而倍感紧张，渐渐地她开始明白那些看似专注的目光只能算是一种徒具其表的“礼节”。不论关月青多么生动的讲解都很难从学生的眼神中捕捉到灵动的反馈。师生间的眼神交流几乎成了关月青的奢望。

“这个好难啊，老师，我们还没学过概率统计呢。”

坐在最前面的一个男生开始大声抱怨。他不仅是说给关月青听，更希望自己的想法得到全班的支持，鼓动大家一起抵制这次拖堂。

“没学过也不要紧。根据有丝分裂的特点，每一代都只能得到亲代一半的遗传基因，只要按照二分之一的概率计算就行了。这可比概率论简单多了。”

“并不简单啊，老师觉得简单是因为您是过来人，我们可不行。”

不知道是藐视新老师还是成心捣乱，男生开始讨价还价。看来，对方是打定主意破坏纪律了。

“我刚才不是一直在讲吗，你们有没有认真听课？”

“老师讲得太抽象，这些问题在实际生活中根本就用不到。”

“对啊，一点儿用都没有。”越来越多人加入进来了。

第一天讲课就碰到问题学生，可关月青并不想着急。

“说没用是因为还没遇到问题。试想一下，如果是在医疗条件不允许的情况下，要快速判断某种遗传病的遗传概率，这是最简便的方法。而一旦查出问题的根源，医生可以尽快采取有效的治疗方式。”

“现在科技这么发达，哪还会有医疗条件不允许的情况。”

“比如非洲，比如封闭的山区。医疗设备不是人，不会长出腿到处走。分析遗传概率对于医疗工作有很大帮助。”

“但是如果将来不想当医生就用不到了啊。”

“同样用得到。”关月青大声说，“假如你们将来谈恋爱结婚，遇到对方家中有色盲症、血友病等遗传病史，可以通过计算得出下一代患病的概率，这样可以提前决定是否要领养。”

“老师太残忍了。真爱就是即使知道对方有病也要一起把孩子生下来”“现在班上就有人在谈恋爱，老师你快给他们算算吧”，起哄的声音越来越多。

“都给我住嘴！你们懂不懂课堂纪律！”关月青严厉地喊道。

关月青早想过捣乱的学生会得寸进尺，却坚持认为该宽容待之。现在，她终于忍无可忍了。

“就算以后在实际生活用不到，你们即将面对的高考总会考到这部分。为了你们的将来现在也要把遗传规律熟练掌握。现在开始随堂测验，每人拿出一张白纸，快点儿动起来！时间由你们自己掌握，先答完的可以自行下课！”

讲台下不再有人反抗，取而代之的是一阵“呼啦”声，夹杂着几声哀叹，但关月青决定无视这些情绪了。

拖堂一直持续到下节课铃声响起，收完最后一份测验关月青才离开教室。一回到办公室，她就看见桌子正中放着一张巴掌大的四方便签。上面写着下课后请速去校长室的字样。

是要问昨天的事情吗？回想起现场的画面，关月青背后汗毛倒竖。

校长室位于初中部的顶层中部，是一间背阴的房间，一过正午，房间内便渐渐陷入黑暗。王珺刚来的时候曾有人建议在低层向阳的地方腾出一间办公室做校长室，不仅采光好些，也方便进出。但这个提议遭到王珺的拒绝。她好像本来就对高的地方情有独钟似的，平时都在办公室内安静工作。天气好的时候王珺也会走出来，一般就是站在走廊里仰头望望天空。

穿过空中回廊到达初中部，又上了两层楼梯，关月青来到了校长室门外。朝阳斜斜地照进楼道，可以微微感觉到空气中的热度。

校长室的门虚掩着，里面传出谈话声。关月青轻轻敲了两下，听到王珺的应允才推门进去。此时，房间内还有另一位年轻人，两人目光相接时都是微微一怔。

“随便坐。”王珺指着前面的沙发。

“这是昨天跳楼学生的班主任魏老师。”王珺指着魏立行介绍，转而又对魏立行说：“这就是昨天发现学生的老师，她也是咱们新招来的生物老师，以后你们一起负责年级的生物课。”

魏立行点点头。

“那学生怎么样了？”关月青问。

“医生来时就不行了。”

这个答案并不让人意外。昨天现场的情景就让人隐约感到机会渺茫，可关月青还是希望人还活着。现在她只是觉得有点惋惜。

“那么年轻就……”

“你详细说说事情的经过吧。我都没来得及问，你是怎么发现的？”

“昨天放学后我从实验楼出来就听见后面有东西摔下来的声音，我绕到楼后面就看见一个学生趴在地上。”

“当时几点？”王珺问。

“我记得离开实验室时是五点半，下楼用不了多长时间，大概五分钟吧。”

关月青的语气介于推测和询问之间。王珺没有说什么，魏立行却在意起另一个问题。

“昨天没有实验课，你去实验楼干什么？”

“我想去看看，了解一下实验室的情况。这学期不是还要准备实验考试吗。”

话一出口，关月青顿时后悔。明明自己是刚刚入职报到的新人，却还对实验室水平挑这挑那，实在欠妥。不过，王珺似乎没心情体味这些细枝末节。

“结果就碰上了这种事。”王珺抱着胳膊，轻轻笑了一声后，向柔软的椅背靠去，跷起二郎腿，“还看到别的什么人了吗？”

关月青摇了摇头：“没有。”

王珺垂首思索，半晌，抬起头问：“摔下来之后呢，有没有留下什么话？”

“没有。我叫了他几声，可是一点儿反应也没有。他流了一地血。”

“后来呢？”魏立行问。

“我叫了急救，又去传达室那里找来保安。我们守在学生身边一直到救护车来。”

本来关月青是希望保安能抓紧时间采取简单的急救措施，没想到那个保安赶到现场后连凑过去看上一眼的勇气都没有，倒像个旁观者一样问了关月青一堆问题。在得知关月青已经拨打急救电话后，他便更加心安理得地站在一旁安心等着救护车的到来。

一开始关月青还建议需要确认一下学生是否还有心跳，可是保安却表现出一副内行人的样子，坚持不能随便移动尸体。他显然是已经认定对方死亡了。

大约过了十五分钟，一辆救护车才鸣笛赶到。从车上下来的医务人员抬头看了眼实验楼的高度便立刻开始检查伤势。

按常理来讲，从六层楼的高度跌落，如果是水泥地面，生还的可能性几乎为零。所以尽管韩立洋还有微弱呼吸，内出血和内脏震伤随时都会要了他的命。硬撑着被带到医院抢救也只是走个形式，死亡对他来说仅仅是时间问题而已。

最终韩立洋还是被急救人员用担架抬上了救护车。关月青则在一旁把散落的书本收拾好，塞进书包里，交给医务人员一起带走了。

“现场有没有留下什么东西，比如说遗书纸条之类的？”王珺坚信如果能在现场发现可以证明自杀的物证，一切问题就都迎刃而解了。

关月青微微侧首，试图从回忆的画面中过滤出不寻常的细节，可惜毫无收获。

看到关月青又一次摇头，王珺不再追问。

“真麻烦……”王珺像是自言自语，然后又开始思考。

“我觉得没什么，虽说没有证明自杀的证据，但不能认定就是他杀。反正从现场的描述来看，学校没必要对这件事负责。如果有警察找你们了解情况的话，你们如实说就行。”

“警察？”关月青有些吃惊。

“学生家长说要报警。不过这样倒好，反正警察也查不出什么，到时候他们就一定会死心的。”

接着，王珺又大谈特谈起来，内容无非是当下的教育制度僵化之类的。在市场化的影响下，学生家长也变得比以前更加嚣张，一副消费者姿态，从心理上就蔑视学校，以为只要花钱一切都是理所当然。教育成果每况愈下，这其实都是学生家庭造成的，可是承担指责的却是学校，教育工作者的地位已经大不如前了。

此番牢骚，魏立行已经听得耳朵都起茧子了，但也依然耐着性子不时跟着附和一声。关月青虽然不是很明白状况，可眼看着谈话渐渐偏离主题，身为新人只好耐心地听下去。

抱怨持续了大约二十分钟，王珺终于突然停下来，问：“你们上午没课吧。”

“第二节课是我的。”

“我也是。”

“那你们赶紧回去了吧。”

走出校长室几步，两人都如获新生般地松了一口气。

“你怎么来这当老师了？”魏立行快速打量了关月青一番，一身休闲装扮，黑色长发只是简单地扎起来，但她似乎变得更加成熟了。

“怎么了，不欢迎啊。”关月青笑着反问。

“说什么呢，只是很好奇而已。”

“我也没想到有一天还会走上讲台。”关月青晃着两只白胳膊。

大学时代，关月青和魏立行是生物系的同级生。虽然分在不同班级，可系内的课程都是一起安排的。谈不上相熟，他们只能算是点头之交。刚才在校长室刚一照面，两人就立即认出了对方。

“你之前在做什么？”

“在一家制药公司，做研发方面的工作。”

“干腻了吗？”

“也不是。前段时间身体不太好，休了个长假。这次出来也没有特别想要继续之前的职业，换个领域试试，如果不行的话我就再做回老本行。”

“制药公司啊，那可真不错。具体是哪一家呢？”

关月青报上了名字，魏立行马上投来钦佩的目光。这家药厂在同行业中也算小有名气，一直是毕业生的理想选择之一。

“想不到你毕业之后去了那里。”

“毕业那年算运气比较好。”

“做研发应该比当老师要好。”

关月青无奈地笑了笑。以前经常有人对她的工作表现出羡慕之情，甚至入职之前自己也曾以为今后就可以穿着白大褂每日坐在实验室心无旁骛地做研究，可事实却不是这样。任何工作一旦深入了解都能找到一万个让人离职的理由。

“别人的工作看着都比自己的强。”

“不是吗？”

“太枯燥了。每天都在和试剂打交道，小白鼠就是最好的朋友。”

“那是你心还不静不下来。小白鼠总不会不听话吧，等你被学生烦得连口水都喝不上时你一定会想念小白鼠的。”

“别吓唬我！”关月青装出可怜的样子。

“是真的。”

“没有百分百顺心的工作。”关月青说，“那你呢，你什么时候来当老师的。”

“毕业之后就来了。”

“硕士毕业？”

“不是。本科。”

“啊？”关月青满脸惊讶。

“后来没读。”魏立行回答。

以全系第二的成绩进校，在之后的日子里也从没跌出过前十名。无论什么时候总能在自习室看见魏立行的身影，整个大学他给人最深的印象就是刻苦。大四冬天，魏立行拿到了学校的保研资格，但这件事传开后也没什么爆炸性的效果，可能在大家的心里早就知道会是这个结果了。

“真太可惜了。”

“也没什么。就算去读研了，现在也还是要出来工作，我不认为我会一直待在研究领域。既然本科毕业就能找到工作，那何必再浪费时间。”

“你现在是班主任了吧。”

“第一年就是了。这里老师并不多。”

“我也是，我都没准备好。”关月青说。

“恭喜。”

“得了吧。”听出来是反语，关月青立即制止，“你倒是跟我说说，当班主任都要做什么，我可是一点儿准备都没有。”

“不需要准备，就是比一般任课老师多操心学生的生活，还有要对他们的学习状态有准确的把握。做到这些就可以了，你管得太多自己会累，也不会有什么成效，毕竟学习这种事儿还是要靠他们自己。”

要说做班主任的经验，魏立行并非没有什么值得分享的。班主任的工作并不意味着复杂和高难度，倒更让人感到琐碎，把将近五十个学生的情况时刻放在心上，需要付出的就是体力和精力，除此之外没有其他。因此，从工作强度上看，班主任倒成了体力活。而且根据他的观察，有没有担任班主任的区别其实并不是工作中，而在于工作之外。普通的任课老师相对更自由，假期除了可以忙自己的事情，也能在外面担任辅导老师为自己增加些收入。

“你一开始就是这么想的吗？”

魏立行想了想。“那时候好像根本就没想。反正一旦开始工作就知道自己该干什么了。”

“我是说一开始就认为学习主要是靠自己吗？”

“那倒不是。”

那么是从什么时候开始的呢，被这么一问，魏立行发现自己也没有准确答案。印象中刚刚走上讲台的时候自己是把每一个学生都当成充满希望的骄子的，为什么现在会只凭印象就将他们区别看待呢？

魏立行本能地感到造成这种改变的并不是这几年的执教经历。若要深究根源，或许这种认识早就埋藏在自己的认知模式当中了，也就是来自多年学习经历中对身边事情的耳濡目染。

“像你这么聪明，学习肯定是不成问题。”

“学习都要付出努力的，任何人都一样。你之所以这样说是因为你没看到我的付出。”

“别谦虚。不同的人付出的程度也是不一样的。像我就只能靠反复积累。”

“你是说大学时吗？”

“嗯。”

“单靠努力也不错啊，越努力越幸运。”

魏立行记得关月青过去的成绩在系里也是排在前面的。

“对了。”关月青好像想起了什么，“为什么学校会突然招生物老师？”

“之前负责的生物老师提前退休了。你应该见过吧？”

“没有啊，为什么？”

“听说面试的时候他也在场。”

关月青回想了一下面试当天的事。“只有一个女的，看年纪不像是要退休的。”

“那就是没去。退休的生物老师是个老大爷。”

也不知为何，关月青笑了起来。

“你不问问为什么退休吗？”

“退休不就是退休吗？”

“当然不是。”魏立行被关月青的天真表情逗笑了，“一般来说是不会在学期中退休的，但是他的身体不太好，实在是讲不动了。从这学期开始就经常由我帮着代课。”

“我又不了解。在我看来都是平常的事情，只有你这种有工作经验的人才能发现不自然的地方。”

关月青双手背在身后，迈起轻快的步子，扎起的马尾在后面一跳一跳的。要是以她的个性，就算在学校工作了很久也不会注意到有同事突然离职。她本来就不是把注意力浪费在别人身上的人。

“没想到来这里还能遇到同学，你工作这么多年以后还得多请教你。到时候别不理人啊。”

“你尽管来找我就行。”魏立行笑着回答。

走到空中回廊时，一阵晨风从侧面吹来，关月青只穿了短袖T恤，胳膊上激起一层鸡皮疙瘩。在四层楼高的地方风还是挺冷的。

“昨天没有生物课，你怎么还来学校呢？”魏立行问。

“第一天报到啊。说是没事儿就可以早走，但我总觉得不好。”

“你放学去实验楼干什么，一般没人去那边。”

“我就是想看看实验室什么样子。”关月青倔强地皱起眉头，仿佛是在抱怨自己运气不好。

“你不知道实验室是校园怪谈的主要背景吗，一个人跑去那里不出事儿才怪。”

“这能怨我吗，我哪知道会发生这种事儿。”

“你是什么时候去的？”

“快放学时。”

“钥匙是哪来的？”

魏立行对同学的行动愈发感到好奇。没有实验课时候，实验室都是锁起来的，如果有实验课也得提前申请才能使用。

关月青脸上浮现出意味深长的可爱笑容。“我用废银行卡打开的。”

“你……”

“怎么啦？”关月青得意地眨着大眼睛。

用银行卡开门这种技能她在高中时就练得炉火纯青。起初是因为要回教室取忘记带的作业，到了后来心烦意乱的时候也一个人会溜进教室安静一会儿。

“算了，我无话可说。”

关月青忍不住笑了出来。

“然后呢，实验室合你心吗？”

“不如咱们大学的，但是以高中的标准而言合格啦！”

“不行，只有两间实验室，太少了。遇到重要的实验得连着排上几天的课才能所让有的班级轮一遍，很麻烦。”

正因如此，一些观察性的实验有时候干脆就略过了。虽然这里是重点校，但毕竟是小规模，在教学工作上总会有差强人意的地方，难以和生源多的名校相比。

“我听说为了准备会考接下来也会有很多实验课。”

“是的，所以任务艰巨啊。”

魏立行在心里算着日子，最迟两周内也要开始了。

“你在实验楼的时候没注意到天台有人吗？”

“没有。要是看见有人上去，再怎么说我也会问一句的。”

“说的是啊。可惜了。”

“他家里人究竟是什么意见？”关月青问。

“他们坚持认为这不是自杀，要学校负责，王珺也不让步，他们准备让警察调查。”

“调查什么？”

“死因。”

“不是摔下来的吗？”关月青不解地问。

“他们想知道韩立洋为什么会出现在天台，为什么会跳下来。”

未来这件事如何发展将取决于警方调查的结果。但是以当下的情况来看，韩立洋父母的行动对学校而言并不乐观。想到这，魏立行忽然想换个话题了。

之后，两人又聊了聊大学时代的人和事。相互说起曾经同学的近况时，彼此都生出物是人非的感慨。谈话间，下课铃声响起，走廊渐渐被拥出的学生占据。在持续的喧闹声中，两人一前一后回到了办公室。

小区内皆是七层高的住宅楼，红色砖墙干净醒目。不过，若是仔细观察便能发现砖红色深浅不一，那是被风雨侵蚀的痕迹。

这些小楼四幢连成一排，每排楼前都修了绿化带和简易的健身设施。外人乍一看每个单元都差不多，想要区分只能靠钉在墙上的号码牌。

柴原和凌沐就在仰着脖子一排一排地确认。

中午，因为接到了家属报案，他们需要来死者家中了解情况。

“好像还得往前走。”凌沐说。

“想不到这小区还挺大的。”

其实柴原昨天就从同事那里听说学校有人坠亡的事情了。因为从现场看已经初步排除了他杀的可能，又不是自己直接负责，柴原没有放在心上，现在既然接到了报案，他倒想来看看。至于凌沐，作为一介新人，不排斥任何接触案子的机会。

就这样，新老警察经过一番寻找终于来到了韩立洋家楼下。

凌沐扶了扶眼镜腿，望着三楼阳台的窗户，说：“就是那家吧。”

“先说好了，你负责安慰家属。”柴原说，每次他都把关怀工作交给后辈。

“我真的不擅长。”

“像上次那样就行。”

“不一样吧？”凌沐还在推脱。

柴原指的是一个月前的一起盗窃案，失窃金额数目并不是很大，可安抚受害人情绪也费了一番功夫。这回的任务应该更加艰巨。

“要看家属的状态。”

来到三楼，柴原按下了墙上的门铃，里面一个洪亮的男声应了一声，几秒钟后门就开了。

“快进来。”一个已经发福的中年男人探出头，看见两人身穿警服就立马招呼他们进屋。

房子是很普通的两室一厅结构，但有个显眼的特点，那就是大。玄关和客厅算在一起有五十多平，但或许是朝向问题，客厅里显得很暗。柴原站在客厅，透过虚掩的两扇门看了一眼，好像卧室和厨房也挺宽敞。

“事情的经过我们已经了解了。”

“是不是很不正常？”

“我们来就是为了解决这个问题。听说是坠落。”

“学校说是我儿子自己跑上去然后不小心掉下来的。这绝对不可能，他放学不回家，跑上面去干什么？但凡一个正常人都不会那么做吧？再说有人跑到那么危险的地方，这本身不也暴露出学校管理的失职吗？”

见到警察，韩厥积攒的不满找到了倾泻的出口，难以消解的郁结就如石块般滚落。

“还是先问一句吧，知道他为什么放学后去天台吗？”

“问题就在这，谁也不知道。”

“既然这样，还是应该先查清他去那么高的地方干什么，不然后面的事情很难做判断。现在一味地指责学校也不是办法。”

“您这就是和学校一样的口气了。那学校就一点儿责任没有吗？”

“厘清责任是后面的事情，该由谁负责会根据事实做出公正的裁决。我们来是为了弄清死者坠楼的原委的。”

“那得怎么才能弄清呢？”

“听说没有找到遗书之类的东西。”

“我先声明一点，我儿子不可能自杀，不然我也不会报案。”

“家里找过了吗？”

坐在旁边的凌沐拿出手册和笔，准备记录了。

“能找的地方都找过了，根本没有那种东西！”两根粗壮的胳膊支在大腿上，这架势让韩厥看起来更壮了。

“你们抽烟吗？”韩厥一只手伸进衬衫胸口的口袋。

柴原摇了摇头。

“那我也不抽了。”他把已经快空了的烟盒放在茶几上，“我去给你们倒水。”

“也不用了。”柴原拦住他，“咱们还是先干正事儿要紧。我得看看他的遗物。”

“都在他的房间里。”

“我去看看。你问一下死者昨天行动的情况。”柴原转头对凌沐说。

“咱都过去吧，那挺乱的。我们昨天翻到老晚。”

“是吗？”柴原看了眼凌沐，他并无任何倾向，“那就一起吧。”

韩立洋使用的次卧大概有三十多平，除了书桌、书柜，竟然还有一台小尺寸的电视和一张单人沙发，衣柜和单人床都是旧款式。一看就能发现，家具的风格都差得好远。

虽然摆了这么多家具，但对于中学生而言活动空间已经够了。柴原拿起摊在桌子上的书本，挨个查看起来，没有夹着字条信件什么的。

“这些都是昨天从医院带回来的，抽屉里也有。”

柴原拉开抽屉，里面更是乱得一团糟。文具、数码产品、数据线之类的各种杂物毫无规律地放在了一起。

凌沐向韩厥了解韩立洋昨天的表现，如几点离开，是否说过几时回来。从韩厥的回答看，那天死者是和往日一样正常外出上学的。

柴原把抽屉里的东西看了个遍，没有任何收获。既然这样，就不能等闲视之了。

这时候，从房间外传来了悠长的呼喊，引起了三个男人的注意。

“听见了。”韩厥大喊了声，“是我爱人。精神不太好，让她在房间休息了。”

“你快去过去看看吧。”

“你们先看吧，他的东西都在这儿。”

“你也过去。”柴原对凌沐说。

待他们走后，柴原又从书包里取出余下的几本书。死者有在书本上涂鸦的习惯，刚才看过的书里也是，隔几页就会在空白地方看到莫名的几何图案，漫画形象什么的，有的还配上了文字。

柴原耐心地看着，包括书架上的，无一漏过。韩厥和凌沐回来时，柴原检查完一本。“有个问题，他用手机吗？”

“为了他的成绩，从这学期开始我就把他手机没收了。”

“哦。”柴原把书放回原处，说，“没什么问题了。我们这就走了。”

“这就要走吗？”如此直接的告别方式让韩厥措手不及。

“你还有问题吗？”

“没了。”凌沐回答。

“那就这样吧。”

韩厥还是觉得太突然了，可留下警察又有什么用呢？

“那好，接下来就拜托你们了。”

“尽管放心。”

韩厥送两人到门口，临别又一次恳求务必让真相水落石出。这让两位民警跟着说了不少宽慰的话。

“刚才他们说什么了吗？”从单元楼出来，柴原问走在身后的凌沐。

“他们认为学校从昨天开始就在逃避责任，其实他们也不是为了赔偿，而是实在接受不了孩子死得不明不白这件事，让咱们一定查清真相。”

“我好像听见哭声了。”

“说着说着两个人都哭了。我劝了好一会儿才停住。”

“我就知道会这样。”

凌沐不知该说什么好。像刚才那样，话说得好听，但对方并不是因为自己才觉得好受些。

“那我们下面该怎么办，我觉得来这一趟没什么收获。”

“本来就不该指望，昨天在现场的人都没发现异常。”柴原顿了顿说，“死者的同学是个切入点。”

“那就去学校？”

“可以。但最好先不通过学校。”

凌沐和柴原搭档快一年了，虽然这位前辈时常会不按常规出牌，但经验告诉他听命行事不会有错。

4

五月十五日，事发后的第二天。

魏立行手执粉笔，噼噼啪啪地在黑板上快速写下生物方程式和知识要点，口中滔滔不绝地做出讲解。

与此相对的，下面的学生没几个在认真听讲。

已经是上午的最后一节课了，前面几节课的消耗和临近中午的饥饿让每个人看上去都软趴趴的。学生的注意力很难再集中，放眼望去，大约有一半的人都东倒西歪地趴在课桌上，什么姿势都有。零星几个不时张望黑板的学生还在做着笔记，但一看那生硬的表情就知道根本就是机械的抄录。

工作五年，魏立行对此已经见怪不怪了。不论上下午，最后一节课都比较难上，这早已是所有老师的共识，但身为教师能做的就只有讲好课。

坠楼事件已经过去两天，朝夕相处的同学忽然消失并没有引起太大关注，每个人还都是按部就班地过着两点一线的生活。

也许他们还以为缺勤是因为病假什么的，很可能再过几天就发现不对劲儿了。若是这时候大声宣布韩立洋已经死了的消息，他们肯定会吓一大跳吧。

“好了。今天的课就到这，大家合上书。”

从纷乱的思绪回到现实中，讲台上的魏立行拍了拍手，试图唤醒昏睡的学生。

距离下课还有十分钟，忽然听到老师声调高昂的召唤，睡眼惺忪的学生面面相觑。

“每人拿出一张白纸。”

大概是还没睡醒，学生们像是慢动作一般，一边叹息一边开始行动。

“我也讲了一上午的课，你们就这么睡过去考虑过我的感受吗？都精神点儿，既然我讲你们也没力气听，那咱们就做几道题。”

看到学生们仍然无精打采，魏立行再次催促：“动作都快一点儿。几道题而已，马上就能写完。”

所有人乖乖地加快了动作。因为是班主任的课，没有人愿意带头反抗。

等学生准备就绪，魏立行转身在黑板上写出了题目。有默写定义，也有实验题，都是遗传学相关的内容，只要理解掌握了孟德尔定律，这些题目便可以迎刃而解。

教室里很快安静了下来，趁着学生专心解题的空当儿，魏立行踱步到窗户边，悠闲地向外面眺望。

时间接近正午，阳光变得有些晃眼，天上飘着几朵白云彩，在阳光的照射下好像在反光似的，同样让人无法直视。昨天晚上，一场阵雨意外降临。原本以为下一会儿就停，没想到这场雨绵延到了凌晨时分。

魏立行本来还在担心早上出行的问题，没想到一夜过后就是风和日丽的天气了。

但多亏这场雨，今天的气温居然降了几度，好像又回到了凉爽的四月初。魏立行把视线移到远方，现在地面已经干了，远处的球场上有正在上体育课的班级。看样子他们正在打比赛，对阵的两边踢得十分激烈。体育课安排在最后一节，即使放学，意犹未尽的学生也会自动进入“加时赛”状态。只有在体育课上才不会昏昏欲睡，魏立行心想。

就在他出神远望的时候，一道黑影从他眼角一闪而过。魏立行惊奇地转过视线，刚才那个影子是从实验楼那边闪现的。

今天早上到学校时，魏立行刚好碰到保安。若在平时，两人连眼神交流都不会有，但现在因为韩立洋的关系，魏立行竟然被主动搭话了。

对方似乎对韩立洋的死充满好奇，主动问起了韩立洋寻死的原因，魏立行当然没法回答，只是随口说了几句含糊的话。为了让对方死心，魏立行还透露了以后可能得由警察接手的事情。没想到，这句话反而更加刺激了他的兴趣。那个中年保安突然兴奋起来，先是眉飞色舞地描述了事发当天的情况，然后又竭力吹嘘了一番主动保护现场的明智决断。

魏立行实在听得不耐烦，借口有早自习离开，结果他仿佛是要安慰魏立行似的，凑上前说实验楼通向天台的那道铁门已经被锁起来了，让他放心。

既然唯一的通道已经被锁住，那么刚才看到的又是什么呢？魏立行深信自己不会看错，那个黑影消失的姿态不可能是鸟类。

现在魏立行视线所及的地方只有天台的灰色边缘，没有半个人影。然而这并不能说明什么，站在四楼的位置仰望对面的六楼楼顶本来就存在极大的视野盲区。

过了大约五分钟，已经有动作快的学生答完题了。他们像往常一样，把测验交上来后便收拾东西自行放学。

魏立行回到办公室时，马震正在批改作业，见魏立行进来他瞅了一眼手表。

“提前放学？”

现在距离下课还剩下最后几分钟。

“是啊。一起去食堂？”

魏立行把教材和收齐的测验纸随手放在桌子一角，端起水杯喝了起来。马震搁下红笔，低声说：“警察来了。”

靠在桌子边上才放松了几秒，魏立行却突然弹了起来：“什么时候？”

“听说上午就来了，刚才教务主任过来说警察有几个问题想要问你，在接待室那里。”

魏立行当然知道警察的来意。既然韩立洋的父母已经做出了预告，现在警察来了没什么可意外的。

沿着走廊朝初中楼的方向一直走，最里面的一间就是接待室了。房间并不大，若是用来做办公室的话顶多只容得下四个人，但是处在建筑夹角，两面墙上都开了窗户，无论采光还是视野都相当好，因为和教室离得比较远，这里也更加安静。平时，不少老师都半开玩笑地坦露过想要搬去那里办公的想法。

魏立行没有敲门，直接扭动了门把手推门而入，房间内两名身着便装的男子正坐在简易沙发上。一见到魏立行，两人一同站起身。其中一个身材魁梧，看上去有三十五六岁，他自称柴原。站在他身旁的年轻警察并没有报上姓名。

简短的自我介绍完，两人和魏立行相对而坐，柴原立刻打开了话题。

“主要是想了解一下韩立洋在学校的情况，你是班主任，应该知道得多一些。”

“实在不敢当。作为班主任，我认为自己有失职的地方。”

“为什么？”柴原继续问。

“啊？”魏立行被这个警察搞得有点不知所措。

“我是说为什么你觉得自己失职了。”柴原详细说了一遍问题。

这时，那位年轻的警察拿出了笔记本和圆珠笔，看样子要开始记录了。

“我教他已经两年了，自己的学生就这么死了，难道我不能有所触动吗，这是任何一个老师都会有的感想。”

“哦。”柴原淡淡地回了一句。

“他平时在学校怎么样？”

“你指哪方面？”

“都大概说说吧，学习啊以及其他什么的都行，全部介绍一下。”

魏立行干咳了一声：“学习是中等水平，但还算稳定，平时比较活跃，有点儿小聪明。很多老师的看法是只要他肯用功成绩应该还能提高一大块。”

“具体是怎么个活跃法儿？”

“就像大部分的男生一样，爱玩爱闹。”

“嗯。”柴原点点头，“那你认为他会做出什么出格的举动吗？”

“这……”该怎么回答才好，警察是打算根据韩立洋生前的行为判断是不是自杀，可在自己也不了解的情况下贸然回答，会不会让警察对事件的判断产生偏差呢？

从一开始就是柴原在提问，魏立行瞄了眼坐在一旁的年轻警察，他只是在安静地记录。

“我觉得他自己很难做出什么出格的事，要是和朋友在一起倒是有可能。”

“他要好的朋友也都是差不多的学生吗？”

“是的。”

“嗯。”柴原沉吟着，“那么他最近有没有情绪低落的表现？”

“看上去没什么不一样，当然这只是从外表看。老师也不可能每时每刻关注自己的学生，他的内心活动我无法去揣测。”

“那是当然。”

柴原看上去有点失望。年轻警察依旧没有说话，在这谈话的空当儿，他正翻着一双死鱼眼看着魏立行。

“韩立洋平时有没有和谁关系很不好，学生或者老师？”

“没发现。”

尽管嘴上这么说，魏立行自己也没底儿。说是班主任，但他真正了解的仅限于学习情况，生活情况究竟怎样，老师是很难察觉到的。

“他有没有关系特别好的朋友，你懂我的意思。”柴原的表情变得有点暧昧。

魏立行挤出一个微笑。“我明白了，你是问女朋友吧。我不觉得他有女朋友，平时总看见他和男生在一起。”

“这种事儿一定会刻意回避班主任的。”

“不管多么隐蔽，男生女生如果有恋爱的倾向还是能一眼看出来的。”

“就像警察能一眼看出来人群中哪个是小偷吗？”

魏立行笑着说：“如果两个人恋爱平时在一起的时间就比较多，上课也会频繁地传纸条发短信，一般都是通过这些直观的表现判断的，可是我没发现韩立洋最近有过类似的行为。”

“男生呢，总有十分要好的朋友吧。”

“和班上很多男生关系都不错，经常看到他和其他人有说有笑地走在一起。”

“还有一个问题。他以前去过天台吗？”

“没有，那边是实验楼，除非做实验，平时都没人过去。”魏立行推了推眼镜。

柴原和身边的警察交换了一下眼神，那名年轻人随即合上了笔记本。

“请问……他是自杀吗？”见二人准备离开，魏立行追问了一句。

“这个，现在还不能下结论。有自杀的可能，也不排除是他杀或者意外。”

经过一上午的调查，柴原已经掌握了一些信息，但要为事件定性还为时尚早。根据早上的鉴定报告，韩立洋的确是死于高空坠落，血液中没有发现可疑的药物成分，死亡时间是在下午五点半到六点之间。他死前最后一次被人看到是在五点钟放学的时候，之后他一个人离开了教室。从那时到坠楼的五点半，在这三十分钟内发生的事情和他的死有很大的关系。血液中没有安眠药的成分，也就不存在被人迷晕后从天台推下去的可能。然而这还不足以证明韩立洋就是自杀。毕竟至今都没有发现遗书之类的东西，而且现场的另一处细节也让柴原倾向于非自杀的可能。

柴原模棱两可的说法打消了魏立行继续问下去的念头。走出接待室，两名警察告辞离开，魏立行独自往办公室的方向走去。

果然，办公室内空无一人，大家一定是出去吃饭了。魏立行不觉得饿，现在食堂一定人满为患，与其去排长队不如先做点别的。他回到座位，不禁活动了一下脖子，颈骨发出轻微的咔咔声。

魏立行拿起红笔，开始批阅刚才收回来的测验。要是在往常，最多五分钟就能批阅完，可现在魏立行却心烦意乱，难以集中精神。

刚才和警察谈话的时候魏立行瞥了一眼做记录的本子，在记录他的话之前也写了不少字。这是不是意味着他们已经和别人谈过了呢，倘若真是如此，那么天台上的人影应该就是警察，警察来做调查的事不知道王珺听说了没有。她真的一点儿都不介意吗，这件事最后会不会如王珺说的那样不了了之呢?

学生写出的答案什么样子都有，自己上课时明明已经讲得非常清楚了，现在却又答得一塌糊涂。魏立行心中的不悦止不住地慢慢变大，直到溢满整个胸口。

好不容易批阅完毕，魏立行抬头看了眼墙上的挂钟，时间已经接近一点了。他站起来打算出去随便吃点什么。刚走到门口，正好撞见迎面而来的教务主任。

“赵老师。”

“你回来了。吃过饭了吗？”

因为出汗，教务主任大脑门上泛着光，焦黄的皮肤都显得比平常光亮了。

“我正要去。”

“先等一会儿。有件事儿得和你说。”

魏立行本以来是要谈警察问话的事情，没想到对方一开口就超出了他的预料。

“你班上的学生闯祸了。”

从学院教学楼出来，就看见校园内到处是三两成群的学生。平时肖馨也会像这些人一样，下了课直奔食堂，但今天她转过身拐进了一条向西的林荫小路。

肖馨抬手看了看表，指针显示是下午五点十分。她快步走着，大约过了十分钟，一家毫不起眼的西餐厅出现在眼前。肖馨推门进去，直奔楼梯上了二楼。

外面装饰不明显，西餐厅内部也算不上豪华，两层加起来也不过十二张方桌。只是由于味美价廉，吸引了不少学生前来用餐。肖馨略一扫视就看见关月青正独坐在窗边的位子上发呆。

“等久了吧。我今天下课晚了。”

肖馨刚一坐下就急忙道歉。

“我也没到多久。”

这时，服务员送来了菜单和柠檬水。

“最近课很多吗？”

“不少。除了上课还有导师的课题。我的毕业论文也要开始准备了。”肖馨喝了一大口水。

两小时前，肖馨正在专业课上昏昏欲睡，腿上一阵发麻让她一下子清醒过来。她拿出手机看到关月青的短信，“五点钟在老地方见”。

老地方指的就是这里。大学时，她们经常光顾这家餐厅。

没有看菜单，关月青点了一份番茄意面和奶茶，肖馨则要了比萨和冰橙汁。菜很快就上来了。

“今天怎么有时间过来，不用上班吗？”

肖馨拿起轮刀，在比萨上用力横竖划了两下。这家的培根比萨是她的最爱。

“下午没课，但是去做家访了。反正也没什么事儿了，我想过来和你一起吃顿饭。”关月青说，“这次找工作多亏了你，今天我请。”

说完，关月青呷了一口奶茶。

“不用这么客气。我只是提供了信息，最终能顺利应聘还是要靠你自己的能力。”

“我哪谈得上什么能力啊，是正好有人离职了，所以说你这信息提供得非常及时。”关月青举起杯子，象征性地在空中往前一伸，算是碰杯致谢了。

“原来是这样，我说怎么会突然间招人呢。”肖馨撇了撇嘴。

一对情侣一样的男女在他们邻桌坐下了，不知不觉二楼的餐位已经满了。

“不过，不管怎么说，好事上门了，我们就得庆祝一下。”

肖馨叫来服务员，要了一瓶粉红气泡酒。“酒钱算我的，喝不完我要带回宿舍。”她对关月青说。

关月青一展笑容，深知好友性格的她只有从命。

肖馨拿起一角比萨，咬了一口。她用询问的眼光望着关月青：“话说回来，你刚才说去家访是为什么？”

闻言，关月青轻吐一口气。她放下缠好意面的叉子，身体向后靠在椅背上，直视着肖馨，“先不说这个了。你猜我上班第一天遇着什么事儿了？”

“猜不出。我不了解教师的工作。”

“和工作无关。”

“好事儿坏事儿啊？”肖馨有点不明所以了。

“不是好事儿。”

“有小男生喜欢你？”

“停！”关月青立马打断，“还有比这更糟的。”

肖馨略作思考。“我猜不出，你快说吧。”

“有人死了。”

“为什么？”

关月青把发现韩立洋坠楼的前后经过讲了一遍。肖馨安静听着，从头至尾一言不发。

“没什么想法？”

肖馨摇摇头。“搞不懂现在的小孩儿。”

“我也是。”

“学校打算怎么解决这件事，息事宁人吗？”

“可不是吗。学校怎么可能主动承担责任。不过学生家里不接受，还报警了。那就只能交给警察了。”关月青卷起意面，送入口中。

“这也没什么。只要这件事没有传得太远，把事情的影响控制住，学校的声誉不会有什么损失。”

“我就是觉得太无情了。”

“那也不能瞎承担责任，等警察调查出结果再做打算才行。你也别急着表达意见，你现在是老师，学校的声誉也关系到你的工作。”

“你这口气倒是和我们校长差不多。”

不过，肖馨是以一个局外人的心态看待这件事，王珺则是以一种职业本能来规避风险，这两者间还是有本质的不同。

“如果真是自杀，学生家长只能接受。可要是不是呢？”

“那就找出凶手。你为什么要这么问？”

服务员带着气泡酒和两只郁金香杯，分别给两只杯子倒上酒，一片小气泡附着在剔透的杯壁上。两人各自拿起杯子在空中碰了一下。

“警察可能不会认为这是自杀。”关月青一边拨弄着盘中的意大利面一边说。

“他们发现了什么了吗？”肖馨关切地询问。

“今天上午警察来学校了。因为我是第一个发现的人，所以找我问话。问了好多，还让我描述一下发现时的情景。我说那个学生趴在地上流了好多血，书也散落一地。”

听到这样的回答，柴原又问关月青“书包在不在死者身上”，当听到的是肯定答复时，柴原的眼皮动了一下。

“当时我也没察觉出什么，等到警察走后我也发觉这样好像挺不正常的。要自杀的人应该是了无牵挂地走吧。”

虽然柴原看上去不动声色，但一定在意这个细节了。

“这么一说倒真是这样。”肖馨沉吟着，仿佛正在细细琢磨一个自杀者的心情。

“警察肯定也注意到了。”

“但如果真的不是自杀，那你学校就太可怕了。”肖馨喝了口酒。

关月青明白话里的意思。“也不一定，可能是不小心摔下来的。”

“有可能。不过这件事就交给警察，你现在应该把精力放在工作上。”肖馨在比萨边上挤上番茄酱，这是她一贯的吃法。

也只有如此了。关月青默默点头。

“你下午是去安慰悲痛中的家长？”

“才不是呢。”

“咦？”

“死了的学生不是我班上的，不用我操心。家访是因为我班上的学生被打了，他和死者生前关系不好，被怀疑和死人的事情有关，所以被死者的兄弟打了。”

“原来是热血高中啊。”

“可热血了。我班上的学生寡不敌众，最后惨败。家长看见身上的伤今天直接找到教务处了。”

整个上午，关月青都在做着与教学无关的工作。结束了与柴原的谈话，关月青回到了办公室。没想到，一个皮肤暗黄的中年男人正在等着她。关月青这才从这位教务主任口中得知学生打架的事情。

“伤得很严重？”

关月青点点头，把气泡酒喝光了。肖馨拿起酒瓶想要为她再斟一杯，但被关月青拒绝了。本来今天就没有喝酒的打算。

“那你去学生家结果怎么样？”

“已经平息了，学生先歇一天。”

关月青以班主任的身份去看望本来就极具安抚性，学生家长也不能将怒气发泄在一个年轻老师身上。

“出手伤人的那几个呢，学校要怎么处理？”说着，肖馨给自己倒了半杯酒。

“不清楚，不是我班上的学生，我只负责安抚情绪，学校另有处理吧。”关月青淡淡地说。

“没事儿就好。”

“打人学生的班主任是魏立行。”关月青突然调转了话题。

“咱们系那个？”肖馨略微有些吃惊。

“是啊。”关月青咀嚼着意面。

“研究生毕业之后去的吗？你问他本科毕业之后去哪儿了吗？”

“他没读研。毕业就到这学校了。”

“怎么会去学校当老师呢，他当年可是保研的啊。”

两年前，肖馨重回学校读研，见到了不少已经将要毕业的老同学，唯独不见魏立行的影子。后来她也问过院里几位相熟的导师，但老师们只知道他没来报到，对他的去向一无所知。肖馨一直都以为魏立行是被别的学校挖去了，或者是干脆去了国外。想到这，魏立行的样貌一点一点浮现在肖馨的脑海里。短发，戴着一副板材眼镜，给人一份很可靠的感觉。毕竟不是同班，这是她对魏立行的全部印象了。

“我也挺吃惊的。他说没去读，直接工作了。可能是有什么事儿吧。”

“可惜了。”肖馨正好吃完一块比萨，轻轻地吮着手指。

平心而论，他专业课学得十分扎实，没能在学术领域有所发展，的确是个遗憾。

“那他也应该教生物吧。”

“是啊。”

“那还挺好，能照应着你。”大概是感觉有些发热，肖馨停止喝酒，重新添了几块冰，她又开始喝起了橙汁。

之后，两人又聊起了最近大学里的琐事。听肖馨说起系里几位老师的人事变动，关月青略感唏嘘。自己已经走上了教育岗位，过去不在意的一些事情现在听起来竟然有了不同以往的感觉。

“我问你件事儿。”关月青双肘撑在桌子，直勾勾地盯着肖馨，“你说我适合当老师吗？”

“我觉得还好。怎么问我这个？”

“哪里好？”

“心细，有耐心。你觉得不行吗？”肖馨追问。

“我只是觉得……”

“你只是觉得刚一上班还不适应，这种情况谁都会遇到，更何况你学校还出了这种事，任谁都会头疼的。”

“我觉得也有我的问题。”关月青摇晃着玻璃杯，里面的奶茶所剩不多。

“被打的那个学生今天没来上课，但我根本没注意到。后来教务处的老师找到我说明情况，虽然他只是在转告我事情的经过，可我心里却在自责。我觉得自己不够关心学生。这几天讲课也让我发现个问题，我还没找到管理这些学生的方法，想想咱们当初上学的状态，好像已经不能用在这一代学生身上了。”

“他们捣乱了？不听课？”

“本质上是。但是并不直接地表现出来，所以我不能随便就用老师的威严去教训。”

“要无赖啊。”

“你说得很对。”关月青惊讶于朋友的敏锐。

“那你也不能用常规手段，必须给小孩子们一点儿颜色。”

“要扮演严厉的老师角色？”

“可以的！”肖馨露出一抹坏笑。

“你在家休养了半年多，刚刚开始工作，任何事情都需要一个适应的过程。现在肯定会遇到很多问题，别急着否定自己，也别给自己设限，等你将来适应了说不定还会喜欢上这个工作的。”

关月青没再说什么，心里已经宽慰了许多。

从餐厅出来，天已经黑了。肖馨一手握着酒瓶，一手挽着关月青的胳膊，也不管路人好奇的目光，迈着大步陪关月青去车站。

“有个事儿得跟你提个醒儿。”临别，肖馨开口道。

关月青露出疑问的表情。

“你刚才说从现场看可能不是自杀，我想如果是他杀的话，凶手选择在放学后动手，目的就是避开人群，很可能是希望隔天才发现尸体，而你突然冒出来就意味着打乱了凶手的计划。虽然只是一种可能，但你在学校还是多留点儿神。”

“应该不会吧。我抬头看了一眼，上边没人。”

“我就这么一说，我也希望什么事儿都没有。”

没过多久，公交车缓缓进站。车上只零零散散坐着几名乘客，关月青随便找了个四周没人的座位坐下。从早上到现在忙碌了一天，关月青感到有些疲惫，她把脑袋靠在玻璃窗上，腿斜伸到过道，望着外面的夜景。街上的霓虹在玻璃上映出暗淡的影子，关月青仿佛又看见了黑暗中的萤火虫。

第二章

1

远处的人工草坪上，几队男生划分好各自的场地，开始为接下来的比赛做简单的热身。外围的塑胶跑道则被女生占领，她们刚刚做完一套健身操，有几个女生抱着好几副羽毛球拍和四筒羽毛球从器械室走出来。

魏立行穿过球场，沿着跑道一直走到看台区入口，步上高高的水泥台阶，直到一排阴凉下的座位前才停下脚步。

坐在位子上的关月青好奇地看着他。

“你怎么来了？”

“应该是我问你吧，为什么坐在这里。”魏立行很自然地在她旁边坐下。

“想看看学生上体育课的样子，反正也没课。”

刚才从运动场过来的时候魏立行确信看到了几个年级里的熟悉面孔。

“班主任来视察体育课？”

球场上一队男生刚刚完成一次进攻，球最终被守门员牢牢地抓住了。

“那我就不会坐在这么远的地方了。”

“不管你坐在哪儿，从下面看都是一目了然。你应该下去和他们一起玩儿，打成一片才行。”

“啊？”关月青吃惊地张大嘴巴。

“就是啊，和他们一起打球。”

“算了吧，八成是我输。”

“那也没关系。要打球吗，我去拿一副拍子？”

魏立行征求关月青同意，心里已经做好动身的准备了。

“不打了，这么热的天会出一身汗的。”关月青露出嫌弃的神情。

“那就算了。”

“你经常和他们一起玩儿吗？”关月青歪着头问。

“偶尔，没工作的时候要是正赶上他们有体育课就和他们玩儿一会儿。”

“踢球吗？”

“嗯。”魏立行缓缓点头，眼睛一直盯着球场上的动静。

“有老师在场会不会拘束啊？”

“不会吧，为什么这么问？”

此时球被远远地踢出了界外，他的注意力也回到了谈话上。

“就是很好奇。”

以前做学生时也常遇到班主任出现在体育课上的情况，虽然别的同学都能和老师玩到一起，但换作是关月青就始终感觉不自在，即使是和一群人在一起，关月青相信她也是人群中最拘谨的那一个。在她看来，老师就是老师，学生就是学生，为什么老师要在体育课时打扰别人呢？

更让她难以理解的是，那些看似和老师亲近的同学也仅仅是在做表面功夫，平日里正是这些人私底下说着老师的坏话。

“哈……”魏立行说，“一点都不拘束，倒是更张扬了。”

与关月青的困扰不同，魏立行面对的球场竞技有时会夹带着恶意竞争。男生面对老师时不管喜恶都更倾向于直接地表现出来，魏立行参加过学生的球赛，不止一次遇到了恶意犯规的情况。因为规则的漏洞，球场容易成为学生向老师暗自发泄不满的场所。因为只要掌握好分寸，老师挨打了也不好意思追究。

关月青不知道其中的玄机，听不出这是句反话。

“你上学时好像就经常踢球吧？”

“一开始还踢，后来也没时间玩了。”

“比赛的时候上场了吗？”

“啊！你说那个啊，”魏立行一拍大腿，已经淡忘的往事被勾回来了，“当然是上场了。”

“可是我记得咱们系的水平挺……”

面对当年的队员，“差的”两个字关月青不好意思说出口。

“嗯，总体上是输得多。”魏立行大方地承认了，“我以为你不关注呢。”

“我是没什么兴趣，都是听别人说的。”

关月青对体育的态度谈不上厌恶，但也不会特别喜欢。这种心态不限于运动种类，即使是大型国际赛事也无法让她激动起来，至于那种守在电视机前等待自己支持的球队比赛的情况从来没有在关月青的生活中出现过。到了大学，关月青自然也不会对院系之间的联赛感兴趣，只是偶尔从别的女生那里听说什么时候有比赛或者是某个人在场上的表现等。

“我也从来没见过你出现在场外。”

“所以你看我现在坐在这里很意外吧。”

“有点儿，不过一想到你是在以老师的身份观察学生也就可以理解了。”

“你没用‘监视’这个词我真是太高兴了。”

“因为你不是躲在角落里。”

他们坐的地方正好在遮阳下的阴影里，后面还有几层座位，对学生来说是个显眼的位置。

“可是有什么可观察的？”

“我想看看他们上体育课时是什么样子。”

“当然是高兴得不得了了。”

“问你件事，你觉得他们上课的状态怎么样？”

“这不挺活跃的嘛。”魏立行把目光投向远处。

下面，不仅男生们开始在场上全力拼抢，有的女生在打球时也使出了几个漂亮的扣杀，这种不服输的精神在教室里可不多见。

“我是说平时上课。”关月青也被操场上充满活力的气氛所吸引，视线锁定在空中来回移动的羽毛球上。

“课堂上都很听话。”

“除了听话呢？”

“也还好，就是不够活跃。”

“我这几天讲课发现他们好像是在认真听讲，抬着头，睁大眼睛看着我，有时候匆匆加两笔笔记。可是每次我一提问，他们又全都低头不吭声，交上来的作业也错得离谱。你说是我教的问题，还是他们的问题？”

“放心，不是你的问题。”

“可是如果我讲得再生动一点儿会不会吸引他们注意？”

“有睡觉的吗？”魏立行问。

关月青稍微想了想说：“没有。”

“这就很好了。”魏立行露出一个戏谑的微笑。

“怎么能这么说。”关月青不解地看着魏立行。

“不然呢，你觉得讲课有什么问题吗？”

“我觉得还好，但是自己的感觉不算数。如果他们不给我回应，我没法做出准确的判断。”

“你之前没有试讲吗？”

“面试的时候被要求讲了一段，但那只是现场发挥。”

“因为没时间等了，咱们学校急需用人。我觉得既然已经让你讲课了，就说明学校认可你的水平，你就不必纠结了。”

“不，不行。重要的是勾起学生的兴趣，不然好像我一个人在表演似的。”

“你是怕难为情？”

“当然不是。”关月青别过头。

“你是觉得自己的劳动白白流失了？”

沉默了片刻，关月青说：“差不多吧。”

魏立行似乎明白了她的困惑。

“总体来说，这就是咱们学生的基本状态，你着急也没有用。你说过他们吗？”

关月青摇了摇头。

“狠狠教育一通，也就是管两天用。到第三天又原形毕露了。”

“别的学校也是这样吗？”

“名校的情况稍好些。”

“差距有多大？”

“以前交流学习的时候我听过几节名校的课，据我观察，除了个别超群的学生，其实大部分人都差不多，毕竟只是一帮十几岁的未成年人。”

“那他们上课时也是昏昏欲睡喽？”

“我没发现，但我不觉得我看到的就是常态下的表现。有外校老师旁听，他们肯定会比平时显得拘束。所以，课堂纪律还令人满意。”

“可是，也有可能是表现给外校老师看的啊？”关月青来了精神。

“这个不太可能。我当时就想过这个问题，但从课堂表现上看他们很自然，有些问题回答不出来也没人强出头表现自己。”

“那为什么那些学校的成绩那么高？”

“我觉得和学校管理、学生自身的习惯都有关系。除去那些天才型的，大部分学生综合来看差不了多少，重点校的学生和咱们这里的学生相比，不同之处不是智力，而是对学习的态度。他们上课也有走神的时候。我记得当时坐在我旁边的学生还在草纸上随手涂鸦，但每当老师讲到重点部分，他们都能让注意力迅速集中。我觉得这是会学习的表现，有的放矢地听课，积极主动地学习。同样的学习时间，他们的吸收效率是高的，而我们的学生做不到这一点。”

“没法提高吗？”

“没有直接的办法。你雷霆大怒，对他们的影响也就那么两天，不会有谁因此性情大变。作为老师，尽可能地把知识传授给他们，之后就得看各自的悟性了，悟性很重要。”

“说得真宿命。”关月青苦笑道。

“就是这么一回事儿。”

黑白相间的足球划着弧线飞出球场，旋转着冲向一群女生，顿时响起一阵尖叫声。关月青想起来过去身边几个每逢世界杯就会变得狂热的女生，自己实在没法体会她们的喜悦。

“我记得以前念中学时，每逢班上纪律不好或者月考成绩不理想的时候，老师总会发一通牢骚，要么拿别的学校来做比较，要么就说什么‘你们学习都是为了自己，如果想就此堕落的话也没关系，反正我是工资照拿的’，每次听到这样的话心里就特别反感，会认为说这种话的老师一定是个不负责的人。”

可能就是从那时候起重点校的学生就被附加了神秘色彩，如今真相被揭开，关月青觉得也不过如此。

魏立行看了关月青一眼，她始终注视着看台下方，刚才那番话像是在自言自语。

“是气话吧，有恨铁不成钢的情绪在里面。”

“借口。因为生气就可以口无遮拦吗，只能说是素质太低。”

“你觉得你以后会这样吗？”

“我想对学生好一点儿。”

“加油。”

“喂，干吗这么说，你是不是不相信我？”

原本只是随口讲述了内心的想法，没想到对方却一本正经地鼓励，关月青忽然感到气氛很滑稽。

“哎，我不是在敷衍你。我也认为这是好事，你有这个目标我肯定支持你。”

关月青故意做出不屑的表情。“真的吗？”

“当然。”

关月青打了一个小小的哈欠，拿起带来的瓶装咖啡喝起来。昨夜，她辗转反侧，直到深夜才渐渐睡去。这一上午，她都在被瞌睡纠缠。

“工作这些年你有没有对学生说过狠话？”

“没有。”

“你连想都没想就回答了。”

魏立行一副哭笑不得的样子。“真的没有。”

“但愿学生们也这么认为。”

“我只是恰好比较温和罢了。”

“如果他们犯错了，你不生气吗？”

“肯定会啊，可平时我是容易相处的。”

“如果是你犯错了怎么办？”

“那就不让学生知道。”魏立行笑着说。

“这和作弊有什么区别。”关月青忍不住奚落他。

“我也不想，可是不能在学生面前威严扫地。况且你不觉得这个社会对老师的期望已经超出职业范畴了吗？如果一个老师在工作之外犯了错，他的人格乃至教学工作都要接受审判。人们不愿意承认，当走下讲台，我们也是普通人，有各种缺点，要享受私人生活，不喜欢加课。”

“真有不喜欢的吗？”关月青好奇地问。

“太多了。”

“也包括你？”

“工作这几年能够感觉出来热情在慢慢消退。至少和最开始不一样了。教学工作已经没什么挑战，反而学生是一届不如一届。有时候想想那几个问题学生就感到头疼。”

“你是说打架的那几个？”

“不止。”魏立行长叹了一声，“我来这找你也是想说这件事。”

昨天下午，魏立行便找到那几名学生谈话，他们很痛快地承认了在放学后围堵罗志勇的事情，在他们的价值观里只有这样做才称得上义气，几个人满不在乎的态度让魏立行忍无可忍。

“最后怎么处理的？”关月青问。

“停了三天课，我让他们都回家反省去了。罗志勇怎么样了？”

“还好，今天来上课了。”

今天一早，看到罗志勇出现在教室里，关月青心里稍微轻松了些。但事实上，在昨天的家访过程中她生出新的忧虑。

“这件事已经在学生中间传开了。”

“嗯。”魏立行一开始就觉得王珺封锁信息的要求不切实际。

“早上上课的时候我还在想，他们真不简单，明明都知道了，表面上还不露声色。”

“我昨天问过了，韩立洋没来上课，有人给他家里打了电话才知道他已经死了。”

谈话间，球场方向传来一声欢呼，两人的注意力被吸引过去，原来是有一方进球了。

“这件事不知道会怎么收场。”关月青说。

“过几天就没人记得了。”

下午第二节课后魏立行回到办公室。接下来直到放学都没有生物课，是难得的轻松时刻。

魏立行打开今天的报纸，刚看了没几行，刺鼻的体味从身后飘过来。魏立行向后瞥了一眼，没想到刚一转头就看见史磊的大脑袋——他正猫着腰目不转睛地看着报纸，下巴几乎就靠在魏立行肩头。

“你可真吓人。”

史磊没有任何反应，仍然盯着未读完的新闻。魏立行合上报纸，递给他。

“不用了，我只是随便扫几眼。”

史磊坐回椅子，一边整理教材笔记一边说：“你班上有人没来上课。”

“我知道。”

“那个曲妙，现在心里一定很难受吧。”

魏立行被没来由的一句话吸引，他迷茫地看着史磊，而对方却端着水杯，对着桌上的讲义发愣。

“为什么？”

“真想问问她是什么心情？”史磊一副若有所思的表情，随手翻看着政治课本。

一直埋首案前的马震缓缓抬起头，问：“那女生怎么了？”

“快说啊。”魏立行催促着。

史磊转过身，侧靠着椅背，略带得意地看着二人。“你们不知道吗？”

“不知道什么？”魏立行问。

史磊抚弄了两下他那平头短发，说：“就是曲妙和韩立洋在恋爱的事情。”

马震皱起了眉，指着魏立行问：“你是说他班上的那个曲妙？”

“那当然了。”

“是这样吗，魏老师？”

这两人在交往？魏立行的脑子飞转，努力在记忆中搜索曲妙和韩立洋在一起的画面，但似乎很少见到两人单独在一起。

“我怎么没发现？”

“对啊，而且说起韩立洋和女生在一起也不应该是曲妙。”

“那是谁？”史磊问。

“是张睿斯吧。”

“为什么是她？”

张睿斯是关月青班上的学生，代课期间魏立行从来没有听到过这个传言，现在他十分想知道原因。

马震放下红水笔，习惯性地揉起后腰，魏立行看他那表情像是要回忆很久以前的事情。

“说起来还是上学期的事情，”马震挠了挠干枯的头发，“有一次我在你班上上课，那节课正好在讲化学反应原理，我记得当时要找学生分析锶的化学性质和可能引起的反应，结果喊到韩立洋名字全班就发出一片嘘声。我还想，这到底有什么可激动的。接着就在起哄声中听见有人说出了张睿斯的名字。但是他们也太能联想了吧，金属和人毫无关联，这还怎么上课啊。”

史磊大笑起来。“想象力太丰富了。”

“无聊。说到底就是一群孩子。”

“居然在课上就这样。”魏立行感到有些难堪。为什么马震不能早点儿说这件事呢，自己好歹是班主任。

“这种事发生在课上才有意思。”史磊只顾得拾乐，“不过，说起来我还见过几次他和张睿斯一起走，不知道在说什么，但是张睿斯始终不说话。”

“我觉得他没戏。”

“韩立洋到底是在和谁交往？”魏立行问。

“已经不重要了，人都不在了。”

魏立行看了马震一眼，没说什么。

“据我所知，曲妙一直对韩立洋有好感。”

“你怎么知道的？”

发生在自己班上的事情被外人逐一当作谈资，魏立行越来越好奇他们的消息来源了。

“挺明显的，从高一时就表现出来了，但是那小子好像没什么反应，直到这学期我看应该是走到一起了。前段之间就看到他们两个一起逛街。”

“逛街？”马震惊讶地睁大了眼睛，隔着镜片都明显大了一圈。

“什么时候？”

“刚开学的时候，就在学校附近的那条街。”

离学校不远有一段商业区，聚集了不少时尚店铺，商品也以年轻人喜欢的品牌为主，因此本校的学生常在放学后到那里放松。

“是和别人一起还是只有他们两个？”魏立行问。

“只有他们两个。”

听完史磊的答案，马震的下巴都要掉到地上了。“不简单，连这种事都被你遇到了。”

“碰巧遇到而已。”史磊嘿嘿笑起来。

“你不会是专门跟踪的吧，以后我班上的学生就交给你了。”

“说真的，如果张睿斯和韩立洋在一起我还真不信。张睿斯怎么会看上他呢，他长得……”

“太畸形了，头那么小，脖子那么长。”

“说得就是啊，两个人站在一起就不搭，感觉差很多。”

史磊把话直接讲了出来，马震立刻附和。

“其实曲妙也不差，多俏皮的女生，现在还有点儿瘦，再过几年，到了大学就发育好了，那时一定非常抢手。”

这话倒是不假，曲妙脑子很灵活，目前处于中上游水平，努力一年升入重点大学并非难事，年级里几个老师都看好她。

“你之前都不知道这些事情？”马震想起了一直没发言的魏立行。

“对啊，这可都是你班上的学生。”

“没发现。”

“在你面前一定很谨慎。”

魏立行推了推眼镜。“现在学生之间的交往很隐秘，约会或者交流靠手机就能完成了，外人很难看出什么。”

“真的吗，可是史老师就挖掘出这么多的线索。”

“你也不差啊。”

“孟老师病假的时候都是魏老师临时代课的，也没有发现张睿斯有什么不一样的地方吗？”

“我不太在意这些，不像你总是观察得细致入微。”

说完，魏立行长时间地望向窗外。

要说史磊也算是懂得和学生亲近的老师，只是和女生接触时好像拿捏不好距离，每次上课提问他总喜欢让班里漂亮的女生来回答。这还不算什么，去年夏天的期末考试，史磊长时间地在几个女生身边徘徊，同考场的女老师很快便发现他总是借着弯腰看卷子的机会凑近女生，这件事一度成为办公室里大家心照不宣的笑谈。

史磊毕业于外地一所大学的政法学院，据说毕业那年家里曾托关系想在党校谋一份差事，可是中间出了变故，只好来高中做老师了，然而身为政治老师的他身上没有一丝严肃的感觉。

工作三年来史磊一直负责理科班的政治课，毕竟不是高考要面对的科目，学生们学得心不在焉，史磊对工作的兴致也不是很高。听说他也曾主动提出调到文科组，但并没有如愿。之后，史磊似乎更安于现状了。

上个学期，年级内部聚餐结束后，几个意犹未尽的男老师提议再去续摊。路上，史磊说过“其实留在这儿也挺好，理科班的学生们还都挺有意思的”。魏立行还记得他当时的样子，已经有几分醉意了。

“说起来，那个新来的女老师还挺安静的，这几天也不大说话，不知道结婚了没有。”史磊又开始抚弄他的头发，生怕乱了发型。

“不知道。”也不知为什么，魏立行不想说出他和关月青早就认识的事。

好不容易挨到放学，魏立行快速收拾了一下就从办公室出来了。今天他想早点儿回家。

校门口，几个年级的学生正挤得水泄不通，魏立行推着自行车缓慢移动。终于从人群中出来，正要骑车离开，他的视线停留在了马路对面。那边一名戴眼镜的年轻男子正相向走过，魏立行隐约觉得在哪里见过那张脸，但一时间怎么也想不起来了。

2

雨从早上就下个不停，夹着冷风，越来越急，现在已经是风雨大作了。关月青抱着胳膊站在窗前，外面是一片灰白色的水汽，她忽然感到有些冷，手不由自主地抚摸胳膊上的皮肤。

今天是周六，但高中还是会安排课程的。没有所谓的减负，从她高中时就是如此。走廊里有从各个班传出的讲课声，有几位老师的声音高亢洪亮，即使是站在走廊尽头的窗前也能听得真切。关月青正对着窗外发呆，就听见沉重的脚步声从身后楼梯一点一点升上来。

她回过头，认出来者是教务处的赵老师。

“还想去办公室找你呢。”

“办公室太暗了，我出来待一会儿。”

“正好，就在这说吧。”

由于阴雨，这里是整条楼道最明亮的地方。有什么事不能在办公室说呢，不会又是学生打架了吧，还是说罗志勇的父母来了？关月青一面做好心理准备，一面期望千万不要出现出格的事情。

“请问是什么事儿？”关月青率先发问。

“是这样，上次那个警察又来了。”

又来了？柴原那张让人捉摸不透的脸开始在关月青脑海里浮现。

“是要问我什么吗，可是我已经都说了。”

“不，如果是那样的话就省事儿了。”赵老师面露难色，抬头纹也挤了出来，“他这次来是想找学生问话。”

“需要我做什么吗？”

“他提出要求我就去找校长了，按理说，配合调查是很正常的事，可是学生毕竟是未成年人，单独接受警察的问话不管是对学生还是对学校都不太好。尤其是最近这种情况，咱们更应该避免。所以，校长的意思是你先和那个警察沟通一下，看看他具体想问什么，然后我们再安排他和学生见面，最好你也在场。”

“可为什么是我呢，魏老师不是更合适，他才是班主任啊。”

“听我说完，他想见的学生是你班上的。”

“啊……”关月青哑然，但马上，一个可能的解释在她心里渐渐清晰起来。

“不会是——”

“就是罗志勇。”

一阵强风吹过，夹带着水沫飞到关月青脸上，湿润微凉。

“是因为放学后打架的事情吗？”

“他说要问有关案件的情况，还说只是问几个常规的问题。”

那到底是知不知道呢？虽然知道对方避重就轻不回答问题，关月青却不好意思再追问。

“可是，怎么区分常规和不常规？”

“我觉得要是他直接表现出审问或者问了关于学生私人生活的问题，你就适当阻止他。”

“哦……”关月青心里也没底。

“他现在就在接待室，你去找他，什么时候开始你们定吧。”

“交给我吧。”

已经没有退路，关月青唯有爽快地答应下来，对方也终于一展笑容。临走，他叮嘱关月青等事情结束后最好和王珺汇报一下详细情况。

稳定好情绪，关月青直奔接待室，柴原已经端坐在那里了。今天他依然是便装打扮，看见过来的是关月青，露出了疑惑的神情。

关月青在他对面的沙发坐下，简要陈述了校方的意见，希望警方能够理解并配合。

“嗯，既然你们提出了，那就这样好了。”柴原似乎并不在意这些形式上的要求。

窗外灰色的天空闪了一下，紧接着是滚滚雷声。

关月青看了眼手表，距离中午放学还有不到十分钟的样子。为了不影响课程，她希望能等到午休时再谈话，柴原同样想都没想就答应了。

“请问，为什么要见我的学生？”

“啊？”柴原抬起头问，“刚才那个老师没跟你说吗？”

“他说是要找学生谈话，因为我是班主任，所以希望我来接待你，但是他并没有说原因。”语毕，关月青附上一个礼貌的微笑。

“是嘛，哦。那学生不是被打了吗，听说还是和死者有关，那肯定要了解一下情况的。”柴原说起公事就好像说家常一样。

果然还是被警察知道了，且不说他们是如何知道的，柴原满不在乎地陈述就让关月青有点不自在。

“调查工作一直在进行。”柴原补充道。

“我去倒点儿水吧。”

一时不知道该说什么，关月青只好站起来走向饮水机。柴原看着她的背影不置可否，虽然他并不渴。

“罗志勇和这件事儿有什么关系？”

放下一次性纸杯，关月青继续问。

“现在还不能下结论，总之一会儿再说吧。”

“你们是在怀疑他吗？”关月青索性直接问了。

一听这话，柴原连忙摆手：“你们别那么紧张，刚才那个老师也是。今天来只是想简单了解一下情况而已。”

“刚才不是说已经调查过了吗？”关月青试探地问。

“还没结束。”

“那你们都要调查什么呢？”

柴原抓起纸杯，象征性地抿了一口。“你是新来的吧，刚来这里上班？”

关月青僵硬地笑了笑：“是的。是连我也调查过了吗？”

“我们并不是针对谁进行特别深入的调查，只是想从多方面了解死者和死者生前的人际关系。”

“我明白，我只是想问一下可能会问到的问题，因为他们还都是未成年人。”

“你真的明白了？我觉得你们一直以为我今天是来抓人的吧？”

“那需要有逮捕证吧？”

“原来还有知道的。”柴原把水喝光，纸杯随手放回桌子上，“你们校长是不是不希望这件事传出去？”

关月青只是报以意味深长的生硬微笑。

“看来就是。”

“学校也有自己的立场。”

“不管是自杀还是他杀，只要有这种事情发生就会对学校的名誉造成影响。可是站在死者家长的立场，一味地逃避只会留下更坏的印象。学校就不能拿出个积极的态度吗？”

“你们这几天是不是查得很费力？”

“还没到那种程度，会有人愿意透露信息的。”

然而，即使韩立洋的父母、朋友都能毫不保留地提供信息，现在也仍然没有能够解释他坠楼的有力证据。无法推断出死者自杀的原因，在现阶段，柴原只能认为是掌握的信息还不够多，所以对罗志勇的事谈不上感兴趣，但新的关联人出现了，这绝对称得上是值得追踪的线索。

“那么你们一般都会问什么，就像那天问我的那些内容？”

“差不多，肯定还会问问这次的事情。”

“能具体说一下吗，因为学生还是未成年人，学校希望老师能有个心理准备。”

“为什么老师要有心理准备，还是说我现在透露一下问题内容，然后你们告诉学生，好让他有心理准备？”

“不会这么做吧……”

“是我在问你。”

“刚才也没和我说该怎么办，我想学校也是出于关心学生才这么做的。”

“真的关心学生就不会有人坠楼了。现在我只能说问题的大致方向和那天问你的差不多，具体怎么问，我可能会根据他的反应再做调整。”

“并不是要限制问话的内容，只是出于对未成年人的保护才提前问一句的。另外，一会儿我也要在场。”

“可以。你应该也是身不由己。”柴原的声音不冷不热。

关月青深吸了口气，已经开始后悔接下这个差事了。

下课铃响起后，关月青起身离开接待室。楼道内渐渐变得喧闹起来，几个老师先后从不同教室出来。

关月青走进自己班里，任课老师还在讲台上和几个学生讨论问题，下面的学生已经开始收拾东西准备放学了。虽然班主任站在门口，但没有人停下手里的动作。反正已经是放学时间了，在他们心里，关月青应该只是来做正常巡视的。

关月青并没有急着往里走，远远地就盯住了罗志勇醒目的圆寸脑袋，直到对方朝她望过来，她才钩动手指让他过来。在教室外，关月青讲了一下警察的意图，嘱咐他只要实话实说就好。没有选择的余地，罗志勇顺从地同意了。

两人一起回到接待室，罗志勇警觉地打量着柴原，这个警察一直低着头，即使是自己进来都没有引起他的注意。关月青和罗志勇并排坐在柴原对面。房间里很安静，听得出外面雨势小了些。

“现在可以开始了。”关月青说。

仿佛思考被打断，柴原抬起头，看了看两人，最后视线停在了罗志勇脸上。

“你和韩立洋关系如何？”柴原就这么单刀直入地问了。

“不是很熟。”

“听说两天前你放学后被他班上的同学围攻了，为什么？”

“他们认为是我害死了他。”

“他们怎么说的。”

“说是我把他推下去的。”

“他们为什么会有这种想法？”

“因为我和韩立洋不太合得来。”

“你刚才说你和死者不是很熟。”

“就是性格上合不来才没什么接触。”

干脆利落的问答让关月青感到意外。

“性格合不来的人有很多，彼此远离就行了，为什么他们会把你和死者联系到一起？”

“以前一起踢球时有过摩擦。”罗志勇垂着眼，视线落在茶几上。

关月青转过头看他，周正又普通的脸上没有半点儿表情。

“真的吗？”

“真的。”罗志勇抬眼透过椭圆镜片与柴原对视。

“说谎可不好。”

说谎？关月青轮番看着二人，他们都在回避对方的目光。

柴原继续说：“我听到的说法是，你们两个人喜欢上了同一个女生，那女生叫张睿斯，是你班上的。虽然你们两个最后谁也没追到，还是互相看不顺眼。”

罗志勇露出惊愕的神情，看来是被柴原说中了。这可完全超出了关月青的预料。

“这都是很久以前的事情了。”

“不管是什么时候的，你只管如实说。”

“我觉得没有必要提。都过去了，我们三个现在连交流都没有。”

“可是有人因为已经过去的事情袭击了你，你觉得一点儿都不重要吗？还是说他们有什么新的理由？”柴原一副不依不饶的样子。

罗志勇泄了气般地低下头。

“我说，你们怎么净做些无聊的事儿啊，现在不是应该好好学习才对吗？”柴原皱着眉问。

“是他看我不顺眼，我对他没有敌意。”罗志勇几乎是咬着牙说出来的。

“暂停一下。”看着二人你来我往，关月青终于忍不住了。

“今天只是正常的调查，不能断定谁有嫌疑。既然不能，那么今天谈话的内容能不能对外保密？如果是的话，我会让他好好回答你的问题的。”

柴原点了下头。

关月青又转向罗志勇：“我之前不是你的老师，有些事可以视而不见。你不必多想，如实回答警察的问题，明白吗？”

“我说的都是真的。”

“耐心地全讲出来。”

“我已经都说了。他自杀和我没关系，别来问我了。”

“问你并不意味着你和这件事有关系，只是所有相关的事情都要了解，你不配合吗？”

罗志勇还是不愿配合的样子。

“问你什么你说就行了。”

“我都说了，可是他不信。”罗志勇拖着哭腔，一脸的无辜和委屈。

柴原不说话，只是直勾勾地看着关月青，那表情简直是在说，“能不能让这个男生老实回答啊”。

“问你的问题都要详细地回答，说过了再说一遍也没关系，其他的不用你多想。”

眼看班主任已经不站在自己这一边，罗志勇重重地呼出一口气，沮丧地点点头，再也没有反抗的气势。这正是柴原想要看到的。

“你尽管问吧。”罗志勇坐直身子，放弃了挣扎，一副任人处置的态度。

“从头到尾详细说说。”柴原不露声色地说。

“从头到尾？”

“比如说，你们是喜欢同一个女生，但是他是怎么发觉的？”

“我和张睿斯在一个班，座位离得不远，就算是我喜欢她，但是她根本不会主动和我说话，从没有注意过我。既然如此，我何必坚持下去呢。但是这件事就传到韩立洋耳朵里去了。”

“还有人负责传话？”柴原打断问。

“对。”

“谁传的话？”

“就是我们同学，因为大家都那么说。”

“这是什么时候的事情？”

“上学期。”

“继续说，后来呢？”

“后来有一天课间，韩立洋找到我，警告我不能追张睿斯。我没理他，就算要放弃也和他没关系，用不着他指手画脚。”

“你们的生活就没有正经事儿了吗？”

“我现在心里只有学习。马上就高三了，我不想在别的事上浪费精力。”罗志勇信誓旦旦地说。

“刚才说你们在球场上有摩擦，是真的吗？”

“有几次。就是故意犯规。”

“是他吗？”

“是。”

“你不记恨？”

“有没有我他也追不上，但是他一味把责任推到我身上，和这种人没必要认真。”

“为什么这么说？”

“那个女生对谁都很冷淡，平时只和几个女生关系比较好。”

关月青对照这几天上课的模糊印象，张睿斯好像正符合描述。

“后来呢，你和韩立洋的关系没有缓和？”

“没有，他始终敌视我。”

柴原不予置评，沉默片刻，他再度开口：“说说这周一下午放学后你的行动。”

“我和几个同学在外面玩儿了会儿，然后就回家了。”

“你们在干什么？”

罗志勇犹豫了一下。“网吧。”

“几点到家的？”

“七点多。”

“有人能证明吗？”

“我父母。”

“未成年人不能进网吧。”柴原对关月青说。

“这件事就交给学校处理。”

“哪个网吧？”

罗志勇说了网吧的名字和位置，想必柴原会去那边确认。

“还有一个问题，韩立洋死了你有什么感想？”柴原突然这么一问，罗志勇和关月青都愣住了。

就算是公事也要有个限度！关月青不禁腹诽。

“算了，这个不用回答了。”柴原把话锋一转，然后看着关月青微微点头，示意可以结束了。

“那就让他回去吧。”关月青站起来要带罗志勇离开，柴原依旧坐在沙发上不动。

“你不走吗？”

“啊，实际上，临时有事要和关老师谈。”柴原难得一见地微笑着。

关月青预感不会是好事，她把罗志勇送出接待室，关上门，自己又坐下来。“有什么事直说就好。”

“还有几个问题，我想问问张睿斯。”

虽然柴原提前说过会随机应变地提问，但是关月青还是认为他早就把事情盘算好了。

关月青思索着该如何应对，但不管怎样，拒绝是不可能的了。她留下句“稍等”，就起身从接待室出去了。

不知道张睿斯在不在教室，可是祈祷不在也没有用，柴原一定会留下来等到下午上课的。关月青胡乱想着，脚步不由得加快了。

再次回到接待室时，关月青身边多了一名长相漂亮的长发女生。

长发女生若无其事地在柴原对面坐下，清瘦的身子向后一靠，一双凤眼把柴原快速地从上到下打量了一遍。

“你是张睿斯？”柴原问。

“嗯。”

“就开门见山地说吧，这周一放学之后你都做什么了？”

“回家啊。”

“放学就直接回家了吗？”

“对。”

“几点到的家？”

“大概五点四十分。”

“有证明人吗？”

“没有。”

柴原的眼睛露出了讶异的神色，虽然只是短暂几秒，但还是被关月青捕捉到了。这是柴原第一次显示出惊讶的表情。

“一个人都没有？”

“没有。”张睿斯依旧面不改色。

后面的问题主要是关于韩立洋的，例如他是怎么表示好感的，对韩立洋的感觉，拒绝交往的理由等。张睿斯的回答都很简单，但没有半点含糊和隐瞒。根据她的陈述，韩立洋根本没有走进她的生活中，更别提留下什么印象了，两人就是路人与路人的关系。

刚才在教室里，听说关月青找她的理由后，张睿斯一声不吭地就跟了出来。让关月青没想到的是，还是学生的她可以平和镇定地和警察对答。这么一来，柴原显得有点计无可施了。

“这些就够了。我问完了。”柴原煞有介事地说。其实他什么也没问出来。

“那么，今天就到这吧。”

三人一同站起身，关月青将纸杯扔进废纸篓。走出接待室，柴原独自离开，关月青送张睿斯回教室后，自己转身折向回廊的方向。

在校长室，关月青将谈话内容大致讲述了一遍，对于柴原临时要求问讯张睿斯的做法，王珺并没有说什么。

“警察认为是他杀吗？”耐心听完，王珺开始发问。

“不知道。从对话中也猜不出警察的想法。”

“应该没理由。”

本能告诉关月青，还是不要让王珺知道是自己给警察提供了现场不自然的线索。

“只能先这样了，为什么会凭空发生这种事儿？”王珺叹着气说。

想到高二年级即将面对的理科会考，王珺又问起了学生最近的状态。尤其是实验考试，考前只有一次模拟的机会，她提醒关月青该和魏立行尽早准备了。

离开校长室，关月青终于松了一口气。校长室位于顶层，视野比其他楼层都好，明亮的日光照在白色墙壁上，刚才紧张的情绪也消散了。这时她才注意到，雨不知何时已经停了。

3

魏立行和关月青回到学校的时候刚好赶上中午放学，学生们正成群结队地走出校门。

今天是周一。上午，他们一同前去教委参加每周一次的教研会议，会议内容主要是教学进度。上周，教委专门延长会议传达了理科会考的考试重点。这一次，考虑到有些学校已经开始进入备考阶段，为了不耽误老师时间，会议不到中午就结束了。

进入学校，绕过初中楼，在校园内部的最东侧有一座四层红砖建筑，那里便是食堂了。现在正是吃饭时间，从远处就望见学生们进进出出。

“里面八成已经被学生占领了。”魏立行表情略显尴尬。从教委出来后，是他提议回学校吃饭的。

“一上午课，肯定饿得不行了。”关月青说，“每次上第四节课时我发现他们都是无精打采的。”

“那都是假象，下课铃一响他们会马上进入亢奋状态。”

“那也是因为诱惑太强了。”

“总之就是不愿意继续听课罢了。”

两人沿着操场一侧的小路走着，球场上仍然有踢球的学生。相比在人山人海的食堂排队浪费时间，他们肯定认为还是在操场上踢个尽兴更划得来。

“上午开会时，我看有几个老师也昏昏欲睡的。”

“那几个老人家？”

“老吗，看上去也就四十多啊。”

“属于老教师了。开这种会对他们来说太浪费时间，反正他们有自己的一套方法。”

“方法？”关月青问。

“在他们看来，什么是重点并不重要，教了那么多年书闭着眼都能讲课了。”

“那是都融会贯通了呗。”

“就是这意思。”

“你是不是也可以了？”

“我？”魏立行以为自己听错了。

关月青点头。“你也工作五年了啊。”

魏立行想了想，说：“讲课没有问题，但经验还是不够。”

“不就是两本书嘛。”

关月青指的是高中生物课本，她觉得如果授课已经不成问题，那么对知识也可以完全驾驭才对。

“吃透那两本书只能解决讲课的问题，但要应对考试还不够，还不能揣摩出出题人的想法。那些教了二十年课的就可以，押题也是一种本事。”

“只要把课本上的都传授给学生，让他们举一反三，考试也就不成问题了不是吗？”

“不能不顾成绩，考试技巧也是重要的教学内容。”

刚一步入食堂内部，说话声和碗筷碰撞的声音就直冲进人的耳朵，放眼望去每个窗口都排着长长的队伍。魏立行控制着心里一股厌烦的情绪，平时他很少在学校食堂用餐，偶有例外也尽量错开高峰时段。倒不是饭菜不合胃口，而是魏立行更喜欢在安静舒适的环境下进餐。

关月青环视了一番，包了一层铁皮的固定式餐桌已经坐满了人。

“人真多。”

“关键是没有设置教师餐区。”

魏立行眺望前方一排窗口，但没有看出哪条队伍更短一些。

“要不去楼上看看吧。”

“楼上应该也差不多。”

“直接去四楼。”关月青相信越往上面人越少。

沿着楼梯一口气上到顶层，虽然这里的人也不少，但好歹有了空着的位子，而且因为高度的原因，这里显得比下面更亮堂。在一个人相对少些的窗口前，两人各买了一份排骨套餐。

“会考应该都能过去吧？”坐下后，关月青又想起了工作的事。

“应该都可以。那种考试不会刻意出难题的。再说，还有补考机会。”

“那还能用到补考？”

“去年就有，每年都有个别情况出现。”

“咱们学校呢？”

“你不相信他们？”

“虽说不太好，但还真是持怀疑态度，至少有几个人绝对成问题。”关月青指的是排名倒数的几个学生。

“男生女生？”

“都有。我看过前几次的成绩表了，以他们最近的状态应该不会有跨越式的进步。”

“明白了。你就别费心了。”

“不管了么？”

“哪里都会有问题学生，但大多数中途就分流了，留下来继续念的就算高考过不去，会考还是能及格的。”魏立行停下筷子，“以前我们上高中的时候不是也有这样的学生吗，只要按部就班地复习，最后所有人都能通过。”

“真的可以放心吗？”

“不用再想了，这些年我见过太多了。”魏立行再一次安慰道。

“校长也很重视的。”

“她和你提这件事了？”魏立行关切地问。

“说咱们该抓紧准备生物实验。”

“什么时候说的？”

“上周六，你不在学校。上午我忘了和你说了。”

有学生不断进出，周围也比刚来时吵闹了些，但餐厅内仍然有很多空座。

“来得及，时间很充裕。”魏立行心里盘算了一下，会考在月底，他们还有两周的时间去准备。

实验前，需要把实验项目和所需的材料向实验室管理员报备，等到一切准备妥当后就能开始实验课了。

根据上周传达的考试大纲，实验考核涉及高中课程的全部实验。到了考试当天，学生要先在实验室外抽签，随机选择要考核的实验项目。

“实验都是上学期做过的，我们需要准备什么？”

“太多了，除了实验室方面，还得帮他们复习一遍。”

“还要再讲？”

“嗯。他们肯定都忘得差不多了。实验不比日常课程，没有反复熟悉巩固的机会。下次上课把实验内容复习一遍，我下午准备检查一下实验仪器，然后写申请，可能还要重新采购点儿东西。”

听同事说得稀松平常，关月青不再发表意见了。

“老师好！”一阵女声突然传来，打断了二人的谈话。

问候声来自关月青班上的几个女生，她们用餐完毕准备离开，正好经过这里。

关月青微笑致意，几个女生笑着走过去，唯独最后一个人招呼都没打，目不斜视地跟在别人后面，仿佛关月青和魏立行并不存在一样。

学生莫名其妙的冷淡让魏立行感到意外，虽然不想表现出来，但与关月青视线相接的时候可以确定对方也在在意这件事。

“她平时都是这么冷淡吗？”

“有吗，我也不太了解。”魏立行一脸茫然地说。

“之前不是你负责代课的吗？”

“那也没时间去了解学生，每天光是讲课就够忙的了。”

“那她上课时的表现怎么样呢？”

“属于比较安静的。”魏立行想了想，最后肯定地点了下头。

“我也发现了。”

“大多数学生不都是这样？”

“不，她不太一样。”

“哪里不一样？”魏立行抬起头问。

“有的沉默是因为不会，有的是因为不愿出风头，她应该属于后者，我在课上讲的她应该都懂。虽然只是安静地坐着，可是她的精神还是在课堂上，绝不是在走神。”

“明白。”站在讲台上，下面不管是多么微小的动作都能尽收眼底，这是做过老师的人都有的体会。

“而且她生物学得不错，作业完成得非常好。”

“那应该是自己下了一番功夫。”

“她属于努力型的？”

“我觉得女生都会比较踏实努力。”

“她是脑子聪明的。”

自从那天听了柴原和学生的对话，关月青就开始留意这个女生。她对警察的冷淡并不是抵触的表现，而是平时就是这副我行我素的样子，让人心生好奇。

“她大概是在生我的气。”关月青淡淡地说。

“生气？为什么？”

“周六那天，警察来找她询问事情了，是我带她见警察的。”

“警察？”魏立行不敢相信自己的耳朵。

虽然尽量压低了声音，但邻桌的几个学生还是投来好奇的目光。

“不用这么吃惊吧。”

“我以为都结束了。警察来问什么？”

“没完呢。相反，调查的范围扩大了。”

“警察为什么要找她谈话？”

尽管心里已经猜出个大半，但魏立行好奇警方了解到了什么程度。

“警察查出来死了的那个学生追过她。”

果然如此！警察搜集信息的工作真是滴水不漏。

“那警察是从哪儿听来这件事的？”

“不知道，但可以确定的是他们肯定做过调查了，来学校只是为了和当事人进行确认。”

“从谈话听出来了？”

关月青连连点头。“连他们打架的事都知道了。”

“他问了吗？”

“先找的罗志勇。”关月青说，“礼拜六整个中午我都在边上陪着。”

“调查得真够彻底的。”魏立行一边咀嚼一边说。套餐里的排骨肉并不多，才用筷子戳了几下就没得吃了。

突然，一个念头闪过魏立行的脑海，他恍然大悟般地抬起头看着关月青。

“我想起来了。你还记得第一次来了两个警察，其中一个年轻的负责做记录。”

“有印象，怎么了？”

“是不是戴副眼镜，看上去文绉绉的？”

“嗯，继续说。”关月青催促道。

“上周四放学，我从学校出来，马路对面有个人，应该是他，只是当时我没认出来。”

“也就是说一直在关注着学校这边的动静。”

“肯定是。”

魏立行回想起那天的画面，年轻的便衣警察出现在学校附近是否意味着嗅到了什么，若是他当时回望一眼，是不是能够看到那个警察躲在角落观察每个学生的画面？

“你觉得这件事是他杀吗？”关月青说出了心中的疑惑。

“嗯？”魏立行回过神，“你说什么？”

“韩立洋会不会是死于他杀？”

魏立行深吸了一口气。“那个警察还问了什么吗？”

“主要就是礼拜一放学后的行踪，还有人际关系方面的事情。”

“你觉得这是在调查他杀？”

“我也不知道。”

“如果是的话，这可就是谋杀了。你觉得谈话时警察对两个学生的态度有什么不正常的吗？”

“怎么叫不正常？”

“凶吗？”

“不凶。但也可能是有我在场，就算想吓唬人也不会直接做出来。”

“自杀案调查了一周确实不太正常。警察有什么表示吗？”

“没有，你也见过那个警察，一副神秘兮兮的样子。”关月青用筷子从排骨上剔下一块瘦肉，夹起来放入口中。

单凭警察约见学生就认为警方把案件归为他杀还是太武断了，也许只是针对与死者相关人的正常询问。魏立行正想着，一群穿着球衣的男生走进食堂，看样子应该是刚才球场上的那些人。

不，先等一下。

魏立行脑海中闪过一个名字。

午间的办公室里几个女老师都在伏案午休，醒着的人则轻手轻脚地忙着自己的事情，偶尔会响起翻书的声音。

从食堂出来，关月青有事先去了班里，魏立行便一个人回了办公室。他刚坐下，在一旁批改作业的马震就转过头轻声说："下楼透透气去。"

马震兀自起身，又拍拍史磊的肩膀，抬手朝门的方向一指。史磊立即会意，合上手中的近代史，和魏立行一起跟了出去。

今天天气出奇地好，魏立行抬头看了眼天空，大块的云彩飘在蓝天上，这种天气还坐在办公室里简直就是浪费。美中不足的是正午的阳光把风都烤热了，三个人站在楼下的背阴处，各自从口袋里摸出香烟点上。空闲的时候他们常会在这里抽烟打发时间。

马震使劲儿吸了一口，吐出一道长长的灰烟，因为工作绷紧的神经渐渐放松了。他看着魏立行，说："周六你不在，警察来过了，就是之前来的那个。"

"听说了。"

"我猜你是听新来的关老师说的。刚才看见你们一起从食堂出来的。"史磊咧嘴笑着。

"还有这事？"

"绝对没看错。"

魏立行只是笑了笑。

"据说警察找她班上的学生谈话了。"

魏立行点头承认。

"不会是张睿斯吧？"史磊朝地上弹了弹烟灰。

"被你说中了。"

马震叼着烧了一半的烟，声音含糊地说："警察都知道了？"

“很厉害吧。”

马震把烟捏在手上，兴奋地说：“居然调查得这么细致，比我们这些每天面对学生的知道得都多。”

“人家警察都是专业的，要调查个人还不简单。”

魏立行吸了一口烟。

“警察问出什么了吗，从张睿斯那里？”史磊继续说。

“没有，什么都没问出来。”

张睿斯的冷淡态度，连警察也会束手无策。魏立行真想亲眼看看柴原一无所获的失望神情。

“能问出什么，这种纠葛能闹出人命吗？纯属小题大做。”

“我也这么认为。”

“可能是不查出原因不罢休。”魏立行说。

“死都死了，想这些有什么用呢。”马震来回扭转腰部。每隔一段时间他就会这样活动腰椎，已经是他的招牌动作了。

“学生家长会给警察施加压力的。家属不答应，调查肯定会继续。”

“家长好像最近没来学校。”

史磊的话提醒了马震，现在两人一致看着魏立行。

“就是没来。不过，没来才好。”

以他们的性格和立场一定会不打招呼直接来学校的，虽然这几次他们都把矛头指向了王珺，但万一需要班主任出面，谁有精力去和他们周旋。

“反正是王珺接待。她每次都是什么样子？”史磊问。

“推诿呗，还能怎样。”

“这种事情只要承担责任她和学校就都完了。”

远处的球场上几个男生正顶着火热的太阳狂奔，三个人不约而同地望过去，沉默地抽着烟。

“真是精力充沛。”马震眯着眼，想看清一个过人动作。

“照这么踢法，下午就只剩瞌睡了。”

“为什么政教处就不管管呢，这样咱们下午还怎么上课！”

“上午警察来过了吗？”魏立行好像根本没在意两人的对话。

“今天上午？”马震问。

“不会又来了吧。”烟已经快烧到过滤嘴了，魏立行吸了最后一口，扔在地上踩灭。

“我上午有课。”

“应该没来，但是十点之前我不在学校。”说话的是史磊，理科班的政治课都安排在下午。

“还要再来吗，那可真是没完没了。”

“我觉得就算什么也问不出，只要这件事没有结果，他们来多少次都有可能。”

“警察找过曲妙吗？”

马震和史磊互相看了一眼。

“没注意，曲妙不是你班上的吗，你都不知道？”

“我不也是中午才听说这事儿的嘛。”

“具体我也不了解，周六全程有那个女老师陪着，你应该听她怎么说。”

马震从烟盒里抽出一根烟，朝魏立行晃了晃。看对方连忙摆手，马震便自己点上了。他烟瘾一直很大。

史磊把烟蒂弹到墙角，双手插进裤子口袋，问：“她是韩立洋女朋友，所以警察会找她？”

“我是这么想的。”

“也有可能警察已经找过她了。只要是上课时间之外，警察的行动是不用通过学校的。”

的确有这种可能，但是无法令魏立行完全信服。

自从得知警察着手从学生层面调查，他就想到了曲妙。倘若警察想要了解韩立洋死前的人际关系，显然与罗志勇和张睿斯谈话是正常的，可更不该忽略曲妙。就算只是日常生活的信息，女朋友掌握的也要比普通朋友的多。

那么，警方迟迟没有与曲妙直接对话是为什么呢，是已经私下谈过了，还是警方在意的线索不在曲妙那里？

“其实，我听说在学生中间也有这种说法：韩立洋和曲妙在一起只是因为追不到张睿斯。他对曲妙也算不上很在乎，据说那个女生在这件事上表现得更主动。”

“有这种事？”

不知道史磊都是从哪里听来的消息，每次都让人倍感意外。

“被当成替代品了？”魏立行问。

“不算吧，顶多是退而求其次。”

“要是把曲妙当成临时替代，那么他应该还会去追别人。”

“张睿斯吗？”魏立行问。

“有可能。”

“他有行动吗？”

“不知道。”

“上次不是你说看见他和曲妙在逛街吗？”魏立行说。

“那只是正好路过，这种事儿怎么可能每次都让我看见。”

“所以警察也不会找她喽。”马震似乎是在开玩笑。

会有这种可能吗？警察可是连蛛丝马迹都不会放过的猎犬，仅仅因为感情靠不住就放弃调查，这种推论难以成立。

心中的疑惑还未消除，反而又生出新的问题来，好像身处于岔路口，可是每条路都不知道会通向何方。魏立行意识到这个问题上他已经越走越远了，现在最好是赶快抽身出来，不要再继续想了。

抽完烟，三人转身向教学楼走去。魏立行跟在二人身后有些心不在焉。午餐时他就在想这件事有没有可能与曲妙有关，而现在，这个想法正在他的脑海里渐渐清晰起来。

既然警察已经开始调查韩立洋身边的人，至少是对自杀持怀疑态度的。如果说有人与韩立洋可能存在矛盾，张睿斯和罗志勇都有理由算在内，可一旦曲妙明白付出的感情得不到回报，她的态度便更有可能从韩立洋的身边换到对立面。进一步讲，因爱生恨，杀人这件事也就说通了。

当警方发现张睿斯和罗志勇都没有犯罪的可能，他们就会将注意力转到曲妙身上。

想到这，魏立行心里生出一阵不安。他真实地感到在身体深处一阵战栗正不受控制地向外涌来。如此大胆的假设让身为班主任的他不知该如何面对自己的学生。

柴原坐在办公桌前已经好久了，一直在琢磨案子的事，虽然并没有什么结果。

这种状态自上周三从学校出来就开始了，周末两天也是。柴原考虑了很多种情况，但都没法合理地解释死者坠楼的原因。不像自杀，也没留下什么线索，只能当作非正常死亡，这没法让人安心。

“您想什么呢？”

柴原从思绪中抽离，看着凌沐在对面位子坐下。看来已经吃过午饭了。

“那天在学校有发现吗？”

柴原摇摇头。

“您是见了那几个学生？”

柴原伸出两根手指，比画个“二”。

“出事的那个男生，还有那个女孩儿。怎么说呢，看上去都不是会做出出格事的学生。”

“他们的证词都没有问题？”

“我觉得没有。”

上周三，凌沐听从柴原的建议，这次在接触学校前可以率先摸清学生的人际关系，不知该不该说幸运，他行动的第一天就撞见了几个男生围住罗志勇的事。

凌沐并没有立即出面制止，一开始他仅仅以为那是正常的闲聊，直到发现场面不对时才喝止住双方。因为是便装出行，他索性隐瞒了身份，在学生眼中可能只是个多管闲事的路人。

随后几天里他也在学生那里打听到了一些传闻。凌沐很是看中这些信息，一起汇报给了柴原。

“他们怎么说的？”

“男生事发时有不在场证明。女生嘛，一看就知道不可能是她。”

“为什么？”

凌沐非常奇怪，柴原很少凭借外貌印象就解除对一个人的怀疑。

“柔弱。很难让一个比自己高的男生坠楼，搞不好自己反而会摔下去。”

“不在场证明呢？”

柴原端起水杯喝了一大茶，说：“按照她的说法是无人证明。”

“会不会是让别人代为出手？”

“我考虑过这种可能，两个男生在天台发生争执，一个人把另一个推下去。这难免不留下蛛丝马迹，但刑侦那边的人不是说了吗，现场没发现打斗的痕迹。”

柴原继续说：“其实存在帮凶这个假设还是有好处的。年轻人的人际关系很不稳定，说不定哪天同盟破裂就会冒出一堆线索，到时候就方便我们了。”

凌沐慢慢点头。“也是。那接下来怎么办，不能等着嫌疑人露出马脚？”

原以为可以为侦查工作找到方向，看来也是白费力气了。

“这不还在想。”

“有没有可能是偷袭？”

“偷袭？”柴原摸着下巴，那里已经冒出胡楂了。

“比如趁死者站在楼顶边缘，不注意的时候，将他猛地推下去。”

“那最好是站在女儿墙上。但怎样才能让死者自己上去呢？”

“我觉得只要是靠近边缘的地方就行。”

“要是这样的话，谁都有可能办到。必须要扩大范围了。”

“也不是不行啊。”

“嗯。”柴原表示同意。

地毯式搜索工作量大，但总是值得一试的。

“对了。”柴原忽然抬起头，直直看着凌沐，“你是说偷袭？”

凌沐不明所以。“是啊。怎么了？”

“你小时候玩过试胆游戏吗？”

“那是什么？”

“各种能证明自己胆子大的挑战，比如捅马蜂窝。”

凌沐不禁笑起来。“没干过。”

“要是几个男生凑在一起就可能干出这种事儿，站在房顶，沿着边缘走，谁不敢就算谁输。”

“我没玩儿过。”

“你们的日子还真平淡。”

“我觉得现在的孩子也不像过去了，有电子产品，有网络，不一定要做危险的事情。”

“这事关名誉，或者他们打了什么赌，应该会更吸引人。”柴原说，“我反而不理解虚拟网络有什么意思。”

柴原虽然谈不上老人家，但思维作风却比同龄人老派，新潮事物很难勾起他的兴趣。

“只是消遣的方式不同而已，不过我赞成你的说法，本质上都是在追求刺激。问题是接下来要怎么查呢，还是挨个问？”

“拜托刑侦的人再去一趟现场。”

“那天不是勘验过了？连报告都写完了，您不是看了吗？”

“如果这真是有人一时无聊惹的祸，他们应该会在整条女儿墙上走，说不定能留下点儿什么。我觉得有必要证实一下。”

凌沐回忆了一下。“那天只是在坠落地点上方搜集了证物。”

“所以说还不够。”

凌沐站起来，说：“我去找刑侦的人帮忙。”

“一起去吧。”柴原也想活动活动了。

想到一种可能柴原就希望尽快去证实，虽然也不是很有把握的猜测，但有个想法总比为“非正常死亡”苦恼好得多。

4

“你真要这么干？”

站在天台，刑侦部门姓金的同事在进行最后的确认。

“有难度吗？”柴原问。

“难倒不是特别难，也就是多花点儿时间。可是，真的是你说的那样吗？”

“我觉得有可能，最好还是试一下。”

为了尽快证实自己的想法，柴原一早就带头儿来到学校，想趁着上午赶紧把事情办完，可不能轻易放弃。

“不是要打击你，第一次的鉴定并没有发现可疑的地方。再说如果还有人在这，只要查一下后来离开学校的人员不就知道了。”

“那天没人看见有谁很晚走出学校，当然出了人命还大摇大摆离开也不正常。”

“不看到结果你是不会罢休的对吧？”

“总之，再试一次吧。”柴原以诚恳的语气说道。

“那好。”

再次勘验现场不是不行，但了解了柴原的设想后还是不免让人担忧。问题在于事情已经过去几天了，在露天的室外现场还能留下多少线索？！

“那就辛苦了。”

柴原看着同事走到天台一端，从手提包里拿出工具，在发生坠落的那一边开始仔细地清理。柴原记得对方比自己还要大四岁，在刑侦技术方面也称得上经验丰富了。

站在平地看，学校建得的确气派，可来到顶层就能看出这几座楼应该都有些年头了。女儿墙的高度还不及成年人的膝盖，对高中生而言也可以等同为“台阶”了，抬腿就能迈上去。不符合近十年的建造标准，柴原上次来就有了判断。

取证过程前后花了大约一个钟头，帮忙开门的年轻男老师则一直在楼梯间等候。柴原嘱咐过，无关人员不能靠近现场。

“怎么样？”看着同事一件一件收拾东西，柴原问。大概是想早点儿得到答案。

“不太乐观，别抱太大希望。”他边回答边摘下白手套。

“是因为时间太久吗？”

“这只是一方面，还有别的原因。你的假设是有人站在女儿墙上走不慎摔下去，那么站在这么高的地方人一定走得小心翼翼，那样是很难留下什么痕迹的。”

“要是第一天能检查一下就好了。”

“不好说。虽说这里平时开放，谁都可以上来，可这是水泥地面，能留下什么呢？之前的报告结果你也知道了。话说回来，你让我来不过是想确认死者有没有可能是死于意外，可我的观点是这不太像是意外坠落。”

“为什么？”

“死者是在离两座教学楼最远的一侧掉下去的，那边算是校园的最后面了，然后你回头看。”他指着远处的两座楼，“五六两层都能看见这里，四楼个别角度也能看到，可是那天有人发现楼顶有人吗？”

“没有特别问过谁这个问题，但也没听说有目击者。”

“但是只要有人看到这种事都会一传十，十传百的。”

“没错。”柴原点头赞同。

“所以应该是有意避开了人们的视线。”

“很有用的分析。”

“其实现场总是包含很多信息的，不一定非要依靠现代化技术。就说这里吧，能做掩体的也就只有那个了。”

两人视线一齐投向位于天台中部的屋面楼梯间。

“一开始应该躲在那边，等别人放学了再到边缘一带活动。一定是有什么原因才这么做。”

“什么原因？”

“我只能根据现场情况做个推断，具体怎么回事儿就要靠你们了。”

“有没有其他人在场死者都有可能选择回避，但要是只有他自己其实随时可以跳，用不着等到放学后半小时。”柴原走到女儿墙边上，向下瞄了一眼，下面只是一条灰色的小路。

“这就不好说了。我觉得事情会比我们想得要复杂。”

“多久能出结果？”柴原关心地问。

“十天左右吧，我会尽快的。”

下午第三节课下课铃响起时，魏立行顿时生出一阵轻松感。班里的学生倒是没什么反应——下午的课十有八九会上成这样，整个班都昏沉沉的，仅有少数人还能跟上讲课的节奏。

回到办公室，魏立行一下坐到椅子上，靠着椅背端起水杯连喝了几口。

周三全天都有生物课，绝对是对体力和喉咙的考验。

接下来就是最后一节课了，上了一天的课，通常到了这个时候已经很少有学生主动来请教问题了。魏立行的目光扫过办公室里零零散散的几个积极分子，心里期盼最好不要有人来找自己。看着周围同事都在忙碌，自己也没有与人闲谈的热情了。

几分钟后，上课铃响起，赶着上课的老师和聚集在办公室的学生陆续离开，办公室里很快恢复了先前的安静。

魏立行已经上完了全天的课程，现在的心情如同获得大赦一样，疲惫而又放松地靠在椅子上休息。讲了一天的课，他已经丝毫没有工作的兴致。尽管还有一堆作业没看，但手拿起红笔却怎么也不愿意再去翻那些练习册，魏立行觉得就这么坐在座位上耗到放学也不错。

此时，办公室里只有不到一半的人，魏立行抬手看了眼表，离放学还有一个多小时。他默默地掏出烟盒，然而环顾四周，发现身边坐着的只有不抽烟的女老师。魏立行犹豫了一下，又看了看身旁两个空着的座位。失去烟友的魏立行果断地站起来，握着半瘪的烟盒离开了办公室。

刚踏入高中楼通向实验楼的回廊，魏立行就迫不及待地点上了烟。他撑在回廊的栏杆上向下面张望着，站在这里可以俯瞰整个操场，但今天上演的仍然是没什么技术可言的球赛，并无新意，只看了几眼心里就更烦了。魏立行不知不觉咬瘪了过滤嘴，这个时候还能去哪儿呢？沿着回廊去实验楼，不知道此时是否有上课的班级，但可以肯定的是通向天台的门已经锁起来了，不然去那里抽烟更清静自得。

魏立行在空荡荡的回廊上走来走去，直到抽完一支烟仍没想好该去哪儿消磨时间，只是不要再回办公室了。

再看一眼下面的操场，他活动了一下发酸的肩膀，向实验楼走去。

四点多钟的太阳散发着最后的能量，操场上有正在上体育课的班级，但还在活动的学生并不多，女生几乎都躲在看台下的背阴处聊天，只有部分男生不顾灼热的夕照，在人工草皮的球场上执着地追着足球跑。

看到魏立行沿着台阶走上来，关月青一点也不吃惊。刚才她便远远望见了他从实验楼走出的身影。关月青朝下面挥了挥手，魏立行微笑着加快了步伐。

“办公室找不见人，我一猜你就是来这里了。”

魏立行坐下后递给关月青一瓶咖啡，自己则拧开矿泉水盖子喝了起来。

“我不知道你爱喝什么，就买了你上次喝的咖啡。”

关月青摩挲着瓶身上的包装纸，的确是她常喝的牌子。

“谢谢，我挺爱喝这个的。”

“你没课了？”

“没了，就等下班了。礼拜三太难熬了。”

关月青今天也是从上午讲到下午。

“我也是。刚才最后那堂课上我以为嗓子要烧起来了。”

“课表排得一点儿都不合理。”关月青开始批评学校。

魏立行哼笑着，用略带嘲讽的口吻说：“从来没合理过。”

魏立行又灌了一口水，他望着下面的球场，几个男生挤在一起，拼命争抢着，但显然他们脚下的技术都不是特别好。

“今天这几个不太会踢。”

关月青附和着笑笑，球技水平什么的她本来就不太懂。

“怎样才算好？”

“脚法啊。好球员带球就像把球黏在脚底下，谁来都抢不走。他们拿到球只是在追着球跑，没有控制力。单凭一股蛮力踢球可不行。”

“中学生还能怎样。”

“是这些人不行，这学校里还有踢得好的。”

魏立行说话的时候，球就在两队人脚下换了几个来回，最后球还是出界了。

“昨天课讲得并不是很好，可能让你失望了。”

“哪的话，你讲得非常好，已经让我很是受用了。”

“算了吧，不用这么夸我。”

“是真的。一个人能独立解决事情固然好，可很容易就走上闭门造车的陷阱。保持和外界交流才能激发活力，学习和参考的方法也能拓宽思路，所以我才找你的。”

昨天下午上课前，关月青临时向魏立行提出了旁听的要求，魏立行一时不知如何是好。虽说教师之间相互听课学习是很正常的，但事发突然，他没有任何准备。哪怕关月青提前一天说，魏立行都会痛快答应下来。魏立行思量着即将开始的课程，抛开对内容的把握不说，似乎也没有拒绝的理由。权衡之后，魏立行只好答应下来。

他找来学生搬了把折叠椅放在教室最后，关月青走进教室，学生中间随即一阵小声议论。

工作这些年，旁听这种事魏立行已经习以为常了。每逢有别的老师来听课，只要忘记那些人，按照事先备课的内容全情投入到课堂互动中，时间便会过得飞快，转眼间一堂课就会过去，还会得到同行教师的好评。不过，不知道这次是怎么了，若是全神贯注地讲课还好，只要每次用余光扫过坐在教室后面的关月青，魏立行总是感到一阵莫名紧张。

“以后要听课最好提前说，我好有个准备。”

“准备太充分会掩盖你本来的授课特色的。”

“你是要学我吗？”魏立行问。

“只是想参考一下。”说完，关月青又补充了一句，“学也学不来。”

“重要的是你自己的风格和方式。”

“有几次，我点名让学生回答问题，看他们答不上来，站在那支支吾吾的样子，我反而会不知该做什么好，这时候是该给些提示，还是干脆换个学生来答呢。有时候也能感觉出有的学生是故意回答不出哗众取宠的，可真够讨厌的。”

“后来呢，最终你是怎么解决的？”魏立行转过头问。

“我让答不出来的都坐下了。”

“这可不行。太便宜他们了，应该好好教训一顿。尤其是那些故意出洋相的，得想办法收拾他们，不然他们以后会得寸进尺的。”

“可是看他们求饶的样子又心软了。”

“那都是装的，因为你是女老师他们才这样。学生该批评时就得批评，过分宽容是没有益处的。一站起来就只会低着头什么都不说的那种，分明是在逃避，以为只要沉默老师最后就会让他坐下。就算到最后还是会换人回答，但在此之前不能让他太轻松，上学到今天这份儿上，总不能一问三不知吧。不过，如果有学生只是因为思路不对，没有找准解题的方向，可以适当提醒一下。”

“就像你昨天那样？”

“昨天……差不多吧。”

事实上，昨天的课上有些太差劲的学生魏立行根本就没敢点名回答问题。

“听了你的课我也有所领悟了。”

“能有收获就好。”

“但是要做到像你那样还需要时间。”

“时间不是问题。”

“怎么不是问题，当然是越快越好。”

“现在困扰你的只是小问题，这种问题跟你未来的教学生涯比根本不值一提，当然前提是你愿意一直当老师。生物课在高中课程里属于比较简单的科目了，我认为只要本科是毕业于生物专业都能胜任这份工作。你有专业基础，按部就班备课，老师该做的工作你都认真去完成，所以你的课堂心理素质应该更加自信，而不是现在这样。”

“其实高中生已经很省心了，就算不想听课也只是趴在那睡觉或者自己找点事情做，至少没有影响别人学习。”

“不会是有人给你捣乱吧？”魏立行问。

“没有。”

“唯恐天下不乱，破坏课堂纪律的情况初中比较普遍。高中生已经有独立行动的自觉了，不会轻易被别人干扰。但是不管怎样，只要不好好学习你就要让他们知道错了。别舍不得，该说就要说。”

关月青点了点头。

女老师震慑不住学生的情况魏立行以前听说过不少，虽说经常有声音提倡师生间打破隔阂，建立“朋友”关系，可是不管怎么说老师就是老师，学生就是学生。老师掌握着更多的知识并传授给学生，尤其在高中阶段，高强度的教学任务让这种单向灌输的教学模式不可能有欢乐的气氛。

那些提出轻松教学口号的人，魏立行认为说好听了是理想主义，说得不好听就是生活在幻想里，他们才不了解这个国家的教育呢。

关月青沉默地注视着远处，不知道在想着什么。魏立行注意到她的侧脸很安静，好像两人正坐在大学的阶梯教室上着一堂公共课。

“你结婚了吗？”犹豫再三，魏立行还是问了一句。

“没啊。”关月青疑惑地看着他，“怎么问起这个？”

“听说咱们同学中有不少已经结婚了，所以我问问。”

“岂止，有的连孩子都有了。”

从毕业第三年开始，陆陆续续传来同学结婚的消息，最近两年也有很多人开始了三口之家的生活，关月青对此类信息已经见怪不怪了。

“你看我像已婚的吗？”

“就是因为看不出才直接问了。”

“你参加过同学的婚礼吗？”

“只参加过三次，是大学时关系不错的几个，和其他人就没什么联系了。”

“我也是。”

关月青只是经常在网上看到同学的婚纱照，被邀请参加婚礼只有一次，还不是大学同学。

“我以为冼驹会很快行动的。”

“没有。”

“还是他吗？”魏立行好像意识到什么，又补充了一句。

关月青垂下眼帘，淡淡地说：“他已经不在了。”

“什么意思？”

“就是不在了。”

魏立行愕然，同时也发觉自己问了不该问的事情。“从没听同学说起过。”

“没和别人说过。都毕业五年了，大家联系越来越少了，他也不是个主动的人。”

“太对不起了。”魏立行赶紧道歉。

“没什么，我已经接受这个事实了。”

给自己一个新的开始，关月青正是带着这样的信念才重回职场的。

听到昔日同学去世的消息，魏立行一时间也百感交集，不知道该安慰还是装作若无其事地换个话题。可惜太阳最后的余温还没消退，微热的风吹过来反而让两人周围的空气更加黏稠了。

这时，两人身后传来一阵稀里哗啦的声音，关月青回过头，引颈探视。

“好像有人扔东西。”碍于高度差，她什么也看不见，只听见有脚步声渐渐远去。

“工厂的人，他们有时会把废料什么的堆在这边。”

“原来那边是工厂啊。”

“好像是造纸厂。”

“从来没有注意过另一边。”

隔着围栏，关月青看见两个男人的背影。他们身穿蓝色的工作服，刚才扔垃圾的八成就是他们。

“那你呢，为什么不读研了？”关月青回过头问。

“为什么一定要读呢？”

“当年保研的机会还是很吸引人的。”

“我的毕业实验最后出了问题。”

魏立行本不想把话题转到这件事上，可避而不谈就显得太失礼了。

“什么时候的事，实验出问题很正常，没有时间再做调整了吗？”

“来不及了，那时已经快到期限了。”

“是什么问题？”关月青看上去更不明白了，眉头微蹙。

“你知道大四那年学校和市里一家研究所合作吗？”

关月青摇头，她连听都没听过。

“你不知道是正常的，那是和学校研究生院的合作。研究方向主要是基因工程领域，有大量资金，缺的是专业人员。”

“你是怎么知道的？”

“有一次在办公室听老师说的，那时候项目还在准备期，但已经和几所高校有过接触了。研究所希望能够招聘些专业硕士，因为从实习期就会按月发放工资，我当时有点儿心动。”

“可是，那时你还是本科生，本科生也能加入吗？”

“原则上是不行，但那时候学校的研究生院也没什么人了，既然我已经属于准研究生，学校最终还是开了条通道。不过，作为条件，我的那部分酬劳归学院所有，算作我的一部分学费。我觉得可以接受，本来我想加入这个项目就是为了赚点读研期间的生活费。”

“可是也要等到你研究生毕业才能去吧。”

“从研一开始就能接触所里的项目了，有了相关的经验以后留在那实习也很容易。”

“后来呢？”

“保研只是免去了研究生考试的程序，学校的毕业考试是不能省的，毕业论文也必须通过。因为提交了参加研究所项目研究的申请，所以我的毕业实验也要换成基因工程方向。”魏立行面容平静地说，“但是，失败了。”

“为什么，就因为临时换了选题？”

“和选题内容没关系，是技术方面的事。”

“可是基因工程技术已经很成熟了，还能遇到什么问题，你们不会是在做基因组图谱吧？”

“怎么可能，图谱可不是找一帮研究生能干的。”魏立行笑着回答。

“难道说……”关月青又想到了另一种可能，“你们在开发新的外源 DNA 片段？”

魏立行苦笑道：“猜对了一部分。外源 DNA 确实是项目中比较重要的部分，但那时要面对的还有别的问题，比如以昆虫细胞作为受体细胞。”

“昆虫细胞做受体？”关月青睁大眼睛。

“没想到吧。”

“也就是说，要在昆虫体内表达了？”

“是的。”

如关月青所言，基因工程的确不是什么神秘技术，几十年前开始受到科学界重视，新千年后更是广泛应用于多个领域。其原理简单来说即是将生物的某段基因与载体在细胞外进行拼接重组，再转入到受体细胞中，使之按照人类的意愿维持和表达其遗传特性。

如果基因工程广泛应用在制药业，那么产品大部分是面向人类的，所以受体细胞一般选择哺乳动物，实验室常见的就是小白鼠。

“昆虫细胞有做受体的优势，世代间隔短，易于大量养殖，能节约很大生产成本。”

“可是即使在哺乳动物受体细胞中，真正能够摄入重组DNA分子的受体细胞也是很少的。”

“没错。不仅操作比较烦琐，相对哺乳动物细胞表达系统来说，表达产物的翻译后加工系统也不够完善。得到的目标产物在哺乳动物身上试验，效果也不理想。”

“项目成果是要应用在医药领域？”

“是。”魏立行点点头。

“这不算失败啊，实验还应该继续下去，总会有成功的样本出现。”

“没能在规定时间内取得成果又有什么办法。”

“你们应该有很多实验组，不会一个都没成功吧？”关月青问。

“据说有，但那不是我所在的实验组。”

“那也不能为此就取消你的保研资格。”

“学校没有取消，但是这个实验原本是作为我的毕业设计的。这么一来我不得不重新选择课题，当时已经临近毕业了，所以我的答辩也得延期。就在那段时间，有人顶替了我的名额，学校也没办法，听说对方很有背景。”

“真是太不公平了。”关月青没想到最后还有意外波折。

“就好像被命运摆了一道，躲都躲不开。”

“你那时心里一定很不平吧。”

“还好吧，没过多久就觉得没什么了。在结果揭晓之前我是全力以赴地努力过的，但是对于改变不了的事还是接受吧。我一直是这么认为的。”

魏立行对很多事情都是这个心态。

“是啊。”关月青轻轻笑了笑。

一阵铃声从教学楼的方向传出，操场上男生女生分别集合，听不见体育老师说了什么，但很快人群便“哗”地散开，朝教学楼走去。

“幸亏我还有教师资格证，当时正好赶上这里招聘，我就来了。不过，面试当天我还在犹豫是否要真的从事教育工作。”

关月青有点儿意外。“还以为这是你的理想职业呢。”

“为什么这么说？”

“觉得你讲课很好，学生们应该也挺喜欢你吧。”

“居然给人留下这种印象。”魏立行嘴角浮现出自嘲的笑。

“不是吗？”

“我也不知道。但是那时候一想到要面对一群毛头小子就头疼，后来我还发现，有的女高中生比男生还有过之而无不及。”

“原来你和我现在状态一样啊。”

“都是渐渐适应的。”

“你打算一直做下去吗？”

“大概吧，前几年还想过换个职业，但是现在觉得就这样也不坏。

人都有惰性，从生活那里得来一点儿好处就不想再追求别的了。”魏立行能够感到身体里的闯劲儿已经不像几年前那么强烈了。

学校大门的方向有学生从两侧教学楼拥聚过去，终于到了放学时间了。魏立行站起身对关月青说：“实验室那边已经开始制备材料了，下周就能上实验课，你也做好准备。”

这话说完，教学楼上几处亮着光的玻璃窗便接连暗掉了。

第三章

1

实验室内不时响起玻璃器皿碰撞的清脆声音，学生们都在有条不紊地进行实验操作。

五月二十八日，在经过了一周的准备之后，最后的实验复习正式开始了。

关月青在讲台上来回踱着步子，手里拿着一本实验报告手册。随着步子的频率，关月青慢悠悠地扇着风。实验才刚刚开始，她环视着实验室，下面二十多张实验台上都在忙碌着，一个模糊的影子出现在眼角的余光里。关月青扭头向门那边望去，发现魏立行正在那里。

“怎么了？”关月青趋步过去。

“没什么事儿。我那边的学生开始实验了，我就过来看看。”

魏立行用的实验室就在隔壁。碍于条件限制，每堂实验课最多只能安排两个班进行，这样算下来，要在正式会考前把所有实验做完一轮，时间绝称不上宽裕。

“做得都很标准。”关月青朝讲台下面扬了扬下巴。

“那是因为你刚才详细讲了一遍。”

“你怎么知道？”

“走廊里全是你的声音。”

“声音很大？”关月青有些不好意思。

“也还好。”

实验课最能反映出实际操作能力，所以实验开始前的独立预习对学生来说非常重要，而老师只需在课上简单介绍实验原理，提醒学生注意实验安全即可。然而关月青刚才则是详细讲解了试验流程和可能出现的各种失误，照顾得太周到反而会降低实验的检验性。

“这是考前的唯一机会了，我尽量让课程发挥出最大的功效。”

“能通过考试就行。”

“这正是我担心的。有人可能过不去。”

“为什么？”

“之前我让他们提前复习实验内容，可是我刚才讲的时候显然没能跟上思路。”

关月青所言非虚，更让她感到失望的是学生交上来的实验报告。不能说惨不忍睹，只是从书写的痕迹上就能体会到学生敷衍了事的心态。然而，这种事她不愿直接讲出来。

“那就是没好好预习呗。”

“是啊。”

不必一板一眼地坐在教室，也不用对着枯燥的课本发呆，实验课在学生看来仅仅是难得的放松机会。在这种心态下，如果得知第二天有实验课，大多数学生都会进入一种半放假的状态，谁还会认真填写实验报告？魏立行对此已经习以为常了。

“所以，你明白了？”关月青意有所指。

“照这么看，我那几个班也强不到哪去。”

“对啊，而且你没发现吗，他们脑子里还没形成完整的实验思路。如果不事先专门讲解清楚，他们不一定会干出什么花样。”

当下，学生们好歹显示出了实验意识，但关月青也不敢说这种突击教学带来的效果能持续多久。

关月青双臂交抱。“接下来的叶绿素测定才是体现能力的地方。”

“现在看起来还不错。”魏立行观察了近处的几个实验组。

两人一面留意实验室的动静，一面随意聊着。魏立行像是想起了什么似的，忽然说：“昨天，韩立洋的父母又来学校了。”

“有结果了？”

“你是说调查吗，还没有。”

“那他们是？”

“我觉得是等不及了，所以想绕开警察直接和学校谈。”

“那不是又回到了起点？”

“就是这样。”

可是这么做能管什么用，八成会被王珺推诿过去。关月青并不看好这对夫妇的做法。

“昨天在教委开完教研会，刚一进家门，就接到王珺的电话，她让我立即回学校。”魏立行说。

“被临时叫去的吗？”关月青觉得难以置信。

“可是我去了也没用。还是跟上次一样，他们是直接冲到了校长室，无论如何都要和王珺直接谈。我就像个旁听的，人家看都不看我一眼。”

“他们提什么要求了？”

“还是赔偿。因为警察的调查没有进展，他们觉得干等下去也没有办法，不如坚持认为儿子是因为不堪学业压力才选择自杀的。”

“天啊。”

丧子之痛可以理解，但是不管出于什么心理，在事情尚未调查清楚之情就贸然追责，怎么说都有讹诈的嫌疑。

“他们想要多少？”

“很大一笔。”魏立行说。

“王珺不会答应的。”

“肯定不答应。不过，那对夫妇给人的感觉也不一样了。”

“气势汹汹？”

“不。”魏立行摇了摇头，“我觉得他们已经从悲痛中走出来了。昨天他们表现得很平静，并没有给人被情绪影响了的感觉，在阐述法律程序的时候也表现出一定的专业水平，很可能是咨询过律师的结果。不管怎么说，跟这之前的表现有天壤之别了。王珺提出了几个折中的方案，但他们没有半点儿妥协的想法，坚持认为学校应该为这件事负责。”

一旦走出被悲伤情绪控制的状态，人就会变得理性。不管他们是真的为了追责还是只希望得到金钱上的赔偿，这一次他们与学校在气势上是旗鼓相当了，谈判难度也随之升级。

“真像是复仇。”关月青叹了口气。

“这么说并不为过。”

“最后怎么解决的？”

“王珺还是想等调查结果出来，就算是赔偿也要通过正式的途径。”

说到调查，关月青想起了柴原，那个警察已经一周没露过面了。他之前应该是朝着他杀的方向进行调查的，不然不会调查那么多和韩立洋有过交集的人。可是到现在也没有新的进展，看来连警察都要偃旗息鼓了，是不是意味着最后会以自杀事件结案呢？

“警察呢，已经好久没来了吧？”魏立行问。

关月青摇摇头，说：“找你了吗？”

“没有，看来这件事是自杀无疑了。”

眼看就要进入六月，天气也变得愈发闷热，关月青手中仍不停扇着风。

“走廊里比较凉快。”魏立行示意关月青往外面站一些，恰好这时吹过一阵过堂风。

“不必了，在外面就看不到他们了。”

“教师休息室里有一台电扇，你要用的话我去拿过来。”

“别麻烦了，还没热到那种程度。”

见她拒绝，魏立行不好再坚持，他估摸着自己班上的学生应该已经完成了一项实验，便借故回到隔壁实验室了。

关月青像是监考似的开始巡场。实验室里四列六排摆放了二十四张实验台，现在大部分实验组已经开始第二项实验了，稍快些的正在动手研磨鲜叶。

将鲜绿叶剪碎，加入二氧化硅和碳酸钙，再加入丙酮，研磨完毕过滤得到的就是色素提取液。如果一切顺利的话，用滤纸浸入提取液，过一段时间就能得到由绿到橙层次分明的色带。

叶绿素测定并非什么高难度的实验，实验原理也很简单，但操作过程中稍有失误就得不到预期的效果，所以也算是高中阶段比较容易出现错误的实验项目之一了。关月青一开始耐心讲解就是为了预防实验失败的情况出现。

关月青继续在实验室内漫步，很多实验组已经制备完提取液，接下来就是用滤纸提取。其实，鲜叶含水量大，并不适合直接用于实验。如果能在实验前自然风干或者放在冰箱冷冻几个小时，都能够降低叶片内的含水量，提高叶绿素的提取效率。关月青大学时曾这么试过，得到色带清晰明显。

高跟鞋叩击地面的声音倏然而至，关月青侧身站在一张实验台旁边，细心观察着学生的每一步操作。

尽管感知到来自身旁的视线和气息，张睿斯也没有理会，兀自裁剪着试纸。

“锥形瓶没盖盖子。”关月青提醒了一句。

张睿斯抬手把耳边的一缕长发拢到后面，然后继续低着头剪着剩下的试纸，好像什么都没发生一样。

看见同伴迟迟没有行动，同组的另一个女生拿起木塞盖住了瓶口。

关月青别过头，板着脸离开了。

魏立行从一台显微镜上取下目镜，用绒布擦了擦又凑到眼前，他眯起眼仔细端详了几秒，确认镜面上没有任何污迹和灰尘后，用绒布包裹好，连同显微镜一同放进淡黄色的木匣，扣上锁。

不管叮嘱多少遍，总是有人不按照规定使用实验仪器，魏立行已经见怪不怪了。

实验结束后，魏立行像往常一样留下检查实验仪器。因为明天的实验还要用到显微镜，他今天特意检查了收纳状况。原本只是随即抽查，但一连几次都遇到随意收纳的情况，魏立行打算把所有显微镜都重新检查一遍。

这时，他隐约感到身后有异样。

魏立行转过身，看见一个单薄的身影，正站在实验室门口。

此刻，太阳已经西沉，夕阳照在黄色的门框上反射出柔和的光，曲妙的侧脸也被映得格外明亮。她站在那里一动不动，让人心生疑惑。

“那个警察来找过张睿斯了是不是？”曲妙问。

魏立行正诧异着，对方先开口了。

“你怎么知道的？”

“为什么警察没带走她？”

魏立行大概明白她的意图了。“警察没带走她就说明她和这件事无关，你该去上课了。”

“这节是自习。”

“自习课就可以不上了吗，居然还这么理直气壮？”魏立行正色道。

“她是凶手。”

“别胡说。”魏立行几乎是强忍住胸中的怒气，“这件事和你没关系，快回教室。”

“当然有。”曲妙几乎是喊了出来，“我们都看见了，韩立洋不是自杀。”

魏立行警觉地盯着曲妙，问：“你们看见什么了？”

“五月十三日放学后，张睿斯又回到过学校。”

“什么时候？”

“五点十分左右。”

“你们怎么看见的，当时都有谁？”

“那天放学我们走得比较晚，正好看见她进了学校。”

“你们一直在学校？为什么不早点儿回家？”

“我们在学校对面的便利店里买东西，顺便等朋友过来。”曲妙说，

“我们都看见了，她一个人进了学校。”

魏立行抓起一块台布，擦了擦手。“这不能说明什么，也许她只是回来取东西。”

“但是她在这个时间段出现不是很可疑吗？”

“我不觉得。也劝你别随便怀疑你的同学。”

“她不是我同学。”

魏立行转过身，诧异地看着曲妙。

“不同班也算吧。”

“我们并不熟。”

“不熟却很关注对方的一举一动。你不觉得自己的行为很奇怪吗？”

“我只是正好看见。”

魏立行不禁笑了出来：“我先声明啊，我知道你们几个人的事情，也理解你的心情。我不会追究什么，但是警告你不要自以为是，很多事情不是靠想象决定的。她回学校不一定就和韩立洋的死有关。”

“是的，你说得有道理。但是本着对生命负责的态度，这个时候不是应该谨慎排查所有嫌疑人吗？”

“警察已经排除嫌疑了，谈话结束后再没有找过她就是最好的证明。”

“所以我才好奇他们的谈话内容，也有可能是警察被骗了。”

“干什么，你还想帮助警察鉴别谎言吗？”

“当然，警察又不了解她。”

魏立行感到一阵头大，他觉得对方已经深深陷入固执的想法无法自拔了。现在，不论自己怎样劝说都没有用。

“你刚才还说你们不熟。”

“不熟是指不了解对方，但她的行事风格还是知道的。”

“你快算了吧，如果张睿斯连警察都能骗过，你也不是她的对手。”

魏立行继续收拾剩下的显微镜，话说到这份儿上，再废话也没有意义了。

“也许吧，我承认我有些地方不如她。但是她回学校没多久韩立洋就坠楼了，如果说这只是巧合，那么如果韩立洋死前几天还和她有过接触呢，是不是就能说明问题了。”

“你怎么知道的？”

“有人看见她和韩立洋走在一起，在说些什么。”

“说了什么呢？”

“不知道，也不能凑过去听吧。但是两个人走在一起就已经很反常了，以前他怎么会有这种机会呢。”

“那也不能说明什么。”

魏立行靠在桌子边缘，双手插进裤子口袋，好像在思索着什么。

“那是因为还没发现可疑之处。”

看来曲妙是笃定信念不会改了。

“还不明白吗，你掺杂了个人感情，这会影响判断的。”魏立行叹了口气。

“我很清醒。”

“可是你没证据。不管你多么怀疑她，这种事儿口说无凭。那个时候学校应该还有留下来值日的学生，按照你的逻辑这些人也有嫌疑，你也要怀疑吗？”

“他们没有动机。”

“你认为张睿斯有？因为不堪骚扰，一气之下或者是失手杀了韩立洋？”

“对。”曲妙声音很坚定，“还有一点不要忘了，实验楼没人值日。”

“她是什么时候离开学校的，你们看到了吗？”

“大概十分钟后就出来了？”

“你们那时候还在？”

“嗯。”

“那我可以告诉你，死心吧，韩立洋是在这之后坠楼的。”

“你真相信他是自杀？作为班主任你觉得有可能？”

“老实说，我不知道。”

“他不会自杀的。”曲妙自信十足，一副不可否定的样子，“出事前两天，他还和我说起过未来的规划，他说一定能考上重点大学，你没看见他当时胸有成竹的样子。这样的人会随便结束自己的生命？”

“为什么忽然间就认定自己能考上重点大学，他说原因了吗？”

“没有。但是我知道他一直很努力，他的自信不是没理由的。”

“他还说什么了，比如如何提高成绩什么的？”

“没说。你觉得他做不到？”

“他近期成绩没有什么提高。一年之内努力提高到重点大学，这一点我持保留意见。这种事不能单靠嘴说，你也不要太盲目。”

“人对未来有美好期望是很正常的事情。”

“哈……”魏立行双手叉腰，“你仅凭他一句话就相信能成绩飞升？你们私下关系还不错吧，那你对他水平也应该了解。他现在的成绩跟重点大学的要求相比还有些距离。不是我泼你冷水，很多老师对他都是这个评价。”

这话倒是不假。

“有距离又怎么样，考不上又怎么样，难道不能努力吗？最重要的是心态，带有积极心态奋斗的人是不会自杀的！”

曲妙的声音在安静的实验室里听起来格外响亮，魏立行赶忙举起双手做出投降的动作，希望她冷静下来。

“你说得有一定道理，但是骄骄者易折。人要是过于相信自己的能力，稍微遇到些挫折就会信心大减。这种情况在年轻人身上最常见，很有可能是他和你谈完伟大理想就体会到了挫败，想不开自杀也就说得通了。”

“我不这么认为。如果他心情低落我能察觉出来。”

“男生会出于自尊不在女生面前表现软弱一面的。”

“他不是那样的人。”曲妙摇摇头，马尾辫在后面晃了晃。

“他可不是什么事情都只和你说，比如重点大学这件事和他父母也说起过。你不一定是最了解他的，明白吗？”

“在学校没人比我了解他。”

魏立行无奈地叹了口气，说：“我提醒你一句，你、韩立洋、张睿斯的事并不是秘密。我不说是因为从来不干涉这种事情，但你别太感情用事。你已经快失去正常的判断力了。”

“这个我知道，所以我才来问你。”

“我也没有答案。我只是希望你别太偏执。要是最后查明就是自杀，你现在所做的一切推测都成了一厢情愿的幻想。”

终于，曲妙这一次没有反驳。

“还有一点，我很好奇，你是怎么了解这么多细节的，比如警察调查过谁？”

曲妙轻笑了一声。“这种事在学生中间传得很快的。”

“但是传言不等于真相，不然你也不会来问我。我不知道警察和张睿斯都说了什么，可既然没带走她，我觉得就能说明一切了。”

出乎意料地，曲妙笑了起来，在她脸上有着与年龄不相符的怅然神情。

"你笑什么？"

"没什么。"

"你还是听不进去我说的话。"

曲妙笑着摆摆手。"不至于。老师，我发现从一开始我们就是在各说各的，你为你的观点做出了假设，找各种理由，可惜同样都没有证据。在证据这方面，我们是打平手的。那么我也来说说我的假设吧，张睿斯那天放学前约韩立洋在实验楼天台见面，但是放学后她先随别人离校，给人留下已经回家的假象。等到晚些时候她再独自折回学校，通过某种方式让韩立洋服下安眠药，等他睡着后把他平放在天台边缘，这样韩立洋只要在睡梦中翻个身就会从楼顶摔下来。就算他醒了，任何人一睁眼看见蓝天白云，发现自己在高处都会吓一跳吧，慌忙起身时失去平衡一样会摔下来。但不管怎样，张睿斯早就离开现场了，就像大家都以为她像平常一样放学回家了似的，没人会把她和这件事扯上关系。"

"很有想象力，用在学习上不是更好？"

"我会的，可是在这件事上分出一点精力也可以。"

"你有没有想过，如果韩立洋是朝天台内翻身的话，你的假设就不成立了。"

"所以这里面一定存在什么手法。"

"手法？"

"对，而且这一定就是揭开真相的关键。"

本以为自己提出了驳倒对方的有力论据，可是在曲妙眼中反而成了突破口，魏立行更加觉得她不可控制了。

"你说得再精彩也没有证据，快适可而止吧。"

“现在没有不等于以后也没有。”

“你要干什么？”

“我要回去上课了。”曲妙双手插进牛仔裤后面的口袋，不自觉地挺起胸，两只肩膀微微向后收着。说完，便转过身，倔强地走出去。

“我会找出证据的。”她又回过头说。

听着脚步声在实验室外渐渐远去，魏立行沉默了。

下午三点多的便利店里没什么顾客，柴原走到冰柜前随便拿了瓶矿泉水，结完账就坐在店里的休息区喝起来。

鉴定工作尚未结束，可这一周的时间里柴原一刻也没闲着。他一边等待结果，一边和凌沐分头行动，凌沐依然负责调查韩立洋的人际关系，柴原则要来了那部被没收的手机。手机中的信息截止到今年年初，内容都是高中的日常生活。

今天柴原专程去了趟学校，在两座教学楼里，他尝试在不同位置观察实验楼顶。

想要看出天台上有没有人活动至少也要在五楼高度，四楼不是不行，可要站在最远端。因为是仰视，还会被房檐挡住一部分视野。

好在五六两层都有教室，那天也是准时放学，只要学生朝实验楼那边望一眼说不定就会注意到楼顶上的动静。

为了掌握这些信息，柴原花了大半天时间。

接下来要干什么，却还没想好。柴原认为关于天台环境的分析有一定道理，只是现在苦于缺少能够还原当时情况的证据。排除自杀可能，缺少目击者，导致坠落的原因多种多样，究竟真相是怎样的呢？

越想越希望快点儿把这件事解决，不然很可能会被当作意外。

恢复了些体力，柴原决定去跟凌沐会合，听听他那边有没有新的发现。可就在途中，柴原接到了凌沐打来的电话。

“有情况？”

“有两个坏消息，你要先听哪个？”凌沐用近似开玩笑的口气说。

柴原瞬间就泄了气，催促道：“全是坏消息还让我怎么挑，你快说吧，随便哪个都行。”

“那我先说我调查的结果。和死者关系很好以及很不好的几个同学五月十三日都是一放学就照常离开学校，中间没有耽搁，他们都有周围的人能做证。根据死者班上的学生回忆，那天他则是很快就收拾好东西，一个人匆匆走出了教室。”

“可不可以认为是有所准备？”

“这就没人知道了，可是根据其他人的反馈，死者平时不会急着离开，而且都是和几个要好的人一起走。”

“一定有原因。”

“我还问了那天放学后的情况。坠楼之后离开的人有急救人员、发现死者的女老师，再之后传达室的保安没见过有人出去。”

柴原不由吸了口气。“另一个坏消息是？”

“鉴定的结果出来了。”凌沐说，“但没什么结果。”

“已经能猜到了。”

“什么都没有，不得不说我们又回到起点了。”听得出柴原有心理准备，但还是打击到他了。

鉴定报告是下午刚刚写完的，凌沐看完就给柴原拨了这通电话。听完详细情况，柴原也没有多么失望。和预想的一样，就是未能获得实质性证据。

“他还说了另一件事儿。”凌沐说。

“说什么了？”

“他本来是想核对一遍韩立洋的足迹，但是在鞋的侧面发现了一道擦痕，很有可能是在女儿墙上磨的。他说告诉你这个就可以了。”

“哦，是吗。”柴原顿了顿，“替我谢他。”

“喂，你们发现什么了吗？”

“没有。只能一个一个排除。”

“听这话的意思不就是意外坠落吗？”

“不见得，也有可能是被害了。”

“那不就是说……”

“也就是说，我们一开始的猜测还是站得住脚的，后面还要继续查下去。”

2

五月二十九日，星期三。拖堂十分钟后，魏立行结束了上午的课程。他收拾好讲义离开教室，但刚走到办公室门口，就感觉出里面气氛的异样。

办公室里安静得出奇，尽管已经是午休时间，但似乎没有人要离开。几位同事的视线都指向关月青，好奇地关注着事态会如何发展。而在关月青面前，还站着一个熟悉的身影。

是曲妙。魏立行突然有一种不好的预感。

“就算你什么都没说，无关的人坐在一旁也是会影响警察的工作吧。”

“我说过了，警察同意我留下旁听。不管你是对我有意见，还是对张睿斯有意见，请停止无聊的猜测。”

“你这么害怕是因为我说对了吗？”听上去，曲妙没有丝毫让步的意思。

“没什么好害怕的。我是纠正你的错误。”

“别掩饰了，我说的才是事实。”

关月青笑得无可奈何。“哪有什么可掩饰的，你快放学吧。今天就当什么都没发生，我不会追究你的。快走吧。”

“现在说清楚，不然我哪里也不去。”

办公室里大家安静异常，所有人都将注意力转移到了对话中的两个人身上。

“你在干什么？”魏立行打断二人的谈话。

关月青并未回答，曲妙好像是要占据主动地位，说：“确认一点儿事情。”

“有什么可确认的？”

“不是什么大事儿，你去吃饭吧。”

“你到底怎么了？”魏立行没有理会关月青的话，继续逼问。

“我说过我要自己找出证据。”曲妙的语气听起来不卑不亢，“只是在这个过程中我发现了一些干扰。”

虽然不明白究竟发生了什么，但已经知道曲妙的目的了，而且绝对不能放任她在办公室乱来。魏立行沉着脸，瞪着曲妙说：“你给我出来。”

曲妙站在原地，以沉默进行反抗。

“你不是说你遇到干扰了吗，去会议室给我讲讲，我帮你解决。”

这次，曲妙不情愿地迈动了步子，魏立行也在同事的注视下跟了出去。

关月青靠在椅子上，手指轻轻地揉着太阳穴。刚才，曲妙静悄悄地出现在她身旁着实让她吓了一跳，更令她意想不到的是一个女学生竟然有魄力和老师对峙辩论。虽然无畏之勇给人一种略带幼稚的感觉，可是仅仅是一股据理力争的架势就已经让关月青刮目相看了。

“现在的学生真是太嚣张了，一点不懂得尊敬师长。”坐在后面的数学老师自说自话地批评起来。

“是呢，刚才真是吓人一跳。哪有那样和老师说话的，简直是在兴师问罪。”身旁的语文老师也发话了。

“应该好好教育一下，这以后还得了。”

“其实没什么用，说了也是口服心不服。现在的小孩儿都特别有个性，这和家庭教育有很大的关系。按理说，基本的礼仪和教养都是家长应该培养好的，结果还得让学校代劳，这不是给咱们找事儿吗？”

可能是中午有约会，周蓓上完课并没有急着出去，回来就在办公室补妆。

“周老师教她语文吧？”关月青问。

“对，我带她那个班。”周蓓一边在手上涂好护手霜一边说。她和关月青在带班上没有交集。

“这学生平时怎么样？”

“挺机灵的，但就是不踏实，其实能再提高一点儿。”她手背对叠，轻轻揉着。

虽然不想被过去的经验所左右，但关月青还是觉得正是这样的学生才难缠。

“不知道班主任说她时，她还会不会反抗。”

“应该不敢，班主任肯定能压得住。”周蓓虽然不带班，但对学生的心理已经摸得很透了。

关月青好像还没有摆脱刚才激烈对峙的氛围。说实在的，若不是魏立行及时回来，她不知道接下来会发生什么。如果那个学生继续在这里胡闹，该怎么做才能让闹剧收场？虽然认为魏立行肯定能解决，但她还是从心里拒绝求援的做法，那就只能拿出强硬威严的态度了。

“真看不出她还有这么倔的一面，平时蛮乖的嘛。”搽完手，周蓓仰着脸，似乎是在想象会议室里正在训话的画面。“魏老师真不容易啊。”

闹剧结束，办公室也恢复到往常的状态。没有热闹可看，同事们就一个接一个地出去吃饭了。

关月青心里清净了许多。

“她为什么认定张睿斯和韩立洋的死有关啊？”

周蓓转过身，正对着关月青。刚才的对话她从头到尾听得一点不落，但就是不明白为什么曲妙一定认为和张睿斯有关。

“听说她俩不太合得来。”关月青淡淡地回答。

“就因为这种事跑来质问老师？”

关月青只是笑了笑。

“那为什么两人合不来呢，又不在一个班里。”周蓓睁着一双大眼，充满了好奇。

“我也只是听说。学生之间的事很难察觉的吧。”

“原来是这样啊。”周蓓慢慢点头。“可是这和你有什么关系呢？”

“我也觉得不可思议。”

曲妙认为关月青的存在破坏了警察单独问讯张睿斯的优势，虽然无法阻止警察的调查，可是关月青起到了临时监护人的保护作用，无形中会让警察问话的气势有所收敛，进而帮助她摆脱嫌疑。讽刺的是，曲妙在这一厢情愿的推测下做出刚才的举动，在外人看来几乎不能理解。

关月青不理解的不止这个。更让她想不明白的是，那次谈话明明是在上课时间发生的，为什么学生会知道当时的情况。

“警察当时都问什么了？”

“都是和日常生活有关的，其实没什么可疑的。”那天的谈话内容关月青只记得一些片段了。

“张睿斯呢，她是什么反应？”周蓓又追问。

“很平静，就像和便利店的收银员讲话一样。”

“不，我是说她知不知道别人介意谈话时你也在场这件事？”

“不知道吧。”关月青端起杯子，想要喝水却又想起了张睿斯那张面无表情的脸，“其实知不知道都无所谓，她连我都——”

意识到欠妥，关月青赶紧住口。

“嗯？”周蓓歪着头望着关月青。

“没什么。都不是省油的灯。”

“噢，原来如此……”周蓓小心打量着关月青。最后她的视线停留在关月青衣领的位置。

“这个树叶真别致啊！”

她指的是一枚橄榄枝造型的金色领针，别在浅蓝色的衬衣领子上，看上去非常精巧别致。

周蓓整个人都靠了过来，眼睛直盯着领针，微翘的睫毛向上扬着。关月青瞄了她一眼，轻轻整理了下领子。

“这是在哪买的呀？”

“朋友送的。”关月青笑着答道。

“真好看。”

周蓓不错眼珠地端详着，一副恋恋不舍的样子。关月青心里却非常不自在。

“饿了。出去吃饭。”关月青借故岔开话题。

语文老师闻言，稍微愣了一下，然后几乎是和关月青同时起身。“走啊，我也正准备出去。”

“好啊……”关月青努力挤出笑容。

在走廊，周蓓忽然说道：“其实，你刚才完全不用费力辩解，反正不管你做了什么这些学生都不会感谢你的。在他们眼里，老师就是教学机器，不可能真正理解他们的想法，他们也不会把老师当作朋友。”

“哎？”关月青不由得放慢脚步。她大概是听明白了，觉得有点儿耳熟。

趁关月青微微发愣的空当儿，周蓓伸手挽住她的胳膊，轻轻摇了摇。“别想了，快点儿走吧。”

虽然相邻而坐，可工作至今，关月青始终与身边这位摩登教师保持距离。谈不上讨厌，但也做不到亲近。这一点，自从第一天上班被问来问去时关月青就心中有数了。

从教学楼出来，关月青朝着校门的方向走去。

“食堂在那边。”周蓓指着远处。

“我和朋友约好了。”

当然，这只是个借口。

“你是不是太放肆了，还知道自己是个学生吗？！”

刚一坐下，魏立行就开始咆哮起来。曲妙从未见过他暴怒的样子，印象中从入学到现在都没听说魏立行对谁这样吼过。

“有你那样和老师说话的吗？你还想审判人家吗？”

会议室的门关着，透过门上的磨砂玻璃能够看到不时有模糊的身影一闪而过，但听不见吵闹声，这里一点儿杂音都没有，只有魏立行的声音在曲妙耳畔变得越来越刺耳。

“那有什么不可以吗？我也不想质问谁，只是有疑惑，提出来寻求证实而已。”

“你别狡辩！”魏立行立即呵斥。

“我是如实地陈述。我就不能质疑吗？”曲妙挑起眉毛问。

“质疑？你要质疑什么？你以为你具备科学精神了吗？别自以为是了。你根本就是在胡闹，还振振有词地跟我谈质疑！”

魏立行的一连串反问并没有挫伤曲妙的锐气，相反她的鼻息越来越粗重，看来是要准备还击。

“按理说警察在调查嫌疑人时不应该有第三人在场，可是警察和张睿斯谈话时关老师却在接待室，这不合常理。”

“你凭什么说警察只能一对一地调查嫌疑人？”

“难道不是吗？”

“说得好像你是警察一样。可我不觉得你有资格调查别人，还是说你也被警察调查过了，不然你怎么这么清楚？”魏立行笑着反问。

“我没有。但是我知道就是这样。”

“嘴还挺硬。是从电视里看来的吗？”

曲妙没有回答，那么可以视作是默认了。

“别信那些，都是骗人的。告诉你，警方并不愿意办案流程体现在影视作品中。”

“为什么？”

“因为被坏人学了会提高反侦察能力，所以电视上播出来的情节一般是经过加工的，剧情上说得通就行了。”

曲妙露出有些吃惊的神情，显然她的固有认知开始动摇了。

“如果真的只能一对一审问，那为什么这次就可以让关老师旁听呢？不管是谁提出了要求，既然警察都同意了那就说明没问题，你较什么真儿啊！”

“可是她这么做也在无形中干扰了警察的工作。”

“那不可能，你们是未成年人，换成是我的话也会要求旁听的，不然老师岂不都成摆设了。”

“就算她是出于好意。如果她不在现场的话，张睿斯会更加心虚。”

“我觉得如果她什么都没做，即使面对一个警队也不会心虚的。”

曲妙冷笑了一声。

“你不信也没关系。但是，你凭什么那样跟老师说话？”

“我们一直在心平气和地谈。”

“骗谁呢你。”

“是真的。”

“少跟我来这套。听上去好像是和和气气地谈话，实际上呢，每句话都是针锋相对。你刚才的样子已经很不礼貌了你知道吗？这还只是我听见的部分，前面没听到的还不一定是什么样子呢。”

其实魏立行回到办公室的时候曲妙与关月青也才说了几句，但曲妙已经懒得再费力解释、纠正什么了。

“我昨天在实验室之所以没有立即否定你的推测是因为我也没有反面的证据，这是我对你提出观点的尊重。但是反过来，你就不顾事实依据地怀疑别人。你们现在都是未成年人，不用为自己行为负责，可是再过几年你这么任意妄为是要吃亏的。”

“证据，早晚会找到的。”

刚刚消去的恼怒再度冲上头顶，魏立行直直瞪着曲妙，用不容置疑的口吻说：“你给我老实点儿！”

若是看学习成绩和日常表现，曲妙属于那种有点才气的学生，加上性格比较活泼，平时深得老师喜爱，几门课的老师对她评价都不错。

然而越是这样的学生越容易自恃才高，一旦偏执起来往往更加难以管理。

“我昨天就不该放任你。”

“我只是想让真相大白。”

“可你的方式是错的。你所说的真相也只是你的想象，你找到证据了吗？没有。但是你不甘心，于是就要搜索一切看起来可以支持你想象的证据，不管是正面的还是反面的。但这只会让你一错再错。最终你不但会偏离真相，还会伤害到别人。”

“我没想过要害谁。”

“无意的伤害也是伤害。你不觉得你的行为造成了很不好的影响吗？”

“对学校吗？外面的评价已经很差了。”

“别打岔。”魏立行说，“你再继续下去也会害了你自己。我不希望看到你这么乱来，你怎么执迷不悟呢？”

曲妙不再反驳，但也让人感觉不出认错的态度。

“你还是固执己见？”

曲妙一言不发。

“那我问你，假如你的质疑起到了效果，在无人旁听的情况下，张睿斯不堪警察问讯的压力承认了她和韩立洋的死有关，但是将来又出现证据证明韩立洋就是自杀。那时候，你会怎么想，你能原谅你自己吗？”

曲妙看了一眼魏立行，又垂下眼，陷入思考。

“你没法安心吧？”

曲妙双唇紧闭，过了一会儿才开口：“是。”

“不要因为一些没凭没据的念头就妄加推断，你放任自己的行为很可能会造成不可挽回的后果。别再想这件事了，真的不值得你浪费时间和精力。”魏立行看看手表，“能做到吗？”

曲妙点点头。

“下不为例。你回去吧。”

关月青吃过午饭又在附近随意转转，终于敌不过正午的太阳还是回到了学校。虽然一直在办公室午休，但醒来后整个人还是无精打采的，连讲课都是强打着精神。下午第三节课的铃声响起时，关月青没有拖堂，准时结束了课程从教室出来了。没走几步，就听见有人喊她的名字。关月青回头，魏立行快步走了过来。

“中午的事真是对不起了。”

“没什么，再说也用不着你道歉。”

“毕竟是我的学生。”

“你的学生都那么有个性，我班上就没有。我也想要，咱们换换吧。”关月青半开玩笑地说。

“得了吧。”魏立行有点不好意思，“越是有个性越是难管理，你应该庆幸没遇到这样的学生才对。”

“这没有什么值得庆幸的。”

或许已经遇到了，关月青心想。

“现在的年轻女孩儿真是有魄力，比咱们上学时厉害多了。”

“这算什么魄力，只能说是捣乱，没有一点儿女孩子的样子。”

“女孩子应该是什么样子？为什么一定要规定女孩子就应该做什么，不该做什么，该怎样做，不该怎样做？”

关月青一连串的反问让魏立行哑口无言。原本只是随口一说，却仿佛触发了对方的敏感神经，一时间魏立行也不知道该如何继续话题。

看着魏立行愕然的样子，关月青也感觉刚才的表现过于激烈了。但正当她想要说些什么缓解一下气氛时，却看见张睿斯正迎面走来。

关月青的视线一刻没有离开过张睿斯的脸庞，对方却始终平视前方，擦肩而过时都没有“发现”关月青的存在。

回到办公室，关月青马上冲了杯速溶咖啡。整个下午都不在状态，桌子上还有十几本未批阅的作业，如果不赶紧打起精神，下班之前是无法完成工作的。

关月青从报架取下今天的报纸，一边啜饮咖啡，一边漫无目的地浏览新闻，苦味在口中慢慢散开。

没什么吸引眼球的大事件，娱乐版也只是明星离婚之类的八卦新闻。关月青“哗啦啦”地翻动报纸，可怎么也找不出让人轻松的有趣消息，反而愈发心烦意乱。

她对刚才张睿斯视而不见的行为仍十分介意。

如果只是张睿斯的冷漠性格也就算了，关月青从来没想过要成为最受学生爱戴的老师，可张睿斯的做法明显带着敌意。这是为什么？难道就因为自己没有阻止警察的问话吗？

反正不论做什么，老师就是教学机器，学生是不会把老师当作朋友的。关月青想起周蓓说过的话。

她瞅了一眼贴在墙上的本班课表，这节课是自习。于是，放下没喝完的咖啡，叠起报纸，关月青起身走了出去。

发现班主任进来的几个学生停下手中的笔，仰起脸不知所以地望着关月青，好像在等待什么指示。

关月青抬起手做了个往下压的动作，示意学生们继续自习，自己则在座位间的过道轻轻走着，直到张睿斯的课桌旁停下了脚步。

虽然是迎着走过去，但张睿斯始终没有停下演算。

关月青俯下身，小声说：“出来一下。”

张睿斯好像被施了魔法，整个人定在那里。短短几秒过后，她站起来，也不管关月青，一个人兀自走出了教室。

“什么事？”

关月青刚出来，张睿斯马上问道。

“过来。”关月青朝着走廊的一头偏了偏脑袋。

两人一同进入接待室，张睿斯很自然地在沙发上坐下。上次她就是坐在这个位置的，可是今天坐在她对面的不是柴原。

张睿斯面无表情地看着关月青，默默等待她的下一步行动。

“我以前没有教课的经验，也没想过要进入教育领域，可以说现在站在讲台上纯属意外。但既然已经来了，我还是希望能尽力做好，不管是教课还是平时的相处。”

张睿斯只是眨了下眼睛。

“你对我有不满意的地方吗？”关月青觉得还是有话直说好。

“这是什么意思？”

“回答我的问题。”关月青说。

“没有。为什么这么问？”少女秀气的脸庞仍然是淡漠的神情，简直像市面上的精美娃娃。

“真的没有吗？现在只有我们两个，有什么话当面说清楚最好。”

“我说了没有。但是我不清楚你为什么这么问。”

关月青冷眼看着张睿斯，可惜没法根据漠然的表情辨别真伪。

“你三番两次地无视我，一开始我以为是我多心、太敏感了，可后来我发现即使我和你说话你都假装听不见，这就是你的态度吗？”

“我没有。”

“昨天在实验室，我站在你身边你都没察觉。”

“人在专注于一件事的时候就很难再留心身边的动静了。”

“全班只有你专注是吧，我都和你说话了，你一点儿反应都没有。”

“说真的，直到老师走过去我才回过神，可是已经晚了。我当时真的没听见老师说了什么。”

关月青紧盯着眼前这个女生，目光仿佛带着火。片刻，她问：“我们迎面走过，你也把我视作空气。我是透明人吗？”

“是说刚才吗，我看见老师了。”

“你终于坦诚一回了。”

“我一直都很坦诚。看见了就是看见了，没注意就是没注意。”

“那为什么同行的几个女生和我打招呼，你却没反应？”

“这很重要吗，老师很喜欢形式化的东西？”

关月青冷笑着说：“少来这套。老师也有纯粹好奇的时候，这么说可以了吧。”

“你们不是在说话吗，看你们有说有笑的，我不好意思打扰。”张睿斯不紧不慢地说，全程平静地注视着老师。

“你想得还挺周到。”

“当然啊，不然打了招呼老师却忙着和别人说话不给我回应，这多尴尬。”

不管自己问什么，对方好像早就准备好了答案，面不改色，对答如流。让人分不清是谎言还是真话。不，就是谎言。但让关月青不爽的是，明知对方在说谎却无法戳穿。

两人对视了几秒，关月青再度开口：“直说吧，是因为上次警察要找你谈话，我没有阻止的缘故吗？”

“啊？”

张睿斯微微皱起弯眉，精致的瓜子脸上第一次有了些许表情。

“警察怀疑你，我没有阻挡。”

“这和老师没关系，老师要是阻止的话反而会加重警察的猜疑。”

这话倒是没错。

“我无所谓。警察想问什么随便问好了，反正死人的事情和我没关系。”

似乎是完成了说明，张睿斯说完就倚在沙发上。

“你讨厌那个男生吗？”关月青问。

张睿斯摇了摇头。“谈不上吧。说真的，有点烦。总是自以为是，处处表现自己，这样就能吸引女生吗？天真。话说回来，学校里的男生好像都爱这样，用过时的笑话逗女生，或者就是出些洋相吸引别人注意。为什么身边净是些无聊的人呢，反正我不吃这一套。”

关月青第一次听她说这么多话，显然在她眼中，这个学校的男生全都一无是处。

“好像有不少男生喜欢你。”

“都是幼稚的小子。”像是概括总结一样，张睿斯对他们下了结论。

“非常遗憾，我不得不告诉你，未来几年里你身边的大部分男性都是如此。”关月青跷起二郎腿。

“为什么啊，他们就不能成熟一点儿吗？”

“在他们眼里这就叫‘成熟’，尽可能多的吸引异性注意没什么错吧，只是方法比较笨罢了，还不如少不更事时来得可爱呢。”

“真是这样。老师也曾为此而苦恼吧。”

“刚才说过了，这是个遗憾。不过，时间长了，也就接受了。”

“不能改变吗？”

“那就要看他们自己了。”

“随便吧，我对任何男人都没什么兴趣。”张睿斯冷冷地说，“老师有男朋友吗？”

“没有啊。”

“没有人追老师吗？”

“也没有。”

“不信。”

“这有什么好隐瞒的。”

“真的？”

“没骗你。”

“为什么，老师这个年龄没有男朋友很奇怪。”

“的确和大多数人不一样，因为我没时间，我觉得当下还是工作更重要。”

“哈……”张睿斯向后仰头，“没时间。这个理由没有说服力。”

“随你怎么想。今天聊到这儿，我就说几句，一般别人问我也不会回答。”

“要是没事了的话我就先回去了。”笑过之后，张睿斯又恢复成平时的状态。

“嗯……”关月青沉吟了一下，想着如何继续前面的正题。其实话说到今天这个份儿上，自己再揪住不放已经没有什么意义了。

“希望你以后能和我还有别的老师都和谐相处。”

“我一直和老师们相处得很好。”

“以前是什么样子我没看见。今天我提出来了，你就要做到，还不能让别人误解。”

“好吧。”

“回去上自习吧。”

张睿斯略一点头，站起来向外面走去。

3

推开镶嵌玻璃的红色西式木门，关月青一进入店内就闻见了淡淡的甜香气味。穿过服务台，关月青向餐区眺望环视。几乎是同时，好友也发现了她的身影，举起细长的手臂在空中挥了挥。

“够准时的。”关月青刚一走近，肖馨就开口了，“不会是提前出来的吧。”

“怎么可能，学校可是实行打卡制的。”

“那你还下班这么早。”

“一整天都没闲着，已经进入学期后半段了，最近每天都有一堆工作等着我。”关月青说，“只是还有作业没批完，剩下可以明天继续。我下午的课少，到点就准时出来了。”

坐在椅子上，关月青开始环视起店内环境。这家甜品店位于购物中心的一角，店内紧凑地摆放了二十余张圆桌。不到六点钟，现在竟然已经坐满了客人。据说这家店在年轻人圈子里非常有人气，若不是肖馨能提前来，她们现在未必会有座位。

在大厅的中央，一道装饰性的矮墙把空间隔离成两部分，她们的座位就紧挨着这道墙。看着四周有说有笑的年轻人，关月青问：“怎么坐在这呢？”

“来的时候只有这里了，要么就坐在最后面。”肖馨回头朝角落的方向指了一下。

关月青抬眼望过去，那位置守在过道，确实不太舒服。

肖馨把印有“甜品”字样的塑料本推向关月青，问：“想喝什么？”

关月青从头至尾翻看了一遍。如今类似的店面到处都是，甜品的内容也大同小异，无非是港式的茶点再加上一些水果做的甜品。要说卖点可能就在于每个品牌的装饰风格了，但是单凭这样就能吸引到顾客，真不明白现在年轻人是怎么想的。

最后，她选了冰咖啡。

“下班了还要喝咖啡？”

关月青有气无力地点着头。“没有什么特别想喝的。最近严重睡眠不足，还是喝咖啡吧。”

肖馨朝远处收银台招了招手，一名服务员立刻走了过来。“一杯冰咖啡，还要一份芒果冰。”

服务员低头在餐单上快速写着，完事儿说了句“马上就好”便离开了。

肖馨眯着眼睛观察了一番，的确，好友的脸上有淡淡的黑眼圈。

“我脸上有什么吗？”关月青问。

“熊猫眼。”

“你还是精神饱满的样子。”

“刚恢复过来。你不知道前几天有多累。”

“实验出问题了？”

“是导师的项目。之前说好六月底把我这部分完成就行了，前天突然说要尽快出一份评估方案，所以只好加班加点了。”

“八成出问题了。”

“肯定是。结果我连自己的论文都放下了，先帮他收拾残局。”

肖馨并不排斥给导师打工的做法，既然硕士教育的氛围已然如此，不如就乖乖地完成好导师布置的任务。但让她感到无奈的是，自己的导师在业务方面算不上是个精明人。这两年别说参与过什么政府项目，连大企业的合作都公关不下来。像这回客户临时更改需求的例子也已经不是一次两次了，这也是一贯轻视合同的做法导致的。

“真不明白他这么做有什么意义，事倍功半不讨好，让我们几个研究生陪着他浪费时间，还不如老老实实搞学术呢。”

“已经做完了？”

“连着熬了两天夜。昨天我连实验室都没去，在宿舍好好睡了一觉。”说着，肖馨不自觉地打了个哈欠。

“工作节奏和以前上班没什么区别。”

“还是学校里轻松些。而且设施齐全，生活上也很省心。”

“毕业之后呢，有什么打算？”

“没想好，到时候再说吧，还有一年呢。”

不管上学到什么时候，最后都绕不开就业问题。但肖馨对未来并没有什么担忧，这份淡定应该和过去的工作经验有很大关系。

如果不能在科研单位就职，学历再高也很难提升自己对公司的价值。身为公司一员，提供公司最需要的成果，拿到市场回报才是第一要务，至于具体做什么并没有标准答案。

正是因为看透了这个规则，肖馨放下了对未来的焦虑，以一种度假的轻松状态开始拓展眼界充实自我。

“你呢，最近在忙什么。工作太拼命可不行。”

“会考复习。”关月青说，“还有教育学生。”

“会考啊，不是挺简单的吗？”肖馨偏着脑袋想起了从前的事情。

“过来人都觉得简单。”

“你帮他们简简单单梳理一下知识结构就可以了，这种考试不需要追求优秀率的。”

“不能这么想。虽然只是基础考核，但认真对待不会错的。”

“你的学生认同吗？”

“当然不，他们的想法倒是和你差不多。”

当付出得不到对等的回报时，人便开始学会敷衍，穷于应付。这种偷懒的心态不需要有人教，可说是人类与生俱来的本领。

“哦，那可就麻烦了。”

关月青苦笑地看着同学：“不是你想的那样，学习方面最多是带有消极情绪，还不至于和我对着干。让人头疼的是另一件事。”

“听起来很有意思。”

“我被学生无视了。”

“谁啊，这么有个性。”

“一个女生，本来就是不冷不热的性格，几次故意无视我。我昨天找她谈话，结果她说是我多心了，我也不好再说什么了。”

肖馨听完就笑了出来。

“喂！别光顾着笑！”

“你被学生反将了一军？”

“就是啊。所以你能理解我的心情吧。”

肖馨摇摇头说：“我不能理解。你一开始找人家谈话干什么？”

“因为她做得太明显了，我必须要教育教育她。”

这时，服务员送来了冰咖啡和芒果冰。

“你凭什么说人家做得明显？”

“难道不是吗？”

“就因为几次视你不见，不和你打招呼？”

“这还不够吗？”

“足够了。但是你没有更直接的证据，你怎么让她承认？”

“证据……怎么得到呢？”

“很难。人际关系当中有很多只可意会不可言传的意念，这是只有当事人才能捕捉到的信息，你讲给外人听可能人家都理解不了。”

“那该怎么办？”

肖馨舀起一块芒果，劝慰道：“我觉得你就别放在心上了。”

关月青无言以对。

“你再纠缠下去也没用，还是会无功而返的，甚至会被嘲笑神经质、过分敏感、更年期提前。”

“你说得对。”

“但也并不是说什么都不做。你真的确定她是对你怀有敌意吗？”肖馨似乎是做最后的确认。

“是的。”关月青并没有犹豫。

“我觉得你应该适当地还以颜色。”

“怎么还？现在学校已经不像过去那么强势了，老师也不能随便批评学生。”

“这我明白，大学也是如此。可是如果以为家里交了学费就可以为所欲为，连老师都不放在眼里那岂不是无法无天了？何况这还是十几岁的学生，现在不好好教育将来不知会变成什么样子。”

“说得轻松。要是学生家长来学校理论可怎么办，到时候连校长都会让步，毕竟人家是花钱来上学的。”

学校与学生的立场渐渐发生转换，再加上学生家长起到的作用，学校的职能正在退回“教书”这个起点上。

“你不能这么想。这种学生不能放任，你一定要表现出老师的严厉，震慑住一次，下次她就不敢了。”肖馨不停说着，手中的银色小勺在空中比画个不停。

“现在的学生很聪明，不会给老师留下把柄。这也不是学习上的问题，经过那次谈话她应该懂得隐藏自己的行为了。”

“那就只谈学习，她学习成绩怎么样？”

“还挺好的。”

“等到考试失利的时候再和她谈话吧，也不用特别严厉，只要让她从心理上屈服你就行了。如果再不老实就请家长，在她父母面前晓之以理，反正就是要让她心服口服。她毕竟还是小孩儿，肯定有畏惧心理。”

关月青露出有些无奈的笑容，肖馨的脑子里总是充满这些点子，这些年一点没变。

“我会酌情使用你说的方法。”关月青含住吸管，吸了一口冰凉的咖啡，身体从内到外顿时凉爽起来。“你呢，你说的实习是怎么回事？”

“就是去野外做调研，形式上和咱们本科时的没什么区别，只是范围更广了，工作量大了不少。”

下午上完课，关月青照例把手机从静音模式调回到正常模式，这才看见肖馨早就发来的短信，说希望在外出实习前能出来坐坐。关月青赶紧回复，两人才将约会定下。

“去哪里啊？”关月青问。

“还能是哪，只会把学生往那几座山里送。”

“那几座山”指的是自本科以来学院内安排的几个实习地点。不论是本科生还是研究生，在校期间都有机会前往那里实习。当然地点的选择标准是从生物多样性角度出发的，因此不一定是风景秀丽的旅游胜地。

不过，肖馨读研后发现研究生的调研质量好歹比本科时期上升了一个档次。本科时期大多是在周边省市的山区。纬度带接近，生物分布也相似，最乐观估计也只能满足本科生的实习内容。

“还是老样子啊。”关月青用嘲讽的语调感慨道，“那你这次是去哪里？”

“就是咱们大三时去的，有萤火虫的那座山。”

说完，肖馨观察着关月青的反应。

“哦。”

“我给你带些山里的特产？”见对方没什么反应，肖馨又追问了一句。

“方便吗，要是你行李多就算了。”

“带点儿东西而已，反正我自己也会买。”

“那好吧。”

“嗯，就这么定了。”像是怕对方反悔，肖馨愉快地终止了话题。

“什么时候出发？”关月青用吸管拨弄着杯里的冰块，发出“喀啦啦”的声响。

“明天就走。”

“正好。山里会凉快些。”关月青喃喃道。

“才几天而已，回来的时候这里就正式热起来了。”

“我怎么觉得现在就已经很热了，还是我太累了。”天气热起来，人也容易变得浮躁，每天还要应付一群精力旺盛的学生，关月青明显感到精力不如从前了。

“是你太累了，我白天并不觉得热。”

“可能和之前休息太久有关，我觉得身体都变懒了。”

“你之前说想找个轻松的工作暂时过渡一下，但我现在还是想说，让人忙起来能更快进入状态。”

“现在是远远超出预期了。”关月青扶着额头说，“即使是从高一开始教也不错啊，为什么非要让一个外行人临危受命呢。”

“你就认了吧，待遇还可以吧。”

"嗯，也就这点不错了。"

之前的积蓄在休假的半年时间里已经花得差不多了，关月青不想让家里人养着，这也是迫使她出来工作的原因。

"上次死了的那个男生后来怎么样了？"

"还没结果，警察没再来过，学生家长似乎一直在和学校交涉。"

"查出来到底是自杀还是他杀了吗？"

"不知道。"关月青摇着头说。

"唉，真是没意思。"肖馨像泄了气一样，整个人软软地倚靠在椅子上。

现在学校几乎没有人再谈论这件事了，就是忽然想起来都会觉得已经过去很久了。活着的人要向往常一样处理接踵而至的事情，没有人会费心去想无关的死者。从这个角度讲，肖馨还能记得这件事，即使是出于好奇也真是难得了。

"好奇心没有得到满足是吧？"

"对！"

肖馨面带微笑直勾勾地看着关月青，好像表现得诚恳就能让对方透露更多的信息。

"我真的什么都不知道了。"

"会不会是警察开始暗中调查了？"

"如果是这样学生家长就不会和学校纠缠不休了。"

"可能是学生家长对警察的行动方向并不知情。"

出于保密原则不向死者家属透露调查进展，警察的确有可能这么做，但不排除他们在知情的提前下依然要求学校负责的可能。"总而言之，现在没有明确的结果就对了。"关月青说。

肖馨还是一副无精打采的样子。

“别想这个了。我记得往届的那些人读研后有去研究所工作的，待遇和工作环境都很好，你往这方面考虑过吗？”

“没有。你觉得我会去吗？”

“有机会就抓住。你之前就是这么劝我的。”关月青说。

“其实现在选择挺多的。”

“原来你是胸有成竹了。”

“不，是我还没决定选择哪个。”

“都是什么单位？”

“我现在连方向还没有决定好。当年快毕业的时候，大家都在四处投简历，生怕找不到工作，后来真的工作了觉得也没什么。就算就业形势不好，那年其实我们都能找到工作吧，问题是能不能找到好工作。什么叫好工作，当时的想法肯定是工资待遇福利都好的，所以大家生怕机会被甩在后面，努力让自己看上去很抢手的样子。”

“态度积极没什么不好。”

“当初那些企业肯定不是被态度打动的。”

“我觉得我面试的时候还是能打动人的。”

“不敢想象。”肖馨故意奚落。

“那你准备回到之前的公司吗？”

肖馨连忙摆手。“绝对不会。”

之前，肖馨尽管工作得心应手，但那也是刚刚进入公司的时候。日复一日做着相似的工作，却迟迟不见升职的机会，肖馨愈发感觉工作的无聊，职业瓶颈也渗入各个工作环节。倒不是变得厌恶工作，即使不是市场环节出了问题，单是自己职场上的萎靡，也足够让肖馨重新审视起自己的职业需求了。除了考虑专业方向和报酬，未来还应该把兴趣和发展都纳入求职标准当中。

“工作是可以消磨兴趣的，有很多人最终是失去了一门兴趣爱好。”

“这种事因人而异，我没有这方面的困惑。”肖馨说，“我最近倒是反复思考了过去工作的事情。”

“什么？”

“毕业后工作又进修，躲进学校其实就是在调整自己与社会的关系，试图找到一个合适的立足点，然后再杀个回马枪。可是什么样的立足点才适合杀回马枪呢？学校是不会告诉我的。这个问题需要自己解决。这是我们教育上的一个漏洞。毕业之前老师们都会说好好学习将来毕业之后就能找到高薪工作，就能过上富裕的生活。但这只是少数，我们带着成为少数派的憧憬努力，成功则罢，万一落败了呢？再者说，富裕的生活就可以满足一个人对生活的期待了吗？其实生存这件事不是靠成绩保证的，应该是人自己探索出来的。”

“你之前的工作给了你什么启发？”

“我觉得这个奋斗路线最大的问题就是富裕的生活，富裕当然好，但是怎么富裕，富裕到什么程度，之后怎么办，这些事情根本就是因人而异的。”

肖馨停顿了一下，继续说：“其实之前的收入足够日常花销，可我就是不满意那种状态。好像去赌场，你把所有的筹码都押到一个数字上了，它左右你的喜怒哀乐，你却成了被动的存在，而工作就是那个数字。”

“不都是这样吗？”这么一说，关月青也有点儿无奈。

“所以还是做自己的事情，做出成绩来。”

肖馨把芒果分给关月青一部分。从刚才起，她便没有再动过，可能是饿了，越是吃水果肚子越空。

“你知道我为什么非要继续读这个专业吗？我觉得本科时只学到了

皮毛，但是能预见这个学科的发展前景，应该还不错。相比别的学科，从科研到应用的周期也没那么长。”

“你发表自己的论文了吗？”关月青问。

“发了几篇，不过都是在别人研究的基础上的，不能说是我独立或者主导的发现。”

“你能对未来有规划也挺好的。”

“只是在自寻出路。我们都是工作了几年的人了，真的还相信找到一份好工作就能让自己快乐吗？工作就是工作，只是换取生活资本的劳动契约而已。没有十全十美的工作，总会有让人不如意的地方。所以有些事喜欢就做，不喜欢就不做。不是对方付钱就能让人全心投入的，还是能力和兴趣更重要。最后这一年里，应该能出个成果。”

“有方向吗？”

“微生物。”

“你需要资金支持。”

“所以帮导师做课题的时候我也会留意收集资源。”看神情肖馨似乎是非常自信。

“他知道你在挖墙脚吗？”

“知道也没关系，反正也是我在帮他维护。”

“那岂不是要换成别的人负责？”

“不会，没人做得了。”这句话，她说得很有把握。

“今晚一起看电影吧。”

“好啊！”肖馨立马赞成好友的提议。最近刚好有部进口大片儿在上映，之前忙于实验，总是抽不出时间去看，可要是等实习回来片子可能就下线了。

“先去吃饭吧。我饿了。”肖馨摸着瘪了的肚子。

"你想吃什么？"关月青倒没什么食欲。

"吃烤肉。我要补充一下能量。"

关月青看了眼时间。"先去找吃饭的地方，然后去看晚场的电影。"

制订好计划，两人一刻也没犹豫就开始行动了。

4

魏立行刚刚把一只淡黄色的木箱放在实验台上，就听见清脆的脚步声从实验室前方传来。接着，就是一记熟悉的女声：

"你来得好早啊。"

关月青今天穿了一件黑白细条纹的修身T恤，下面是一条五分裤。黑色的长发也扎了起来，看上去十分干练。

好像有实验课的时候她总是这副打扮，魏立行心想。

"反正也没什么别的事了，我就提前来了。"

"你这样会让我压力很大啊。"

"啊？"魏立行停下手中的活儿，不太明白关月青的意思。

"显得我不够积极。"关月青眨了眨眼睛，露出无辜的笑容。

之前她留意过魏立行的课表，周五的课并不少。同样是上了一天的课，见对方提前跑来为实验课做准备，关月青只能自叹不如。

"少来了，我也是刚到。仪器室那边还有几十台要搬过来，你真想好好表现的话就赶紧搭把手儿。"

"好。"关月青爽快地答应。

还有三十分钟不到就要开始上课了，这也是最后的两节实验课，下周末就是正式会考了。

"你把包也带来了。"走到门口，魏立行指了一下挂在黑板旁边衣帽钩上的白色坤包。他记得那是关月青的。

“一会儿放学时不想再回办公室了。”关月青说。

“晚上有事啊？”

“也没有，就是有些累了，想早点儿回家。”

仪器存放室大约有半个实验室大小，浅灰色的储物架依次排列着，关月青走到房间左侧，紧贴墙壁的两排架子整齐摆放着四四方方的黄色木箱。前几次做实验时关月青已经搬过显微镜了，但面对一整面墙的工作量她还是不由得倒吸了一口气。

“还有这么多啊。”

“你到实验室时我也才刚刚开始干。”

“那就……”关月青扫视了一下成排的箱子，“开始吧！”

说完，她便从架子上拎起来两只木箱，转身朝外面走去。

昨晚吃过饭，关月青和肖馨就直奔电影院，原本只打算看一场进口电影尽早回家，没料到一场看完，两人兴致倒上来了。意犹未尽的二人直接跑到另一个放映厅接着又看了一场，等最后散场时已接近午夜。

虽然尽了兴，但今天整个上午关月青都感到头昏昏沉沉的，几乎是硬撑着熬过了四节课。午休的空当儿，关月青给自己猛灌了一杯浓咖啡，下午才勉强打起精神。

中午，听办公室的几位老师闲聊，说起来学生的状态，大家也都是恨铁不成钢的心情，只有几位年长的老师比较乐观，说什么学习也是积累量变产生质变的过程，有些学生是在高考前一个月茅塞顿开的，就像打通了任督二脉一样，成绩会立刻突飞猛进。这样的传奇故事关月青多年前就听说过，但事实不会那么美好。

下周的考试他们会考成什么样子，万一有人不能通过，作为班主任我会感到颜面无光吗？不会的，就算学生考得差一些，也不会有人怪到老师身上来。况且自己刚刚入职，他们以前学的怎么样和自己没有什么关系。但是即使别人不会说什么，自己却过不去心里的坎儿。无论如何，还是希望他们能在考试那天发挥顺利。关月青走在左翼的走廊，一边展开思绪一边安慰自己。

学生时代，每逢考试成绩公布后，如果不理想就很可能听老师说“你们考得再差也不会影响到我的工资”。说不清为什么，这种话以前听起来就十分不舒服。如今自己成了老师，再次想起这句话时似乎明白了厌烦的理由。无论如何，割裂教学双方的做法始终是无情和不负责任的表现。对学生而言，即使是在尚未成年时听到这句话，也一定能感受到其中的负面情绪。

此刻的实验楼十分安静，温度也比外面要低，舒适的环境让关月青感到一阵倦意。她忍不住打了个重重的哈欠，连眼角都渗出了眼泪。

仿佛是意识到了自己的失态，关月青瞥了一眼走在身边的魏立行，他正半张着嘴盯着自己。

“不好意思。”关月青讪笑着说，“昨天睡得太晚了。”

“在工作吗？不必这么拼命。我昨天也在判卷子来着，但还是按时休息了。”

“都判完了吗？”关月青问。

“没有。我觉得今天趁课间的时间就能弄完，所以就提前收工了。”

“也是因为今天课程比较多吧。”

“和上课没什么关系。”

魏立行是单纯地不喜欢私人时间被工作占据。这个习惯早已有之，若不是这次时间紧张，他甚至一份试卷都不愿意带回家。

“其实……”关月青表情有点儿尴尬，“我昨天晚上是出去玩了。”

“一个人吗？”

“不是。”

“朋友聚会？”

“差不多。”关月青微笑了一下，“昨天肖馨约我。”

“是你们班的那个女生？”虽然上学时接触不多，但魏立行对这个名字还是有点印象的。

“就是她。”

魏立行这才想起来以前她们两人就时常在一起。

“你知道她现在做什么吗？”

魏立行稍微想了一下：“猜不出来，我连她毕业去哪了都不知道。”

长发、瘦高、学习好、不怎么合群，这是肖馨留在魏立行记忆中的印象。但不足以让人以此作为根据推断她的人生轨迹。魏立行刚才努力回忆了大学时关于肖馨的一些细节，好像除了说话挺有个性就没什么了。

老实说，大学时代大家都在各忙各的，对彼此的了解太浮于表面了。像爱好、特长、志向这类能够反映出一个人生活走向的特征，只有特别投脾气的死党才有机会了解到。

“回咱们学校读研了。”关月青的声调不自觉地上扬，显然是在为好友骄傲。

“工作之后又考的吗？”魏立行问。

“是啊，一考即中。”

“现在是第几年了？”

“第二年，马上就毕业了。”

“为什么忽然又回去了？”

“之前的工作已经没有挑战了，她想不如就继续深造一下。”

“面试的时候一定畅通无阻吧？”

关月青清了清嗓子：“别说得那么直白，能通过笔试不是已经证明很厉害了吗。她可是只复习了半年啊，连应届生都不是她的对手。”

“好吧。她真的很厉害。”魏立行淡淡地说，接着又补充了一句，“我可是发自内心地佩服她的。”

看着他一脸严肃的样子，关月青不禁笑了出来。

本科生如果是考本校研究生，一般情况下只要笔试通过，面试几乎就是走个过场。相比那些外校来的学生，老师们当然会对自己的学生抱有好感。倒不是说特别照顾，只是相处四年下来，对学生的能力和志向已经有了一定了解，更容易培养。应该说这种模式的得益者主要是导师，有了知根知底的学生帮助做课题，自己更加放心，对学生来说只要能顺利毕业也不会要求太多。但跟随同一个人学习七年，缺少学术上的交流、思想的碰撞，学术发展在无形中也会受到限制。

如果当初自己能坚持信念拒绝保研的话，是不是现在就过上了完全不同的生活？最近这几年魏立行已经很少做这样的假设了。

不觉间，两人已经把两件实验室要用的显微镜全部搬完了。魏立行叉腰而立，快速环视了一遍准备妥当的实验台。“玻片就等上课时再发吧，酵母菌也已经培养好了，一会儿我去拿过来。”

无论怎样强调，摔碎玻片样本的事故仍然时有发生，魏立行早就不敢把这种易碎品提前交给学生了。

“也好。”

关月青掏出手机，还有几分钟就要上课了。她想趁这时间给肖馨打电话，可没想到的是电池格只剩下一丝红色的电量了。

关月青走到讲台一边，取下挂在衣钩上的挎包，从里面翻出电源和充电线，扫视了一遍黑板下面的墙壁，却没有发现电源插座。

“喂，你是要充电吗？”见关月青仍然在低头寻觅，魏立行忍不住问。打刚才起他就注意到关月青的奇怪举动了。

“嗯，哪里有电源……”关月青好像自言自语。她走到靠门的一侧，略弯下腰，朝侧面的墙壁上一眼望过去。

“很急吗？”

“我正想打个电话。”

“交给我吧。你快去把装玻片的盒子拿过来。”魏立行快步走到关月青身边，“马上就要上课了。”

“电源在哪呢？”关月青不想就这么放弃。

魏立行麻利地拿过手机和充电器。“实验室结构不太一样，你找不到插座的。学生已经在外面了，快点去准备吧。”

竖起耳朵仔细听，实验室外面果然已经有说笑的声音了。“那就拜托了”，关月青不再客气，三步并作两步地出了实验室。

实验室里安静异常，学生们正在一板一眼地调整物镜，调节焦距，单眼观察玻片，同时有模有样地画出细胞结构图。

刚才，关月青把实验用的玻片一个个发给学生，轮到张睿斯时，对方只是面无表情地抬头看了她一眼。那一瞬间，关月青也说不清是怎么样的心情。这算是勉强求来的社交礼仪，抑或是教师的尊严得到照顾？好像都不是。况且，若硬要说张睿斯是在真心实意地打招呼，也有点自作多情。也许一开始就该料到是这样的结果。

正确的做法是昨天就不该找她谈话。关月青现在着实有一点儿后悔。

比起在课堂时的倦怠表现，学生在实验课上更加具有活力，也能长时间保持注意力在实验内容上。人类还是更容易对形象具体的事物系统产生兴趣，这就是记录着知识内容的课本反而不如实际操作吸引人的原因。

“用左眼。”关月青提醒一名正在用右眼向镜筒内观察的男生。

男生“哦”了一声，立刻更正。

实验室配备的还是老式的光学显微镜，从外观上看就知道有些年头儿了，正式上课前关月青试着调试过其中一台，成像效果出奇地清晰，这与平时使用和保存得法有直接关系。

说心里话，和张睿斯目光相接的那一刻，关月青心里萌生出一股好奇：倘若真的按照肖馨说的，不讲道理地刁难学生，那会是什么结果？然而关月青也只是想想，以她的性格不可能付诸行动。

实验室内偶尔能够听见几声低语，除此之外，就是铅笔在白纸上摩擦发出的沙沙声。

眼下正在进行的实验主要是训练观察动植物细胞形态差别，有丝分裂，能快速画出细胞结构图。这些内容都是相对基础的实验项目，所以留到最后再做也无妨，一会儿的酵母菌分离实验才算是考核的难点。

离下课还有几分钟的时候不少人已经放下了手中的笔，教室里也渐渐响起了闲谈的声音。和关月青预想的一样，观察实验花不了多长时间。

关月青站到讲台正中，拍了两下手，下面的说话声戛然而止，与此同时全班的注意力被吸引了过来。

“都画完了吗？”

没人答应，不过关月青已经习惯了这种沉默。

“还有没画完的吗？”她又问了一遍。

这回，下面终于有几个学生像代表一样喊了出来：“画完了。”

“那么，还有什么问题，比如显微镜的使用什么的？”关月青的视线在几个实验组中来回游移，几个学生摇了摇头，算是给出了反馈。

“好。每个小组都把显微镜收好，放回盒子，然后送回仪器室。其他人可以暂时休息一下，不过要注意保持安静，不能影响别人做实验。”最后这句，关月青特意调高了声音。

陆续有学生走出实验室，此时走廊中还很安静，隔壁实验室还在上课中。关月青沿着靠窗一侧的过道慢慢走着，旁边的实验台上还有刚刚画好的细胞图。她依次看过来，有的细胞壁画得太厚，有的则是线条太过潦草。既画出细胞真实形态又做到工整耐看的作品并不多。

又过了会儿，似乎是隔壁也下课了，整个楼层明显比刚才热闹了不少。关月青站在门口看着几个陌生的背影，他们都拿着显微镜箱子，应该都是去送还仪器的。

张睿斯用的实验台前没有人，关月青走过去时故意多停留了一会儿，她端详着张睿斯画好的细胞图，笔画痕迹很浅，但线条干净，引到一旁的文字也很秀气。一看就出自女生之手，关月青不禁多看了几眼。

关月青继续踱步在实验室，一些留下来的学生已经开始整理实验台，为了下一场实验做准备。因为接下来要用到天平，已经有人提前检查砝码了。

预备铃响起时，人已经都回来了，然而魏立行也出现在实验室门口，怀中抱着一台离心机。魏立行走进来时，学生的目光也追随着这部机器移动。说起来，这还是第一次在实验中使用离心机。

“我正准备去拿呢。”关月青说。

“我猜也是，顺便就一起拿过来了。”

“怎么提前下课了呢？”

“他们动作比较快。你那边呢？”

“也已经完了。”

刚才还在上课时，魏立行就注意到有关月青班上的学生已经提前课间活动了。

魏立行把离心机轻轻放在讲桌上，蹲下身打开讲桌下面的慢起式插座，插入离心机的插头。

“我说我怎么找不着呢，原来在这里。”关月青盯着地上的插座说。

“刚好藏在讲桌内侧，不仔细看谁都找不到。”

“我手机在哪儿？”

“药品室的桌子上。”魏立行用脚尖朝插座的方向点了几下，“只有一个双向插口。要是手机在这充电就用不了离心机了。”

关月青点了点头。

“我先回去了。”

“你快回去吧。”想到马上就要开始上课了，关月青赶紧说，“谢谢你帮我送过来。”

“顺便而已。”

魏立行说得轻描淡写，关月青更是不知该如何表达感谢之意。工作以来一直受到昔日同学的照顾，这可是从来没想过的事情。

目送魏立行离开后，又有几名学生回到实验室。恰好走廊里响起了上课铃，最后一堂课就这么开始了。

每个实验小组都在忙着给离心管称重，关月青推着装满锥形瓶的手推车在过道缓慢移动，把装有酵母菌的锥形瓶分发给每个实验组。在她两侧，不时响起玻璃与金属托盘碰撞的响声。

按照实验步骤，等称重完毕，把酵母菌悬液移到离心管就可以放到离心机里等待离心沉降了。

“她人呢？”关月青指着一张空凳子，坐在这儿的本应该是张睿斯。

“出去了。”同组的一个女生说，“去卫生间了吧。”

关月青微微点了点头，推着车走了过去。

走过的试验台上有学生开始向离心管中加入了悬液。酵母菌是魏立行委托负责实验室管理的老师提前培养好的，悬液比预想中的要浓，好在并不影响实验结果。

不一会儿，关月青把锥形瓶全部发完，动作最快的实验小组也已经完成了准备工作。两个学生各自握着两支离心管站在讲台前，待命似的望着尚在收拾的关月青。

关月青把推车推回角落，回到讲桌旁边打开离心机的盖子，接过四支离心管放入试管槽中，那两个学生就乖乖地回去了。

试管槽还有空缺，要等到全部占用上关月青才会开动机器。每支离心管都贴了标签，离心完毕后按照标签上的编号各自取走就行了。

这时又有三名学生送来了离心管，关月青像之前一样放好，盖上盖子，按下电源开关，机器却没有反应。

关月青重新开关了一遍，机器还是毫无动静。她走到墙边，打开白炽灯开关，灯也没有亮起来。关月青又走到实验室门后面，翻开墙上电闸盒黄色的透明盖子，开关全部闭合，并没有什么异样。不明状况的她扭头对学生说了句“等我一下”就出了实验室。

魏立行抬头望着天花板，按下墙上的电灯开关，没亮。

“你这边也没电吗？”

魏立行应声回头，也不知什么时候关月青出现在实验室门口。

“好像是，不知道是停电还是线路的问题。”说话间，魏立行移步到另外几支灯管的开关处，又试了几次，全都没有反应。

“我刚才看了，线路没有问题，可就是没电。”

魏立行也打开了墙上电闸盒，凑近了检视了一番。“没有跳闸啊。”他嘟哝了一句。

“那怎么办？”关月青问。

对电路完全外行的她现在比谁都心慌。如果是停电的话，那么整个下午的实验都会受到影响，这可不是她希望看到的。

“你那里也一样吗？”

“离心机没反应，灯管我没试。”

学生似乎也注意到了情况的异常，纷纷向前面投来好奇的目光，议论声像是涨潮一般慢慢地涌过来。

“去楼层的配电箱看看。”魏立行转过身说。

配电箱位于靠近楼梯口的地方，从实验室出来走不了几步就好了。魏立行打开印有闪电标志的灰色铁皮门，五颜六色的电线，开关立即一览无余。魏立行猫着腰，皱起眉头，视线在成排的开关上依次扫过。

“这个掉下来了。”他指着其中一个电闸说。那是唯一一个断开的。

“推上去就好了吗？”关月青问。她对电路一窍不通，看着几十条电线交错缠绕已经头晕眼花了。

魏立行往上一拨，电闸“咔”的一声固定住了。“回去试试。”他转过头说。

回到实验室，魏立行再次打开离心机开关，机器立即转了起来。“好了。你那台应该也能用了。”魏立行说得十分轻松，可关月青已经高兴得不知该说什么好了。今天若不是有他在，或许连实验都没法进行下去了。“我这就回去看看。”扔下这句话，关月青就迈着大步奔回实验室了。

课上到一半的时候，还有几个学生在离心机前排队等候。魏立行从机器里取出离心管，余光正好瞥见关月青的身影在走廊匆匆闪过。

大约过了十分钟，关月青再次出现在实验室门外，她低声对魏立行说“出来一下”，神情看上去略显紧张。

“什么事？”

“休息室的钥匙你有吗？”

“没有，你要干什么？”

关月青微皱着眉，说：“你来看一下。”说完，她带路一样走在前面，魏立行快步跟上，一直到拐角处的教师休息室两人才停下来。

“你看看里面，是不是有人。”

青灰色木门上镶嵌了块磨砂玻璃，房间内部只能看个大概影子。魏立行有点儿不明所以问：“怎么了？”

“沙发上有人吗？”

魏立行贴近玻璃又仔细辨认了一遍，房门正对着一张灰色沙发，但在沙发上隐约能够看见一道阴影。

“你说的是个——”

“嗯，张春斯一直不在实验室。我到处找也找不到她，就想她会不会不舒服在这里休息，到这一看果然有个影子。”关月青说，“可是门锁起来了，我敲门也没反应。”

魏立行试着转了转门把手，碰锁很结实。

“她什么时候不见的？”

“我也没有注意。”关月青皱着眉说。

魏立行使劲儿敲了几下门。“开门！”里面却没有丝毫动静。

“钥匙在哪儿？”关月青问。

“平时放在里面，传达室那里还有一把备用的。”

魏立行又使劲儿连敲了几下，密集的敲门声在安静的走廊里显得格外响亮。之后，似乎是耐心到达了极限，他侧身握住门把手连推带撞起来，看样子是要使出全身的力气。可是一番努力后门还是没有开。

“还是不行吗？”

“嗯。”魏立行心有不甘地怒视着那块磨砂玻璃，喘了口气，“我去传达室。”

等待的几分钟里，关月青又试着叫了几次门，但即使她拍得再响，里面依然毫无反应。过了一会儿，楼梯下面传来一阵沉重的脚步声，魏立行一步两阶地走了上来。

“拿到了？”关月青着急地问。

魏立行举起钥匙晃了晃，来到门前，对准锁眼插了进去，只一拧门就开了。两人推门而入，房间内张睿斯果然躺在浅灰色的沙发上，还有几只蜜蜂在屋子里盘旋，发出嗡嗡的声音。

关月青和魏立行尽力避开那些蜜蜂来到沙发边上，可是看到张睿斯的脸时两人都吃了一惊。

“快打电话。急救。”魏立行说。然而，他用手指在张睿斯的鼻子下试了试，好像已经来不及了。

第四章

1

三名戴白手套的侦查人员正在教师休息室内进行现场勘验工作，房间不时有警员进进出出。

关月青联系完急救中心，又过了不到十分钟，一辆救护车鸣笛而来。可是，张睿斯早就没了呼吸。一名医生对尸体进行了初步的检查，推测是死于氰化物中毒。既然涉及严格管制药品，对方建议报警。

虽说是建议，不如说是例行公事地告知更合适。不等关月青和魏立行答应，这位年轻医生就开始拨电话了。

身后，一阵脚步声渐渐靠近。虽然很轻，可魏立行还是听出来者并非一人。魏立行转过身，朝下面张望，三个男生正沿着楼梯蹑手蹑脚地走上来。

“干什么？”魏立行朝下面喊，关月青闻声也转过身子。

“书忘在实验室了。我们回来取。”走在最前面的男生说。

关月青挨个看了一遍。这三人并不是本年级的学生，都是陌生的面孔。

“第几实验室？你是哪个班的，我替你去拿，明天记得找我要。”

见他们并没有停下脚步的意思，魏立行三步并作两步绕到楼梯口，大有一夫当关的架势。

“我们自己去就行了，不用麻烦老师。”一个留着平头的男生说。

“实验室已经锁门了，你们有钥匙吗？”魏立行向下走了两阶楼梯，彻底挡住了他们的去路。

大概是被魏立行说中要害，最前面的男生一时不知道该如何回答，支支吾吾地说“那就算了吧”，但他仍然没有要离去的打算。

“那还不快回家？”魏立行提高了声音。

“哦。”为首的男生终于转过身，“回去吧，快走。”一边推着另外两人，一边吊儿郎当地往下走。看得出，那两人的表情并不怎么情愿。

原本，关月青取回手机联系急救中心后，魏立行就和她商量应该尽快让两个班的学生尽早结束实验，离开现场。可没想到，到了放学时间，那几个医务人员还是被从楼上下来的学生撞了个正着。

“今天有哪个班做物理实验吗？”六楼即是物理实验室所在的地方。

“可能是高一的。”关月青说。

估计明天，不，也许今晚这件事就会在学生当中传开了。魏立行心想。

回到平台边上的楼梯围栏处，魏立行像刚才一样靠在扶手上。他看了眼手表，已经六点钟了，休息室又不大，需要调查那么久吗？

“有一个小时了吧？”

“嗯，已经六点了。”

那几个警察到了之后，先是从报警的医生那里了解了死者的情况，紧接着就来问魏立行和关月青发现死者的经过。因为是第一发现人，他们也被要求暂时不能离开，等勘验工作结束后还有几个详细的问题要问。

若是往常这个时间，魏立行已经在家中了。眼看着医生、警察忙乎了一个多钟头都没有收工的迹象，魏立行愈发受不了他们磨蹭的动作。

医生来到后，现场基本就被保护了起来，任何人不得靠近。魏立行和关月青站在门口看了几眼，但警察来后就被要求避让了。

“他们在查什么？”关月青问。

“谁知道呢。”

那些警察似乎还要在现场忙碌很久，唯独一个身形结实的中年男子走了过来。魏立行一眼便认出了那个人。是柴原。

柴原走到跟前，从胸前的口袋掏出笔和笔记本，面无表情地看了看两人。“说说当时的情况，怎么发现死者的。”

“在这里吗？”魏立行问。

柴原看了看周围，说：“这里就行。”

不知为何，他的声音听起来好像带着很大的不快。

魏立行看了旁边的关月青一眼，她似乎并不介意谈话的地点。看来，三个人就只能这么站着聊天了。

“发现死者时的时间是？”

“五点四十五分。”关月青说。“死者”两个冷冰冰的字让她有略微的不舒服感。

“记得这么清楚。”

“是我打电话叫的急救。我记得手机上的时间。”

“讲讲发现的经过吧。”

柴原两手搭在一起来回看了看二人，仿佛是在催促他们抓紧时间。可是他说话的语气像往常一样随意，一点都不着急的样子。

“上课时我发现张睿斯不见了，就到处去找她。最后看见教师休息室里有人的影子。我也不确定那就是她。当时门从里面锁上了，敲门没人应，只好找我同事帮忙。可是不管我们怎么叫里面都没反应，我们怕有什么事就去传达室拿来了钥匙。进去以后就看见张睿斯躺在沙发上，脸色不大对劲，然后就报警了。”

柴原快速梳理了一遍，心里有了大概。“你放松点儿，有不确定的地方可以想清楚告诉我。”

“哦，不好意思。”关月青尴尬地笑了笑。她也觉得自己刚才的话说得语无伦次。

“你说发现死者不见是什么时候？”

“最后一节课刚开始不久，四点十五分左右。”

“在上课是吧。”

“是的。”

“你去什么地方找死者了？”

“一开始没有……”关月青嗫嚅道，“刚发现她不在教室时我以为她是去了卫生间还没回来，所以并没太在意。”

“你刚才不是说那时已经上课了吗？”柴原问。

“我以为她很快就会回来，所以没当回事儿，没想到会这样。”

自从发现张睿斯的死，关月青内心陷入无休止的纷乱。除了吃惊，不解和自责让她的大脑一刻都没闲下来过。张睿斯为什么会突然离开教室，为什么要选择死，这两个问题拉扯着她的脑神经让她一刻不得安宁。

“一般迟到几分钟老师也不会特别在意，而且实验课一般不是很严格。”魏立行赶紧在一旁解围。

“并没有责怪谁的意思，只是有疑问就必须进行确认。”嘴上这么说，可柴原的脸色并不好看。

“那么，你是什么时候发现不对劲儿的？”他继续问。

“课上到一半的时候，她还没回来，我有点担心就出去找她了。”

柴原沉吟了片刻，问：“四点半？”

“差不多。”

柴原点点头。刚才那位医生已经对死亡时间做了大致的推测，死者是在四点至四点二十分之间停止了心跳，那么关月青的证言并没有可疑之处。

“你都去哪里找了？”问题又绕了回来。

“这层楼的卫生间，药品存放室，仪器收藏室，我挨个看了个遍都没见到她。我就回了趟教室。”关月青指向另一侧的窗户，“教学楼那边。”

窗外是一座灰色的建筑，柴原望过去只能看见部分墙体，但能认出来这就他之前几次去的那栋楼。

“一开始就发现她在休息室？”

“不，发现里面有人时门是关着的，我不确定那是她。”

“那你怎么知道的？”

要说原因，恐怕就是一种直觉了吧。

“我到处都找不到她，最后只剩下休息室了。虽然我不确定她会去那里，可是走近了发现里面有人影。”

柴原在本上写了几笔，写完用笔杆指着魏立行：“后来你就去找他了对吗？”

“因为门锁起来了，我打不开。”

柴原又转过脸问魏立行：“她找到你时你在干什么？”

“在实验室上课。我们下午都有实验课，就在那里。”魏立行用下巴指了一下右翼的走廊。

“这里只有两间实验室？”柴原刚来时已经在这里转了一圈。

“是的。”关月青说，“下午我们一直在那里上课。”

“她找到你之后呢？”

“我陪她到了休息室门外，她让我看看房间里是不是有人。说实话，我也不是很确定，可按理说沙发的位置上不该出现阴影。”

柴原回想现场沙发的样子，的确是浅色的。他瞧了魏立行一眼：“你是上次死的那个学生的班主任。”

“是我。”魏立行淡定地说，“请问上次的事——”

“我们先解决今天的。”柴原打断他，“你们两个一起发现屋子里可能有人，之后开始敲门，但是里面没有反应，所以就去拿钥匙了？”

“是的。”

“那个房间平时上锁吗？”

“平时是锁起来的，只有上实验课的时候会打开。”魏立行本想说，那是专门给老师休息用的，可还是收住了口。他觉得柴原八成会说“你们的待遇还真好啊”之类的风凉话。

“今天是谁开的门？”

“我开的。”魏立行说。

“平时是你负责保管钥匙？”

“不，有专门的人负责实验用品的采购和实验室管理，钥匙也在管理之列。实验课程需要提前申请才能使用实验室。”

“然后也可以借来房间的钥匙？”

“是的。”

“你开门之后把钥匙放哪了？”

“门旁边的墙上有个挂钩，每次都会挂在那里。”

“那你们后来又是怎么开的门？”柴原一脸狐疑地看着二人。

“还有一把备用的，在传达室那里。”

“从这里到传达室可不近啊。”柴原感叹着，好像不像刚才那么严肃了。

的确，从实验楼到传达室即使用跑的至少也要五分钟一个来回，如果早五分钟进入房间，是不是就能救回张睿斯呢？关月青不由自主地开始做无用的假设。

“还有件事，可能有点儿多余，但我还是要确认一下，”柴原抬起头，“你们这里有氰化物吗？”

被突然这么一问，关月青也犹豫了。她去过几次药品存放室，不记得见过装着氰化物的试剂瓶，但万一是自己看漏也有可能，另外，高中需要用氰化物吗？

“没有。中学实验室不会用到那种东西，也没有能制造氰化物的原料和设备。”魏立行抢先回答。

柴原问了一些张睿斯的个人情况，大抵都是和韩立洋死时相似的几个问题。这才几天，学校就有两名学生相继死亡，表面上很淡定，可是柴原心里早就接近忍耐的极限了，刚才在现场巡视的时候他更是止不住地心烦意乱。现场找不到明显的痕迹，又是难以界定自杀还是他杀的案件。柴原已经对这所学校的任何事情产生厌烦的情绪了。

关月青几次思量要不要把自己和张睿斯谈话的原委告诉柴原，但那次交涉明明是张睿斯占了上风，况且冷漠也是她待人的常态，即使说不存在不寻常的地方，那么她又为什么要轻生呢？

讯问结束后，柴原留下话，告诉两个人今后如果发现疑点还会再回来了解情况。如果他们得到了与死者相关的线索也要及时联系警方。之后，柴原用笔记本夹住圆珠笔，就那么拿在手里，又折回了休息室那边。

站在休息室的门口，柴原和几个同事说了几句话。因为距离太远，根本就听不清。或许是在听现场勘验的结果吧，魏立行想。

太阳已经西沉，窗外蓝色的天空把走廊也映出了一层浅色。

办公室门外就有悦目的风景可真好啊。在工作的地方发现意外的美景，关月青的心情也变得明朗起来。

再往前走就是校长室了。在等警察来的间隙，关月青给王珺发了短信，简单汇报了张睿斯的死讯。没过多久王珺便发来了回复，内容很简单，只说让关月青留在现场，等一切结束后再来办公室见自己。

王珺收到消息的那一刻是什么心情，郁闷还是愤怒？不到半个月就有两名学生轻生，她一定承受着难以想象的压力。

办公室的门紧闭着，关月青在门外停下脚步，刚要抬手敲门，里面传来了王珺的声音：

“进来。”

关月青推开门，房间内没有开灯，很暗。王珺一只手支在桌上，扶着额头。她一定知道关月青已经进来了，但连看都没看一眼，就那么一动不动地坐着，不知道在思考着什么。

“你坐吧。”王珺依旧保持那个姿势，她身后的窗户是房间内唯一的光源。拜这逆光所赐，王珺看起来像是要坐成雕塑。

关月青坐在长沙发一侧，虽说是被叫来了，但也不知道该不该打破沉默。

房间里安静得连呼吸声都听不见，片刻之后，王珺坐直了身体，说："什么结果？"

"学生的遗体被带走了，说要进一步调查。"

"通知家长了吗？"

"警察说由他们通知。有些问题他们想要当面询问学生父母。"

王珺拿起放在办公桌上的手机，看了下屏幕，又轻轻放下。这样真是再好不过了，传递噩耗的事就应该让专业人士去干。

"那我们就等着吧。"

王珺抱起双臂，疲惫地倚在柔软的靠背上，两眼盯着桌面，看样子又陷入了沉思。

房间归于沉默，这是关月青一向不擅长应对的情况。

关月青轻咳了一声，接着说："真是对不起。"

"嗯？"王珺抬起头，但是因为逆光，看不清是什么表情。

"如果我能看好她就不会发生这种事了。"

王珺轻轻"哼"了一声："和你没关系。"

"也许能避免。"

王珺慢慢地来回转动真皮座椅。"如果一个人想死，拦是拦不住的。劝也没有用，他会想尽一切办法付诸行动。她想死在学校还不简单，不在实验楼可以在教室，卫生间隔间，哪里都行，你能时刻盯着她吗？"

她顿了顿继续说："专心上你的课，你还有其他学生要负责。"

"我知道了。"关月青说。

王珺叹了口气："你回去吧。学生家长会打电话过来的，不管打给谁，我们随时联系。"

的确，现在能做的就只有等了。“那么，我先下班了。”

关月青站起身离开，门快关上的时候，透过门缝，她发现王珺已经完全隐没在黑暗中了。

走廊的光线比刚才来时更加暗了，学生们早已离校，周围听不到任何声音。出了学校，关月青才发觉这漫长的一天终于结束了。走在去车站的路上，肚子也有些饿了。这时，关月青想起还有件重要的事没做。她从包中拿出手机给肖馨拨了电话。

电话很快就接通了。

“喂，你出发了吗？”一听到那边的应答，关月青立马问。

“早就出发了，现在都快到住宿的地方了。什么事啊？”

“不是什么大事，就是想告诉你不用买东西了，什么都不用买。”关月青说。

“我还以为是什么大事儿呢。”听筒里传来肖馨抱怨的声音，“真是受不了你，临时变卦。”

“是我不好，不过这样你回来时不是更方便吗，回来我好好补偿你。”关月青开始安抚起朋友来。

“我是无所谓啊，就是想买点儿山里的水果和特产，又不沉。”

“我明白。但是你就专心做你的事情吧。我这边也不轻松，等你回来再见面聊。”

嘴上这么说，关月青却很清楚，自己这位同学的好奇心是绝等不到实习结束的。但就在她琢磨该以什么借口搪塞好友时，电话那头迟迟没有声音传来。

“喂？”关月青不禁把手机紧贴着耳朵，可她一连问了几声都不见有人回答。

她再一看屏幕，原来手机没电了。

2

张彦之和吴燕两个人在医院无人的楼道内大跨步地疾走。因为太着急，大腿都有些酸疼了。可是，现在哪还顾得上这点小事。

“真没想到都这时候了你还能迟到。”张彦之走得耳边生风，仍不忘用嘲讽的语气说话。

“就晚了五分钟而已。再说，这算迟到吗？我可是挂了电话就立刻上路了，只是路上堵车才比你晚到了一会儿。”

“反正是我等你。”

“别废话了，你想找事儿吗？”吴燕瞪着眼睛问他，明显开始火大了，张彦之只好闭上了嘴巴。

结婚前，恋爱的时候，吴燕就暴露出没有时间观念的缺点，这让做事一向严谨的张彦之很不适应。只是那会儿初相识，张彦之认为男生不该对小事太过挑剔，才没有放在心上。后来陷入热恋，缺点反而变成了可爱，就更加倾向于选择性无视。

两个人就像急于逃出迷宫的动物，虽然走得极快，但丝毫不敢错过每一个门牌，确认了上面的号码不是自己要找的“出口”才赶紧去看下一个。

“就是这里？不会走错路了吧？”

不知不觉，他们穿过了一条长长的回廊，在尽头的拐角处停下了脚步。

“该怎么走？”张彦之向左右两边望了望，都是昏暗的无人的楼道，白炽灯像是蒙了一层灰，发出的光和铁灰色的门漆差不了多少。往远处看，还以为那墙上都没有门呢。

“咱们刚才好像就是从这边过来的。”张彦之仅仅是朝着左边的楼道在说，根本不想征求吴燕的意见。

“刚才走的是右边吧。”

“不对，从电梯出来我们走的应该是身后那条路。”

张彦之转过身，望着身后。这楼道不管从哪个方向看其实都差不多。该往哪边走呢，此时此刻他非常不愿意表现得像是没主意似的。

“真的是这吗，我们不会是走错了吧？”吴燕问。

“不会错。”

“真的吗？”吴燕还是不放心。共同生活多年，虽然知道张彦之是个认真的人，但绝没有到一丝不苟的地步。更何况关键时刻靠不住的时候也不在少数，为了公司例会而准备的新方案最后偶尔会落在家中，这已经见怪不怪了。

“应该是这里。”

“应该？”吴燕本能地怀疑起来。

“怎么了？”张彦之听出话音不对，皱着眉头回问。

“我觉得你还是再问问吧，比咱们俩在这瞎转强。”

虽然不太愿意直说，但吴燕预感到张彦之十有八九是带错路了。从一楼一路走到这里，不见一个亮着灯的房间，确实不太像他们要找的地方。

听到这话，张彦之本就不牢固的信心开始动摇了。放下无谓的坚持，他拿出手机凭印象从最近通话中找出一个陌生的号码。傍晚的时候，就是这个电话向自己传达了女儿的噩耗。

电话很快就接通了，对面传来一个有点低沉的男声。

“您好，我们到了，但是这边怎么也找不到停尸间。”

“在辅楼。”

“我知道，但是这边找不到。”

“嗯，我也没看见你们。”对方停顿了一下继续说，“所以我觉得你们是走错了。”

“再说一遍具体的位置，我们这就过去。”

吴燕听到这句话就全部都明白了，果然还是被她猜中了。她抱着胳膊站在一旁，见张彦之一脸焦急的样子，又是点头又是答应，嘴角不由得浮现出玩味的笑容。

“怎么着，是不是得去别的地方？”她明知故问。

“嗯。”张彦之回到了扮深沉的状态。

在电话里，张彦之被告之停尸间所在的辅楼在法检医院主楼后面。因为是过去遗留的建筑，虽然还在使用，但位置并不显眼，加上前面还有一幢十层办公楼，不知道的人很容易走错路。

张彦之和吴燕原路返回，走出建筑后便朝后面走去，果然一走上小路就看见一座灰色砖墙的老式建筑，只有六层楼高，房顶还有现在已经少见的瓦片，夜里只显出曲折的轮廓。张彦之顾不上仔细辨认，确定了位置，走得比刚才还快了。

吴燕在后面有些跟不上，大喊：“喂，你慢点儿！”

“你怎么还穿高跟鞋？”

“我哪有时间换！”

“快走几步，这不就在眼前了。”张彦之根本没有停下的意思。

“你都要跑起来了。”

两人并排走进小楼，虽然从外面看像个历史建筑，内部似乎下了一番功夫修葺，而且就照明设备来说比之前那幢强出许多。

沿着过道旁边的楼梯步上四楼，张彦之和吴燕终于找到了停尸间的所在。其实不用他们特意去找，因为空荡荡的楼道里只有一扇门前站着人。不用想也知道是之前通过电话的警察，也就是柴原。

“你们是不是弄错了？”张彦之走近后立即问。

“这个，你们既然来了，还是亲自确认吧。”

发生这种事情，柴原心里也不舒服。尤其是一想到接下来要应对死者家属情绪失控的状况，他更怵头了。

在张彦之和吴燕的注视下，柴原打开了白色的防盗门，进入房间按下照明开关，室内即被惨白的灯光填满，三个人一句话也不说。

房间并不大，正中央摆了一张包了铁皮的桌子，收在下面的还有四张木凳子。除此以外，三面墙都是冷藏柜。

柴原走到右边一侧，抽出其中一个柜子，什么也不说，望向愣在门口的二人。见他们毫无反应，柴原又点了下头。

张彦之犹犹豫豫地走过去，只看了一眼就转过身，双手撑在冰凉的铁皮上。

“不可能。你们弄错人了。”

“已经确认了。”

“到底是怎么回事？”

“就是我在电话里说的那样。”

“我不信是自杀。”

“还不好说。”柴原也不管对方心情，只是如实做出答复。

“不可能是自杀，有什么证据能证明吗？”

“没有。”柴原摇头。

“所以我没法相信。”

“我也不信，现在什么证据都没有，你们警察不能草率下结论。”

吴燕走到抽屉旁，确认躺在里面的是张睿斯后就忍不住哭了起来。张彦之也开始啜泣。

这一幕终于还是来了。柴原看着哭泣的两个人，一丝安慰的想法也没有。在他看来，这种情况像他这样的陌生人要是凑上去装模作样地说漂亮话只会显得自己站着说话不腰疼。那样的话要继续后面的谈话就不知道要等到什么时候了。

然而，这俩人各哭各的是不是专注得有点过分了呢？看着张彦之抽动起伏的后背，柴原想，要是凌沐在就好了，可以全部交给他处理。

过了好一会儿，柴原轻轻咳了一声，手搭在抽屉上要退回去，可吴燕使劲儿摇了摇头。

因为低温升起的白色雾气已经不那么明显了，现在正好可以看清张睿斯的遗容。若不是脸上没有血色，此刻的她看上去和睡着了没什么分别。

“就是这样了，请节哀。”

可能是感受到了警察坚决的态度，吴燕只好收回了手。

“我们换个地方谈吧，你们女儿的遗物需要检查，所以我的同事从学校带回了好多书，该还给你们了。”柴原说。

“在哪儿？”张彦之红着眼睛问。

“在一楼，我们一起下去。”趁他们情绪稳定赶紧离开这里，柴原只有这一个念头。

“走吧。”张彦之对吴燕说。

柴原像个领路人似的走在前面，张彦之看着那个徐徐移动的沉默背影，心里的疑问越来越多，他已经等不到去检查遗物了。

“这件事到底会怎么处理，现在跟我说明一下。”

“接下来还有很多调查工作。”柴原回答。

“那大概要多久？”张彦之继续问。

“那要看后面的工作了。”

“别说这种模棱两可的话。”

“事实就是这样，要看调查的进度和结果。”柴原头也不回，边走边说。

“我早上还见过女儿，过了十二个小时，现在人就没了。你给我这样的回答像话吗？”

“你们的心情我能理解。”

“能理解又怎样，一点儿用都没有！”

“真的可以，毕竟见过太多这种事了。”柴原说了句大实话。

张彦之重申自己观点：“我女儿是被害的。”

“有这种可能。”

“现在又说有可能了。”吴燕及时接话道。

“我刚才就说了。但也不是没有自杀的可能，从现场看，当时房间里只有她一个人。”

这就是目前最大的疑问，当张彦之听说女儿一个人死在学校的房间里，他无论如何都不能相信。

“凶手肯定是跑了。”

“不排除这种可能，所以一旦调查有了新的进展，我一定会及时通知你们的。”

“现在调查到什么程度了？”吴燕问。

“今天只是完成了初步的取证。”柴原说，“后面还有很多工作。”

“这个时候不是应该连夜加班吗，怎么只有你没看见别人？”张彦之问。

“有人在加班，但是这个案子很特殊，现在还有很多事情没法确定。”

柴原再一次陈述了当下的工作状况，虽然也不怎么期待对方能听进去，可对受害者家属就只能这样不厌其烦地反复说明。

柴原带领张彦之和吴燕走到一楼中央的一扇门前，张彦之看了眼门框，只有号码牌，不见科室的名牌。自打进了这个大院他就像被带到了神秘地带，哪里都神秘兮兮的，只有跟在警察身后才不会迷路。

“进来。”柴原打开门说。

这里就比刚才那地方小很多了，大概只有二十几平方米，四张办公桌，两个档案柜。给人的印象就是间普通的办公室。

柴原走到最里面的那张桌子旁，抱起桌上放着的纸盒，来到张睿斯父母前面。里面就是张睿斯的书包和几本书。

“就是这些，学校里能找到的东西全部都带过来了，你们看看吧。”

张彦之拿起一个红色笔记本，随意翻着，看完又去拿另一个。虽然不知道这么做究竟还能发现什么，但他也停不下来，好像是这样可以感受女儿最后的气息。

吴燕也从书包里抽出一本练习册，她已经好久没看过张睿斯的作业了，没想到最后是以这种方式。

“我先说明一下，我的同事并没有从这些物品里面发现什么有用的线索。”

“当然了，这只是作业而已。”

张彦之脑袋歪向吴燕那边，想看看她手中的册子里能不能发现什么有用的东西，然而那上面只有女儿的字和一些红色的“✓”“×”。

“为什么还有这么多错题呢，总是这么粗心。”看完，吴燕放下练习册，又从书包里拿下一本，仿佛只是帮女儿检查作业。

“你们也没发现什么不寻常的吗？”

“我觉得没什么，和我平时看到的没什么不同。”张彦之抹了把额头上渗出的汗，把手上的书放回盒子，然后直勾勾地看着柴原。

柴原点点头。“和我同事说的一样。”

“告诉我整件事情的经过。”

“是啊，电话里也没说清楚，现在该说明一下了。我们还不知道细节呢，这绝对不行。”吴燕跟着说。

张彦之大约是在晚上六点接到警方电话的，因为工作的关系，他偶尔会在外地的厂房检查工作。今天便是如此，所以接到电话后便一刻不停地往回赶，也花了一个多小时的工夫。

“今天下午正在上实验课，因为她离开课堂很久都没回来，老师出去找她了，最后发现她在教师休息室的沙发上躺着，但是已经来不及了。死因是中毒。”

“是什么毒？”吴燕问。

“氰化物。”

“这是哪来的？”

“来源还不知道。你们有什么想法吗？”

“家里有这种东西吗？”吴燕转过头问张彦之。

“怎么可能！”

“那最好不过了，氰化物是被严格管制的。”

“那她是哪儿弄来的这东西？”

“不是说了吗，现在还不清楚。”张彦之最受不了她翻来覆去地问问题。

“我只是担心，真的不是从家里拿出来的吗？”

“你什么意思？”

“这么危险的东西她自己怎么可能弄得来？”

“我也弄不来。我的工作又不需要这种化学品。”

“你能照顾好孩子吗，我十分怀疑。”

“别说了，现在不是说这个的时候。”张彦之说。

柴原看着这对夫妇你一句我一句互不相让，不禁感到头疼。

“为什么不说，你刚才还带错路了。虽说我是迟到了一会儿，但你就不能提前确认一下路线吗？怎么到这个时候还能出错！”

“有完没完？！”张彦之似乎是忍无可忍了。

“你还不耐烦了，你有什么资格？”

“喂，你们控制一下。”柴原觉得该出手了，“不然你们就出去解决，完事儿再回来，我们再谈。”

闻言，两人都收住了嘴，但就算意识到失态，他们也没有立即摆出和解的姿态，还是相互厌烦的架势。

“可以听我说了吗？”柴原看着二人，严肃问道。

“今天就到此为止。”吴燕首先表态，张彦之跟着点了点头。

主导权又回到自己手上，柴原松了口气，如果还要调节夫妻矛盾，那今晚的工作可就莫名其妙了。

“你们不是来吵架的对吧。事已至此，谁心里也不好受。”柴原光顾着想一些调解纠纷的场面话，末了，已经忘了谈话的进度，“刚才说到哪儿了？”

其实，这番劝解的话也不怎么高明，尤其是用在夫妻之间。

“说到中毒。”

“嗯。”柴原所有所思，“毒药来源还不清楚，这一点也是今后重点调查的地方。”

“谁会这么做呢？”

“就目前的情况看，那房间里只有你女儿，也就是说可能是她自己做的。”柴原说，“这是从现有证据做出的初步判断。你明白吧，也许还有推翻的可能。”

"你们还要怎么调查，需要我们提供什么？"

"她有写日记的习惯吗？"柴原问。

"没有。"

"周记？"

"也没有。只有学校布置的作文什么的。"

柴原拿起一本书，呼啦啦翻起来，"女生总喜欢记录什么，写点儿什么，尤其是她这个年纪的。"从现场回来后他也逐一检查了这些书本，可惜并没有什么发现。

现在这本也是，书面干干净净，少有的一些标注都是工工整整的小字，一看就是女生的课本。相应地，笔记本则是密密麻麻写满了课堂讲义。柴原想，这样的笔记若是保存起来其实还是蛮有纪念意义的。

"她平时，尤其是最近，有没有不一样的地方？"

"每天上学放学，回家后就是做作业，没什么不一样的地方。"

"回家的时间呢？"

"晚上六点左右。"

"有没有特别晚回家的时候？"

"一般都是六点左右。"张彦之想了想说。

"之前晚过一次。"柴原低声咕哝。

"偶尔会有，她也有自己的事情，我相信她能够自己安排好课余时间。我并不是那种严格限制子女行动自由的家长。"

"我只是随口一说。那也是一周前的事情了。"

"那说明什么？"

"什么也不说明。和这次的事情没有关系。"

柴原的话让他们有点迷惑。

"她平时来往的朋友多吗？"

“都是几个关系好的女生，好像不多。”

这个答案并不令人意外，从一开始柴原就有这样的预感，一切和上次调查到的信息差不多。可是，疑问就在于这样简单的一个女孩儿为什么会死。

张彦之身上的汗快干透了，POLO衫贴在皮肤上面，有一小块显眼的汗渍。柴原盯着那一小块深色的地方忽然想起一件事。

他一只手伸进书包摸索了几下，很快就拿出了一部黑色手机。

“手机当时不在她身上。大概是没电了被搁在了书包里，我同事用同型号的充电器试了一下，开机需要密码。”

张彦之接过手机，按开机键没有反应。

“发现需要密码，我们就没再充电。”柴原补充说。

即便知道没用，张彦之还是多试了几次。

“我回去充好电再试试。”

“我觉得有需要调查的事情就尽快动手，明天会再找你们。”

“接下来几天都有时间。”张彦之早已准备和公司请假了。

“那好。”

“我什么时候能带走她？”

这毕竟不是柴原负责的领域，略做思考后，他说：“明天再回复你，不会太久的。”

张彦之只是沉默。

柴原到达快餐店的时候店里只有两位顾客，两个二十出头的女生正坐在餐厅一角开心地聊着什么，桌子上还有两块未吃完的蛋糕。

柴原选择了一个离她们最远的座位坐下。现在店里没什么人，这正合他的心意。

身穿黑白工作服的女服务生主动走过来，递上一份餐单，柴原只是看了一眼，说："我还等人，先给我杯白水就行了。"

少女微笑应允后便走开了。

柴原今天一早就联系了张彦之，他原打算直接到对方家里的，但张彦之一上来就把见面的地点选在了这里。在哪见面都无所谓，反正只要他认为有必要，随时可以去张睿斯家里做进一步调查。

刚才那名服务生端来一杯加了柠檬的白水，柴原拿起杯子喝了一大口。

这时，红色的店门被推开，凌沐的身影出现在门口，他很快就看到了柴原。

"你居然这么早就到了。"他人还没坐下就说。

"难道你觉得我会迟到？"

"我可没这个意思，只是我以为是我先到。"凌沐看了眼手表，离约定的时间还有十分钟。虽然柴原从不会迟到，但准点现身才是他一贯的风格。

"哪有这么夸自己的，说得好像你很勤快一样。"

"我又没迟到，一大早就出门了，只是路上有点儿堵车。"

凌沐一面和柴原聊着，一面让女服务生也给自己拿一杯白水。

"知道会堵车就应该更早出门。"

"那不就太早了吗。"凌沐推了推眼镜框。

"吃早点了吗？"

"嗯，你呢？"

柴原点了点头。

昨晚送走张彦之和吴燕，柴原就给凌沐挂了电话，安排今早一起行动，这么一来如果出现新的情况方便再做打算。

“他们昨晚还好吧？”

“想知道的话昨晚就别急着下班。”

凌沐被前辈泼了冷水之后，恰巧等到服务生端来柠檬水。因为两人都是便装打扮，女生并未发觉出特别的地方。

“来了。”看着店门的方向，柴原淡淡说了句。

凌沐赶忙放下刚拿起的玻璃杯，和柴原一同站起来。既没有寒暄，也不说安慰的话，等张彦之走近了，三个人就这么坐下了。

“手机打开了吗？”柴原问得很直接。

“打开了，但我没发现什么。”

张彦之拿出手机放在桌子上，立即就被凌沐拿到了手里。

“这位就是我在电话里提过的同事。”

张彦之象征性地点了一下头。只要能查出真相就行，其他的他都不关心。

从通话记录来看，张睿斯似乎很少打电话，平均几天才会拨出一个，出事那天则没有任何通话记录。手机上查不到有用的信息，凌沐又打开短信开始查看，内容主要是学习方面的交流，仍然无甚收获。

“都挺正常的。”凌沐把手机交给柴原。

“我从昨晚一直看到后半夜。”

张彦之看上去就很疲惫，从书包里拿出一瓶开过的矿泉水。

柴原也检查起最近的电话和短信，然后又打开了相册，里面都是些自拍以及和别的女生的合影，但照片中出现的也都是固定的几副面孔。除此以外，就是一些讲义的照片，可以推断是用来做备案的。不管怎么说，都让人觉得这部手机的主人是个勤奋好学的乖学生。

“确实没什么。”柴原把手机还给了张彦之。

“所以你们也不能发现什么？”

“调查不会就此结束，请相信我们。”凌沐赶紧说。

“我不管你们怎么查，我还是那句话，我女儿是被害的。不行的话，我也会自己查的。”

“怎么叫‘不行’啊？”柴原问。

张彦之没有说话。

“凡事要讲证据，就算是你不能接受的答案，只要是事实也得接受。”

“现在也没有证据证明不是被害的。”

“别做危险的事情。”

张彦之喝了口矿泉水，一夜没好好休息，他的脑袋昏昏沉沉的。

“现在查出个所以然了吗？”

“这种事不可能一夜就有结果。”柴原说。

“所以我就只能干等？”张彦之的语气中夹带着不满情绪。

“调查工作就只能让专业人员来做，没什么错。”

“有任何进展都会立刻与你联系的。”

“既然你都这么说了，我也不能做什么了。”

“家里有什么她留下的东西吗？”

“没有，昨晚找了很长时间，什么都没有。”张彦之说，“你们要去家里看看吗？”

“暂时还不需要，不过这并不意味着我们认为是自杀。”

凌沐一脸疑惑地看着柴原。

“没这个必要。”

“看来我只能等了。”

“我们会尽快查出真相的。”

“今天就这样吧。”

“你还没告诉我什么时候能把我女儿带走。”

“如果不做全面的尸检现在就可以了。”

“不是已经确定是中毒了吗？”

“是不是还有别的原因，现在还不清楚。有的家属不希望死者遭受不必要的……”柴原不想用肢解这个词，干脆就不明说了。

“我先不带她走，如果认为还有必要尸检的话，请联系我。”

两位警察很惊讶张彦之的果断，承受着痛苦还能理性开明的家属已经很少了。凌沐把杯子里的水喝完起身先去买单了，三人从店里出来就分成两路向不同的方向走去。

大概走了两百米，凌沐终于忍不住开口了：“为什么说不用去他家，这是说真的？”

“嗯。”

“可是，现在明明没有任何有用的证据。”

“已经够了。”

“这不是开玩笑吧，我觉得没找到任何有用的东西。”凌沐回味着刚才的对话，不觉得有什么值得留意的内容。

“就是因为没有所以这件案子要重新调查。”

“为什么？”

“不查了吗？”

“我是说为什么要重新？”柴原的话让凌沐跟不上思路。

两个人在红灯路口站住，这里大概要等一分多钟。

“说是自杀，却找不到死者留下的信息。说是谋杀，但是看那手机你觉得这个女生是会和不良人士来往的人吗？如果是的话，会不会是被人删去了可疑的证据呢？我觉得不是没可能。”

“那接下来怎么办？”

“去学校。昨天的调查不够彻底，再去看看有什么遗漏的。”

“我明白了。那现在就一起去吧。”看到方向的凌沐充满了干劲儿。这时信号灯变绿，两人跟随人群过了马路。在对面柴原停下了脚步。

“还是我一个人去吧。”

“为什么？”

“两个人行动太显眼了。”柴原说，“那学校很麻烦，会找个人陪你一起干活儿。”

“那我们分头行动？”

“你就在局里听听其他人的看法，或许会有新的进展。”

商量好后，柴原和凌沐便在路口分手了。

3

魏立行慢慢扭动手腕，手表的时钟已经指向“12”的位置，可会议仍看不到要结束的样子。

坐在椭圆会议桌次席位置的男教研员还在滔滔不绝地大声讲着，今天是会考前的最后一次教研会议，内容无非是最后的考试重点和强调考场纪律，当然也少不了让老师们务必传达到位之类的要求。

那从第一次会议就明确地给出考试范围不就行了吗，每年都要拖到最后，以为最后公布题型就能让一群孩子认真复习一段时间吗？真是不了解这帮学生。近几年，年轻一代学生越来越不像老一辈教育工作者想象的那样，他们只是了解几十年不变的教育工作，面对活生生的教育对象却总抱有老套的想法，不免天真。魏立行在笔记本上信手涂鸦，那些所谓的“重点”早就被工作多年的教师们猜出个十之八九了。

他瞄了一眼坐在身旁的关月青，从一开始她就在一声不响地做着笔记。为什么女性不容易对重复性的工作感到厌烦，魏立行想不明白。

“那么，就说到这里。”教研员终于坐直了身子，看看在场的众人，“大家还有什么疑问？”

每次都是，净会说些不疼不痒的场面话，教学水平却让人不敢恭维，教委就喜欢用这种庸才。五年前刚开始工作的时候，魏立行也与此人有过接触，虽然只是比自己大两三岁，却总是一副四平八稳的样子，加上有些发福，年纪轻轻看上去就像个中年人。再后来，得知他被教委任命为教研员，魏立行真是大跌眼镜。

未有人提出异议，会议室内安静得过分，仿佛每个人都在默默期待尽早散会似的。

“那好，各位回去好好准备吧。今天的会议就到这里。”

“中年人”终于宣告会议结束了。室内随即响起桌椅挪腾的声音。

魏立行站起身，解开一颗衬衣扣子，将笔记本和教材一齐塞进公文包。关月青还在埋头整理。

“中午在外面吃怎么样？”魏立行问。

“啊？不回去吗？”关月青抬起头。

“都这个点儿了。等咱们回学校食堂也没什么吃的了吧。”

“也是。那在附近随便吃点什么吧。”

为了让老师们尽快回学校传达考试信息，今天的会议只有半天，现在已经有动作快的老师往外走了。

“我知道有家西餐厅很好，离这里不远。走吧，我请客。”

“那……我就不客气了。”关月青恭敬不如从命。

收拾好东西，两人一同走出了会议室。

下三层楼梯到一楼，出了宽敞的大厅就出了教委大楼。院子里靠边的围墙那边整齐地停着几辆车，中间的水泥地面上还有几处积水，正朝外走去的老师们都绕道而行。

正午的阳光有些晃眼，魏立行不由得眯起眼睛。

“今天天气不错。”关月青仰头望着蓝天。

昨夜，一场阵雨悄然而至，一扫接连几日的阴霾。初夏的阳光也灿烂地照下来，令人心情愉悦。

“是啊，难得的是空气也很好。”

这都是昨晚那场大雨的功劳。魏立行从大楼出来就深吸了几口，这可比会议室那股味道强太多了。

“魏老师今天真帅啊！”

前方，结伴而行的两位年轻女老师正回过头笑着打量魏立行，好像发现新大陆一样。

突然收到异性的赞美，魏立行笑得有点不好意思。

“被夸了呀，这是谁啊？”

“别的高中的。”

“人家挺漂亮的，你好好把握。”关月青不失时机地揶揄道。

“别听她胡说，她平时就喜欢开玩笑。”

“那也不能随便开这种玩笑啊。”

“这可说不准。”

“谁说的，你看，人家还在看你呢。”

两人说话的时候，前面的女老师还是三步两回头地往这边瞧。

“是在看你吧。”

“怎么可能，她又不认识我。你别辜负了美女的一片好意。”

虽然看不到正面，但只从背影和侧脸的轮廓，关月青也断定对方一定是个美女。

“得了吧，人家是不会看上我的。”魏立行搔了搔头发。

“那有什么关系，你主动追啊，你是男生。”关月青用下巴指了下前面婀娜的身影，“你看，多漂亮，铅笔裙，你们男生都喜欢吧。”

“说什么啊，根本不是我喜欢的类型！”魏立行一脸的无奈。

“那你喜欢什么类型的？”

“我说，你们女人就喜欢琢磨这些吗？”

见到同学无可奈何的表情，关月青终于忍不住笑了起来。

“好了，不逗你了。”笑过之后，关月青仍满脸得意地说。

从教委出来，两人在路边停下脚步，魏立行拦下一辆出租车，让关月青先上车后，他也坐到了后排。不等司机开口问，魏立行便说出了餐厅的地址。车子缓缓启动了。

“刚才没见你做笔记，你单靠脑子能都记下来吗？”看着外面倒退的街景，关月青忽然想起这件事，其实开会时她就想问了。

“你没发现内容还是以前那些吗，范围并没有缩小多少。”

“我注意到了，可是总觉得还是记下来更稳妥。”

“为什么要重复做功，你认为再和之前的版本对比一下会有新的发现吗？”魏立行瞅了她一眼。

“这……”

“我能理解。我以前也是这样想的，认真做记录，认真备课，生怕遗漏了什么不能及时传授给学生，学生的每一个问题我都耐心解答。可是后来，很偶然的一次，也不知道是为什么，我非常想试试如果不按照那些死板的要求去做会导致什么结果。你猜怎么样？”

“怎样啊？”

“最后是没什么改变。我对比过同一个班的几次考试成绩，考得好的还是那几个，倒数几名也还是那几个。”

"这真是……"

"令人无语对吧。说明知识传递的效果并不在于传授方有多认真。有时候我们认真还不如严厉，严厉取得的效果都要好。都说师父领进门，修行在个人，可悟性高的永远是少数。"

"那我也不敢这么做。"

"不是敢不敢的问题。你刚进入这个工作领域，需要学习的并不比学生少，当然要脚踏实地积累经验。等你再工作一年，你就对课本上的内容有了全新的认识。到了工作两年的时候，讲课这件事也会变得驾轻就熟。学生是教学工作的重心，但还称不上是难点，每年变来变去的考核要求才是我们要用心去处理的。"

这一番话关月青听得似懂非懂。

"那学生呢？"

"什么？"

"学生才是值得老师花费精力去教育的，不管教学要求是怎么样的，知识的传承本身不会被因为时代的改变而改变。"

"过时的知识呢？"

"那是从人使用的角度讲。但是就算是过时的知识，作为储备也可以去了解。"

"时间也是宝贵的教育资源，应该利用好学生的在校时间让他们掌握考试范围内的知识，其他的就让他们自己去扩充吧。"

"我觉得以现在这些学生的面貌，主动去发现问题寻找答案，他们可能做不到。"

"那又有什么关系呢？"

"你刚才说了时间也是宝贵的教育资源，错过这个年龄段很可能不利于培养他们的创造力。"

“创造力到了一定年龄都会有的。”

“创造力也有高低之分，为什么不打好基础？”

“基础就是先让他们具有基本知识储备，获得进入大学的资格，在那里他们会得到更系统的教育。”

“到了大学就来不及了。我们都念了大学，你觉得那里在培养创造力吗？”

“那要看个人的才能了。”

“所以归根结底还是靠自己喽？”关月青反问。

“不管怎么说，现在让他们通过升学考试是第一位的。”

“每一届的学生都有不一样的面貌，你工作这么久，这样的情况教学生的时候一定能感觉出来。即便是同届的学生，个人与个人也有差异，他们对学习的感受力，他们的领悟能力，都决定了对知识吸收的效果。了解这些差异，以他们能接受的方式传授知识，这是提高教学质量的可行之道，这是我们应该努力的方向。”

关月青两眼望着车窗外面，虽然已经中午，但路上的车并不多。

“教会他们就可以了。我们不能做保姆。”

谈话到此结束，两个人谁也没有再开启新的话题。到达目的地时，关月青准备从钱夹中取钱，却还是被魏立行抢先了一步。

魏立行推荐的西餐厅就在临街一角，单看门面就很有西式的味道。时间已经接近下午一点钟，可店内仍然坐了不少客人。乍一看去，竟找不到空位。

在服务员的引领下，两人在餐厅后面的一张双人桌坐下。

“这的人气很旺啊。”

“当然，因为菜做得非常地道。”魏立行不无得意地说。

服务生送来了菜单和两杯柠檬水，魏立行把菜单递给关月青，自己则端起杯子喝了几口。

每一道菜都价格不菲，但即使只从照片上看也能感觉出这家餐厅的料理十分讲究。魏立行和像个行家的服务生聊着最近的食材，然后点了牛扒，关月青为自己要了份海鲜意面和蘑菇汤。菜端上来时，服务生还为魏立行倒了半杯红酒。

“要喝酒吗？”关月青问。

“就喝一点儿，”魏立行捏着拇指和食指，“反正下午不用讲课。”

七分熟的牛扒冒着热气躺在白瓷碟上，魏立行操起刀叉，切下一块牛肉，裹着酱汁放入口中。动物油脂的香味很快在口腔中散开，好久没有吃到这么正宗的西餐了。

“那件事，不知道怎么样了？”关月青挑起几根意面又放了回去。

魏立行立刻明白她的想法。“你是说张睿斯的事？”

关月青点了点头。

“是自杀啊，还能怎样。”

“她为什么要这么做？”关月青垂着眼，叉子蘸着番茄酱在盘子边上随意画着。

魏立行慢慢停下咀嚼的动作。他望着关月青，却不知道该如何开导这位女老师。

“都过去几天了，你还很在意啊。”

“可是你不觉得她的死很不合理吗，她有什么烦恼必须要结束自己的生命？”

“人各有命。这话可能不太好听，但就是这样。”魏立行端起高脚杯抿了一口红酒。

“话是这么说，可毕竟是我的学生。年纪轻轻，人生还没正式开始呢，太可惜了。”

“虽然不知道为什么，但这是她自己的选择。”

“原因呢？”

“别想这个了，别人的生活我们怎么理解得了。”

“这是不负责任的表现。”

“这种事不需要我们负责。我们负责还在教室里上课的学生，做好本职工作更重要。”

魏立行熟练地插起一块牛肉放到嘴里，又用餐巾抹了抹嘴角。“我觉得为自杀的人烦恼不值得，如果真的不明不白也应该由警察调查，你说呢？”

“警察已经没动静了。”

“警察又找你了？他们怎么说？”

“并没有。”

出事那天之后再没有得到任何相关的进展，这也是让关月青无法释怀的原因之一。

“找你了吗？”

“当然没有。”魏立行回答，“我看这件事应该是结束了。”

说完，他叉住牛扒一边，用刀切下一块，放到关月青的盘子边上。“吃块牛肉，心情不好的时候应该多吃东西。”

“谢谢。”关月青笑着说。

“既然她选择了，我们身为外人说什么都没用。”魏立行低着头，好像在和牛肉说话。

关月青叹了口气。她想起了张睿斯那张淡漠的脸。明知道她们之间的争执不是张睿斯寻死的原因，可关月青还是不愿把这个细节分享出去。

魏立行放下刀叉，坐直了身体，望着失落的关月青说：“我知道，你刚工作就遇到这种事，心里肯定不太适应。可是你听我说，这种事在校园并不少见，咱们大学以前每年都有人自杀，这不是外人能阻止的。”

“是吗。即便如此，心理上还是没法接受。”

奶油蘑菇汤被送了上来，关月青拿起汤匙舀起一勺，温度合适，味道也可口。她不禁又喝了几口。

“你不会是在为张睿斯的死自责吧？”

关月青一下子抬起头，不解地看着魏立行，问：“你为什么这么说？”

魏立行撇撇嘴：“你不是说过，她可能因为警察问话的事在怨你。还有一次下课，我们一起走着，张睿斯迎面走来却对你视而不见，我觉得你们之间关系并没有好转。”

“可是如果真的关系不好我会因为她的死而高兴啊。为什么你会觉得我在自责？”

关月青很在意是否有人发现她和学生之间的矛盾。

魏立行想了想说：“所以你并没有介意她的无礼，敌意是来自她单方面的。”

意外被人说中心事，关月青心里感到不自在。

“我以为旁人注意不到呢。”

“只是恰好看到。而且我之前也说过她因为被警察问话在生你的气，所以很自然地就联系到了一起。”魏立行若无其事地说，“但是她的死和你没有半点关系。”

“为什么？”

魏立行摘下眼镜，用餐布仔细地擦着。“她不会为人际关系的事情想不开。”

见关月青没有反应，他继续说："别忘了，你来之前我临时带过你的班。"

"她对谁都那样吗？"

"还没见她对谁特别热情。"

干净白皙的皮肤，梨花头，总是一副淡漠的神情坐在角落里，静若处子说的就是张睿斯这样的女生了。

想象着她的样子，关月青问："那时候她活泼吗？"

"不会啊，我记得只是和几个女生关系很近。女生的交际法则你们女生更容易理解吧。"

"那么就是一贯如此了。"

"不然不是成了性格大变了吗？"

关月青稍微犹豫了片刻，说："我曾经找她单独谈过一次。"

"谈什么？"

"就是为了她平时的态度。"关月青说，"我以为她是对我有成见。"

"她怎么说的？"

"她的回答是我想多了，可是这并不能令我信服。"

"你觉得她是在骗你？"魏立行问，"我觉得不至于。"

"更像是在敷衍。她给我的感觉就是这样。"

回味着彼时张睿斯的神情语气，关月青对自己的看法依然很有把握。

"别太敏感。"

"这是女人的直觉。"

"得了吧，直觉并不可靠，这其实就是你的猜测。"

"这不是猜测，如果你看到她当时说话的样子你也会这么想的。"

"那现在说什么也晚了，她人都不在了。"

“可她还留下了疑团。”

“我不觉得这和她的死有关，就算有原因也应该是别的。”

“也不排除你说的可能。”

“不要自寻烦恼了，很多事情并没有我们想象的那么复杂。”

不，与其说是复杂，不如说是没有头绪。尽管和张睿斯的纠葛让关月青陷入思维的死角，但沿着这个逻辑思考下去不一定就能推测出她死亡的原因。这也意味着，张睿斯自杀的动机就更难解释了。原因何在呢？问题又回到了原点，关月青不愿再想下去，转而望向别处。

“你得知韩立洋死的消息时是什么心情？”

魏立行重新戴上眼镜，没想到对方会提起这件事，仔细回忆了一番他才开口回答：“惊讶，还有惋惜。”

“就这些？”

魏立行点点头。

“他的死也不正常。”

“为什么？”

“感觉不合理。”

盘中的意面还有很多，牛肉也根本没碰过，褐色的酱汁已经化开了。

“你不爱吃吗？”

“不是很饿。”

其实是没什么胃口，这几天来关月青都吃得很少。

“还是再吃点儿吧，考前几天会很辛苦的。”

关月青叉起一只虾仁，小口吃了起来。这一幕在魏立行眼里简直淑女极了。

“我问你，你说现在这种教育方式究竟有什么意义？”

“没什么意义。干吗问这个？”魏立行一边切牛扒一边说。

“就是正好想起来了就问问你。”

“我们也是这么一路学过来的，现在想这些是不是太晚了？其实没什么意义，最后都会忘得一干二净。如果是为了现在的工作才想这些，我劝你别困惑，把同行都在做的做好就行了。”

“人不就是喜欢追问意义吗？”关月青苦笑着说，“上学的时候不明白为什么要学习，老师为什么总是要逼我们学不喜欢的内容，如今站在了和以前完全对立的立场，却又开始为教育别人的事发愁。”

“我说什么来着。”魏立行托着下巴，饶有兴趣地端详着她，好像已经看透了对方的心思。

“我发现自己并不喜欢死板的教学方式。上中学的时候就是，不喜欢被人管，也不喜欢管别人。现在也没变，我觉得应该和学生建立起平等的关系，教他们知识，倾听他们的想法，看着他们一点一点成长，考上大学。而不是现在这样，死气沉沉的氛围，死板。”

“所以呢？”

“所以理想和现实相差甚远。”

“你能认识到这一点就好。师生关系不能变成朋友关系。”

“亦师亦友不行吗？”

“对未成年人不行。他们还不懂得自律，我们除了授课，必须承担起管教的任务。”

“但是太过严厉会引起他们的抵触情绪。”

“等你到快要退休的年纪时也要和一群十几岁的孩子做忘年交吗？”魏立行微笑着，眼睛都眯成了线。

“我不是这个意思。”关月青辩解道。

“我知道你的想法。和学生建立轻松的关系，让学习成为一件快乐的事。对吧？”

“就是这样。”

“很难实现。抛开师生关系不说，生活中你要想和一个人做朋友，你确定对方愿意和你做朋友吗？”

关月青无言以对。

“有一次我们在操场看台上聊天，你说过搞不懂学生的心思，不知道该怎样和他们沟通。那时候我就隐约感到你可能会在这个问题上钻牛角尖儿。”

“那怎么办？”

“往近处说，就是好好讲课。往远处说，成为名师。”

“名师？”

这是学生时代经常听到的名词，好像从废纸堆里翻出来的一样。

“当然。你的课程越讲越精彩，对考题有准确的把握，学生都会主动来听你的课。不只是学生，学生家长、学校、外面的补习班都会对你趋之若鹜，随之而来的就是名气和收入的提升。这是我们职业发展的追求目标。”

“我并不是在否定这个目标，但通往目的地的途径不应该是唯一的。不能单纯以成绩来衡量自己的工作。”

“在有很多条路可走的时候应该选距离最短的那一条。”

“路途短获得的经验也会少。到了后面就会露出弊端。”

“不要主观判断别人的得失，在考试面前成绩就是他们最想要的，你不尽力让他们见识更多的解题方式、学习方法才是弊端。”

“我说了，我不是希望他们荒废学业。”

“我们的教学计划都是为了教学任务量身定制的。不沿着这条路走别说荒废学业，顺利结课都够呛。”

“我想试着找找折中的方法。”

“别想这些没用的了，好好上课，像别的老师那样。”

“那只是在灌输。”

“总觉得你是把学生时代的牢骚拿到现在来说了。看清现实吧，在现行的教育制度下，我们能做的就是育分，不可能育人。”

“这些话，是上次在看台聊天时就想到的吗？”

“嗯，有些是。”

“那为什么当时不和我说？”关月青不解地问。

“怎么说呢，我也是感觉你会为此而困惑。你在职场上会遇到的事还是亲自体验比较好。我提前告诉你有什么意义呢，也不能显得我很聪明。成长是个人的事，我刚来到这所学校时也和你一样，但是工作几年后看问题的角度都变了，我觉得也不错。”

关月青低头侧视。

魏立行看了眼时间，已经快到上课的点儿了。现在动身回去，到学校时大概正是课间。

“吃得还好吗，我们要不要回去？”

“嗯，吃得很好。谢谢了。”关月青淡淡地回答。

出了餐厅，像来时那样，魏立行站在路边拦下一辆出租车，两人一起坐进后排朝学校的方向驶去。

4

柴原到达学校的时候已经是上午第四节课了。可能是快到放学时间了，校门大开着，正对面的马路边上聚集了几辆卖午饭的快餐车，还有几个染了五颜六色头发的年轻人围着三辆摩托车有说有笑。

柴原走过校门旁时被传达室的保安叫住了。

“去哪儿？”茶色的玻璃窗被推开，一张晒黑了的老脸从里面探出来。

柴原不紧不慢地拿出证件，出示给他看。

那人立刻咧嘴笑了：“又来调查啊？”

“嗯。”柴原懒得多说话，收好证件就要往里走，但他立即就改了主意。要是没记错的话，传达室这里也有要确认的事情。

柴原敲了敲传达室的门，也不等对方反应就直接开门进去了。

“怎么了？”保安扭着脖子诧异地望着柴原。

“正好有事情要问你。”

听柴原这么说，保安似乎是来了精神。

传达室就是个小保安亭，里面除去一张木板床和桌子，余下的空间也就够三个人活动。他从长条桌子下面抽出一张快散了的木凳放到柴原跟前，自己则舍不得离开屋子里唯一的靠背椅。“你想知道什么，尽管问，昨天是我值班。凡是进出学校的，我都记着呢。”

“是吗，那有可疑的人来过吗？”柴原刚坐下，凳子就发出吱吱呀呀的声响。

“没有。”保安想都没想就回答了，柴原觉得对某些人还是不能用笼统的问法。

“平时进出学校的都是什么人？”

“都是老师，有时也有家长。”

“学生家长你不可能都认识吧？”柴原问。

保安举起手摇了摇。“不用认识。家长进学校是要登记的。你刚才进来时我不也问你了吗？”

他拿起放在桌子一角的夹板，上面夹了很厚的一沓软纸，纸上人为画了几条线，用来分开记录来访者的姓名、来访时间、事由等信息。

柴原只扫了一眼就问：“昨天的在哪儿？”

保安指了一下白纸边缘的位置，原来在最左侧还会记下每天的日期，只是字写得太小，不仔细看绝对会漏过去。

柴原一条一条浏览着，没想到学校这么寒酸，不同日子的记录要是另起一页写就方便很多了。

根据来宾记录，昨天到访的人着实不多，只有四个。更重要的是还都是在上午来的。

“为什么都在上午？”

“上午没什么事儿吧。再说下午有时候老师会不在，见不着岂不白跑一趟了。”

柴原认同似的点点头。“但是这些人真的是学生家长吗？”

“既然这么写了那就应该错不了。”

“话是这么说，但我有证件证明，他们怎么证明身份，只说一句‘我来见某某老师’？不会这么容易吧？”

“当然不行。”保安指着纸上密密麻麻的字说，“要说清楚来学校的原因，见什么人，至少得说出老师的名字，想蒙混过关可不行。”

虽说保安是个爱凑热闹的人，但在工作上还是蛮认真的。肩负着上千名学生的安全，每天他都会认真做好登记工作。至于那些没法进入学校却还不甘心，像鬣狗一样游荡在学校附近的社会青年，也是他特别关注的对象。

“你看，那几个。”他指着柴原刚才见过的几个机车男，“以前趁着放学人多想混进来，但都被我阻止了。”

“那种装扮和头发站哪儿都藏不住。”

“现在就只能在对面干等。”

柴原低着头，仍在盯着记录本思索。虽然这份记录本身可作为证据，但柴原注意到一个问题：为什么没有记下离开的具体时间呢？

可能从来没想到过这一点，听了柴原的疑问，保安也愣住了。

“走了就走了，有时候就不记了。”

“但是严格来说，留下离校的时间会更好。”

“但还是来的时候登记更容易，比如说我平时坐在这就是面朝外，容易看见进来的人。如果是有人出去的话，只会留一个背影，等我反应过来时人已经出去了，再叫回来也不方便。只要保证进来的人没问题，什么时候离开都无所谓。”

这样的解释放在平常或许还管用，一旦有案件发生就没有说服力了。柴原想要的是没有漏洞、完整的出入记录。

“这里有摄像头吗？”

“有，就在外面。”

“我要看一下。”柴原说。

“行是行，估计也用不上。”保安转过身把电脑上的窗口最大化，“就是这个。”

和柴原想象的不一样，屏幕上只有一个摄像画面，就是学校门口这一带。

“还有别的吗？”

“没了。”

“怎么只有一个？”

“足够了，学校就只有这一个门。”

“摄像头在外面？”柴原又问。

保安指了指房顶一角。“就在这个位置。”

“调一下昨天的。”

他点了几下鼠标，播放程序打开了一个视频文件。

柴原直接拿过鼠标点击了“快进”按钮，灰色的画面中人们开始快速移动起来。

从头到尾看了一遍，又专门把下午的部分重点看了一遍，对照登记本上的记录，昨天进出学校的都有迹可循，唯独下午四点有一个离开学校的人没法确定身份。

柴原把进度条拖到那个人走出学校时的画面。“看背影能知道是谁吗？”

保安茫然地摇摇头。

“上午来的人已经都走了，这个是教职工的可能性比较大。平时见过正面的话，看背影也能猜出个一二吧。”

保安挠了挠脑袋，说：“我还真没什么印象了。”

“那就算了。”柴原并无勉强老年人的想法，“我听说，这里有实验室的钥匙是吗？”

“有全学校的备用钥匙。”

“能让我看看吗？”

“就是这些。”保安的目光落在了墙上的一个大圆环上，数不清的钥匙一串一串地系在上面。柴原拿到手里才注意到圆环的外围贴了写有门号的标签，但有的字迹已经模糊了。

“实验楼的应该是在这边。”保安伸手比画了个大概范围。

柴原挨着检查钥匙，哗啦哗啦地像是音乐课上用的铃鼓。最后他捏着其中一把钥匙问：“这个？”

保安凑近了眯着眼看了看。“应该就是。很少有人来借实验室的钥匙。”

“因为实验室管理员那边就有？”

“因为实验课不多吧，一学期也没多少。”

“昨天没人来借？”

“没有。”

“以前呢？”

“不记得有谁借过。”

“实验室管理员在哪儿？”

“在教学楼里。”

柴原把钥匙在墙上挂好，站起来就要往外走。

“你等会儿，我带你过去。”保安赶紧拿起帽子戴上，正了正帽檐。上次的坠落事件就让他激动不已，这次他还想凑凑热闹。

柴原回过头，老大爷满怀期待的眼神正好与他撞上，让他倍感不适。

“不行。”

“我对学校很熟悉，我带你找省得你浪费时间。”他十分想一展身手，人生大半辈子终于遇上案件了。

“你有你的工作，一会儿放学会很乱的，不能擅自离岗。”

这番好似警告的话果真起了作用，保安只好眼巴巴看着警察潇洒地推门而去。

柴原第四次踏入了高中教学楼，内心有种说不出的别扭感觉。

无心关注周遭的事物，他大步走上楼梯，直奔关月青所在的那间办公室。虽然还不知道会遇见哪个老师，可柴原没有丝毫犹豫，像是回派出所似的走了进去。

现在真算不上人多，不只是因为还在上课，柴原甚至觉得有些人已经出去用餐了。观察了几张没人的办公桌，桌面干净，收拾得非常整齐，看来这几位老师暂时是回不来了。

柴原像个没事儿人一样偷偷观察着无人的办公桌，可能在座的几个老师以为柴原只是个家长吧，都没人正眼看他。

他想找的是关月青的桌子，准确地说，是要看看桌子上有没有课程表。

很快，柴原就根据一摞生物作业锁定了靠近门口的那张空桌，不出所料，正对面的墙上贴了一张课表。

不过，这是老师专用的课表，上面只标注了教师本人上课的信息。

"她不在。"

柴原的存在让人无法安心看书，周蓓索性合上了手里的小说。

"我觉得也是。"柴原细细打量着女老师。

"有事儿吗，我帮你转达？"

"其实我是想找她班上的别的老师。"

"哦。"周蓓有些好奇，"为什么呀？"

"你是她班上的老师吗？"柴原试探地问。

"我不是。"

柴原又看了看周围，在关月青的位子坐下了。"还有别的老师吗，现在人真少。"

"这不就快放学了。"

"那也不能提前走人，万一有点儿什么事儿呢。"

周蓓看了眼身后的情况，好像就什么都知道了似的。"不，我们不会的，有些老师只是正在上课。"

"你没有课吗？"

"已经上完了。"

"那还不抓紧下班？"

“您刚才还担心老师早下班学生会出乱子呢！”周蓓笑着说，样子非常可爱。

“昨天也是吗？早晨的课？”

“嗯。您到底有什么事儿啊？”周蓓愈发好奇了，从没有见过这样的家长。

“是这样的。我想问问昨天那个女生的事情。”

“啊……”周蓓轻呼，但好像没人在意他俩的谈话。

“你知道些吧？”柴原觉得找对了人。

“哪能啊，我当时不在实验楼。我是教语文的。”

“在这吗？”

“对啊，我根本不知道那边发生了什么。”周蓓想要极力撇清关系。

“那就对了，我就是想找不在现场的人。”

“请问您是？”周蓓彻底不明白了。

柴原觉得是时候亮明身份了，拿出证件晃了晃。“只是问几个问题，你配合一下。”

“可是……”

“用不了多久，换个地方说。”

柴原自顾自走到了外面，朝还在座位上犹豫不决的周蓓不停招手。

“别这样啊。”担心引起同事注意，周蓓还是起身出去了。在外面，她赶紧向柴原解释：“可是我真的什么也不知道啊。”

“随便几个问题而已。”柴原用下巴指了下走廊另一端，“去那间接待室。”

找不出合适的理由拒绝，周蓓只好跟在柴原身后向接待室走去。

“我是不是不能随便回答你的问题啊。”走到门口，周蓓心里依然不放心。

“当然可以。”

“可是，让学校知道了不好。”

“不可能。”柴原打开门，让周蓓先进去。

这地方周蓓还是第一次进来，站在房间中央不知该坐哪才好，看到柴原在沙发上坐下了她才不得已坐到了柴原对面。

“你要问什么啊？”周蓓赶紧问。

“你说昨天下午没课，当时你在哪儿？”

“就在办公室。”

“还有谁？”

“就几个老师。”周蓓如实回答着。

“留在办公室的老师里有没有谁是张睿斯的老师？”

“好像有吧。应该有。”

“不能准确回答吗？”

“你看我坐的那个位置，对面就是墙，身后的情况不是很清楚。”周蓓露出一副无辜的表情。

“平时周五下午都有谁在？”既然课表是固定的，柴原换个提问的方式。

周蓓略做思索，露出了为难的神情。

“怎么了？”

“你为什么要问这些，这是在怀疑我们？”周蓓睁大眼睛问。

“这只是正常的调查。”

“可是，我不觉得是有人故意这么做。”

“为什么这么说？”

“就是感觉。”

柴原本来很好奇女老师说这话的原因，现在他后悔了。

“是真的，也许我这么说显得很感性，可是据我观察，老师们平时都很和气。”

柴原控制着情绪，原来这女人还知道自己感性啊。

“平时可不能说明什么。”

“是的，没错。但是张睿斯也不是会跟同学起冲突的学生。”

“以前周五都有谁在？”柴原认为还是回到最基础的问题上来比较省事。

“教政治的一个男老师。”周蓓想了一下，“其他人好像都在上课。”

“昨天他们也在？”

“他的座位在我后面，又有柜子挡着，我看不见啊。”

“这么说不只是看不见他咯？”

周蓓不好意思地点点头。“我觉得真的不重要，在办公室谁敢乱来。”

这件事发生当晚，在同事内部就已经传开了，但大家不约而同地认为这是自杀。

“还是有可能的。”

“但也有可能不是，对吗？”周蓓希望就此机会弄清楚警察的想法。

“还不好说。”

“我觉得死去的女生的班主任倒是挺奇怪的。”

“哪里奇怪？”

“她是新来的，而且她来的第一天学校就出事儿了，就是前段时间那个男生。”

“我知道。就因为她是新来的？”

“其实现在想当老师挺难的。”

“她托人情了？”

“肯定啊，没点儿关系不行。”周蓓表情夸张，仿佛说出个惊天内幕。

“实际上就为了杀两个人？”

“这我就不知道了。不过，她能走上讲台真的非常奇怪，她以前都不是这一行的。”

“但是万一应聘失败，她不是什么也做不成了？”

“请问你们现在是怀疑当时上课的老师还是没课的老师？”

“为什么这样问？”

“我觉得当时在实验楼的人嫌疑更大些。”

从谈话开始，柴原就觉得难以和这个语文老师沟通，面对问题她总是顾左右而言他，但又绝不是嫌疑人的姿态。柴原能猜到，对方心里有着自己的小算盘，但就案件而言已经问不出什么了。向周蓓打听了实验室管理室的具体所在，柴原决定去那边看看。

“我讲的这些，不会和别人说吧？”趁柴原还没走出去，周蓓喊住了他。

“不会的。”

“那你来学校是不是学校也知道呢？”

“我进来的时候根本就没人问我。”柴原说。

听到这番安慰，周蓓稍稍放心了，但她决定还是等柴原出去后过一会儿再走。

实验室管理员办公的地方就在高中教学楼一楼，靠近建筑侧面的一条过道上，周围几个房间全部都是校方的办公室。柴原站在门外认真听了听，一点动静也没有，敲了两下门之后就把门推开了。

这里的确和别的办公室不太一样，虽然不大，但只有一套办公桌，阳光从正对面的窗户照进来显得房间很亮堂。办公桌前还有一张双人沙发，靠着墙壁有四个灰色的铁皮柜，柜子里放的都是些瓶瓶罐罐，摆放得很整齐，和上面那间办公室乱糟糟的感觉完全不同。想必一个人在这办公是件很自在的事情。

正对着门的办公桌后面坐着一位四十岁上下的女人，此刻正疑惑地望着柴原。

“请问实验室管理员是——”

嘴上是这么问，但柴原清楚不会是别人了。

“我就是。请问您是——”

柴原毫不客气地进了屋，说明身份和来意后，期待对方接下来的反应。

“不会是为了那件事吧？”女管理员站了起来。

和柴原想的不太一样，她穿着十分朴素，米色的衬衣搭配黑裤子。柴原还以为实验室管理员一定会穿白大褂呢。

“就是为了那件事。还有需要确认的地方。”

“您请坐吧。”她指了一下黑色的沙发，“不过，我平时都在这里，那天也一样，可能帮不上什么忙。”

“我只是想了解一下实验室钥匙借出的情况。”柴原明明白白道出了来访目的。

“您是想查看记录？”

“应该有吧？”

“稍等，就在这里。”女管理员从办公桌抽屉里拿出一个硬皮笔记本，不等她送过来柴原就起身去接了。

“最后面那一页就是。”

柴原快速翻着，其实也没几页内容。毕竟实验课只占教学计划中极小的一部分，每个学年也就几节课。

记录内容是按照时间顺序写下的，所以高中和初中的试验全部混在了一起，有些名目不仔细看很容易弄混。

柴原把出事当天的所有记录看了一遍又一遍。

“没有问题吧？”

柴原没回答。从记录上看，昨天也不是只有那两个班在做实验，但事发那节课的确只剩下两个班了。

“实验室的钥匙和休息室的钥匙是放在一起的吗？”

“是单独的三把，借出去的时候一般都会交给老师，包括仪器室的，反正都会用到。”

记录上面借走钥匙的人是魏立行，和他本人的说法一致。

但这也不能说明什么，也许会有人借之前做实验的机会早就偷偷配了一把。

“钥匙已经还回来了？”

“在这了。”

“我想看一眼，休息室的那把。”

大部分时间都是一个人办公，忽然能有人来和自己说话，她倒是不反感。听到柴原的要求，管理员又找出了钥匙。柴原拿在手中，用手机拍下来，下面他想交给同事调查看看市内的锁匠是否配过同样的钥匙。

即将告辞的柴原又看了眼记录，这次一处修改的痕迹吸引了他的注意。记录上有一堂化学实验被涂改了两次。

“这是怎么回事儿？”

“临时调整了实验课的时间，不过后来又改回去了。”

“详细说说。”因为被划掉的日期正好是昨天，柴原非常在意。

“一开始说那天不方便，后来又有时间了。”

这时，放学的铃声响了，柴原的思绪也中断了一两秒。“你不急着吃饭吧，如果不急的话，我还要占用一点儿时间。”

“您尽管问吧，虽说也真的帮不上什么忙。”管理员说得很客气。和年轻老师身上的直率不同，她给柴原的感觉很谦和。

“不方便的原因是什么？”

“说是家里有事，我就没多问。”

“所以当天是没有化学实验的，是这样吗？”柴原问。

“可是那天还是去实验室确认了实验准备的情况。”

“为什么？”柴原担心这里面不会那么简单。

“实验申请后我会根据实验内容准备材料，然后任课老师会提前确认一遍，看看有没有遗漏的。”

“负责这堂课的是高中的化学老师吗？”

“是。”

“我知道了。”柴原相信这是个不可错过的细节，有必要和当事人见上一面。

5

周二一早，魏立行便来到办公室。今天除了讲课，还有好多琐碎的事情要处理。他想好好利用早上的这段时间。

“来得够早啊。”

看见马震已经坐在位子上，魏立行主动向他打招呼。

“是啊，天气热了，睡不着。”马震连头都没抬，一心看着打开的讲义。

魏立行把包放好，又去接了杯凉水。回到座位，慢慢喝完，魏立行拿起红笔准备批改昨天学生交上来的作业。最近他渐渐感到一种工作上的紧迫感，每天都有干不完的活儿，哪怕刚在办公室悠闲地坐上片刻，就立刻会有学生拿着习题过来请教。他们怎么总是能来得那么及时呢，魏立行有时候觉得自己仿佛是一个想要偷懒的人被监工盯梢了一样。

教师这份职业，光鲜背后有外人看不到的辛苦。比如工作节奏，总是随着课程的推进越来越忙碌，直到放假的那一天终于一切重归平静。而等到再开学时，这种循环又会从头开始。魏立行曾经试着采取什么手段改变这一现状，然而不管是加快讲课的节奏，还是尽快在学校批阅作业，精心准备的计划最后还是会被各种突发事件破坏。可以说只要人在学校，就必定身不由己地忙碌起来。

说白了，这种互动性的工作就不是自己单方面能决定的。可这么一想，也不该是学生决定的，他们不是比谁都期盼着放假吗？这个问题成了一个无解之谜，每到期末的时候就会出现在魏立行的脑海里。

魏立行一边批改着作业，大脑又陷入了无谓的思考。正想着，马震发出了一声长叹：“哎呀，我觉得化学会考可能是个难题啊。”

魏立行头都没抬。“会比物理还难吗？”

“物理会考应该不难吧。”

魏立行瞥了一眼办公室另一角，物理老师的座位空着。

“是吗？”

“我觉得是。”马震一本正经地说，“物理考的就是几个常用公式，只要能分析出该用哪个公式接下来只要代入数值计算就够了。会考只是检测学生对于基础问题的解决能力，并不会出现复杂的力学分析。化学就不一样了，化学还是需要理论分析的，我发现有的学生现在对守恒定律还云里雾里，考试可能不太乐观。”

“天啊，他们可怎么办。”魏立行眯起眼努力辨认着字迹。他最烦的就是字迹潦草的作业，每次参加封闭阅卷的时候，如果不幸抽到了一纸草书，他都会倍感烦躁。

“你那边怎么样，昨天开会说什么了？”

“老样子，没什么新鲜的。”

“都差不多，复习到这一步，出题的和做题的都已经爱怎样怎样了。”马震笑着说。

“我觉得出题的人还是很狡猾的，不得不替我的学生捏一把汗。”魏立行仿佛是在自嘲。

“相对来说，生物还算简单的。”

“谁说不是。但就算如此，他们也学不好。有时候最怕的就是简单的课程，以为单靠小聪明就能掌握，实际上没有一个踏实学习的过程，他们学到的就只有皮毛。”

“我这边也是，你看看。”马震从桌角抽出一张试卷，一眼望去上面有不少红叉，分数也是不及格。

“眼看就要高三，他们成天还乐呵呵的，一点儿都不着急。”马震抖着卷子继续说。

“别操心了。再过几年他们就知道后悔也来不及了，那些有门路的也不会感谢咱们。”

“谁叫有人发明出了教学评估这种制度呢。只要还在这岗位上，我们就不能松懈。”马震摸着脖子上的肉，开始发牢骚。

走廊里的脚步声越来越密集，又有几个老师陆续进了办公室。魏立行看看手表，离上课还有二十分钟。作业还剩一半，上课前大概是看不完了。

“昨天那个警察又来了。”

那个？难道说是……魏立行的脑海里浮现出一张表情古怪的长方脸。

“之前来的那位？”魏立行停下手里的动作。

“据说是。这次是为了张睿斯的事情来的。”

为张睿斯而来并不奇怪，可是昨天来又能做什么，自己和关月青都不在学校，还有什么需要调查的？真是个神出鬼没的警察。

“来干什么？”

“去实验楼那边了。但是听说课间的时候又出现在教学楼这边了，好像是和班上的学生问了什么。”这些信息，马震也是下课后从其他老师口中得知的。

“问学生？”魏立行不敢相信自己的耳朵，但转念一想，柴原是那种毫无顾虑的人。这是几次接触后给人的感觉。

“是啊。说不定是算准了你们不在才来的。”

“他都问什么了？”

“我哪知道。”马震挠了挠后脑勺，有几根白头发都露出来了。

“有人接待吗？”

马震翻着眼睛想了想说：“只能是教务处。”

那就不能指望那帮家伙有什么作为了，八成会放任柴原在学校里四处闲逛的。魏立行心想。

“怎么样，你有什么想法？”

马震合上讲义，端起茶杯，转过身，颇有兴致地看着魏立行。

“我不知道。”魏立行再次投入到阅卷中。

“会不会和韩立洋有关？”

“反了吧，韩立洋为她死还差不多。”

马震琢磨着这话不禁笑起来。

“但是也有这样一种可能，不管具体是什么原因，韩立洋就是因为张睿斯而死，然后张睿斯因为内疚也自杀了。”

魏立行盯着学生的作业，思路却被马震的话牵走了。他放下红笔，转过身问：“那会是什么原因呢？”

“随便什么都行，这不重要。”

“不可能。”

“为什么？”

魏立行看着马震的大脸，对方正充满期待地等着答案。

“就算是内疚也可以活下去。”

“那她是为什么死呢？”

“有承受不住的压力吧。”

“这还没上高三呢，她学习还可以吧。”

“是不错，可也许有更高的要求呢。除去学习的因素，也有可能是来自家庭或者自己的问题。”魏立行跷起二郎腿。

“嗯，那就不好说了。”

“我只是说可能。她毕竟不是我的学生，我也不是很了解。”

昨天下午，魏立行回到学校就听说年级里专门开会公布了张睿斯自杀的事情。虽说此举的目的是为了统一对外口径，但这么一来也起到了传播的效果。为了不被好奇心强的同事追问，魏立行昨天对学生简短交代了几句作业的事就赶紧下班了。马震才开口打听这件事，一定已经忍耐了很久。

魏立行瞄了一眼关月青的位子。不知什么时候，她已经坐在那了。缀有花边的白色女士衬衣，深蓝色牛仔九分裤，干练的打扮显得她更为知性和成熟。尽管只是看个背影，可还是让人悦目。

其他几个老师都在忙着自己的事情，没有谁走过去和她搭讪。或许这就是新人的优势，魏立行莫名地羡慕起来。

“可是，听说出事的那间休息室昨天被贴上了封条，我觉得这次的事并不简单。”马震兀自念叨着。

魏立行才注意到史磊的包平放在一堆作业当中，问：“他来了？”

“应该是。”马震也看了一眼那个黑色的四方皮包，“我来时就已经在这了，没看见他人。昨天就是，从下午就不见人影，可能是因为作业的事。”

政治课能有什么作业？魏立行默默看着桌上的作业本，现在离上课还有些时间，他索性继续刚才的工作了。

马震在一旁自顾自地谈起了最近学生状态的话题，魏立行听得心不在焉。因为教师年龄层存在断代，现在他是年级里工作最久的生物老师，在教学方面没有谁能够在他之上了。虽然造成这一局面的有教学人员不够的客观原因，但对他来说无疑是个好机会。毫不夸张地说，自三月以来他就兼顾着整个年级的课程安排。不出意外的话，明年高三他将正式成为课程的年级组长。事业即将出现转机，尽管能感觉到内心的澎湃，魏立行还是按捺住情绪。在学期末之前，工作上不能有任何疏忽，自己需要保持在稳定的状态上。

就这样，他一边批阅作业一边默默听着马震的唠叨。直到快上课时，他终于拿起课本快步离开了办公室。

走到楼梯中间的时候，身后教室传出的讲课的声音听起来已经不那么响亮。再向上走就是顶层了。一节课之前，关月青收到王珺的短信：如果下午没课的话就尽快来校长室一趟。

校长室的门虚掩着，里面传出王珺的声音。关月青放下正要敲门的手，决定暂时在走廊等候。

“新来的关老师和这次的事情可能有点关系。”

房间里传出另一个女声，关月青听出是周蓓的声音。

“你别乱说。”

“这绝不是我在瞎说。有件事情我觉得真的值得注意一下。”

“什么事？”

“张睿斯死之前，有人猜测她和韩立洋的死有关系，我问过关月青张睿斯自己知不知道这些传言，当时关月青的回答是‘应该不知道吧，她连我都’，后面就没有再说下去了。”

“为什么？”

“当时我也没有多想，毕竟只是随口一问。但是张睿斯死后再回想她那时欲言又止的表情，总觉得是在有意隐瞒什么。”

“那说明什么？”

“万一有不可告人的隐情呢。”

“不一定和张睿斯的死有关。如果一个老师和自己的学生关系不融洽，不想让外人知道是很正常的。”

“可是不得不说这件事出现的时间很敏感。”

“学生可能会因为各种奇怪的理由抵触老师，尤其是对新老师，个别人都会有一段适应期。可一个新来的老师不会和学生计较什么的。”

“她来的第一天就有学生死了，说是偶然很难令人信服，两件事说不定都和她有关。”

“那可真是电影情节，”王珺的笑声听上去有些勉强，“越说越吓人了。”

“是有点儿，但也绝非没有可能。我觉得，校长可以试着问问她。”

“怎么问？”

“就问张睿斯是不是和哪个老师相处得不好，看看关月青是什么反应。”

“你先回去吧。这件事不用你操心，既然已经有警察调查了，我们就当什么也没发生。不猜测，也不主动提起。就这样。”

“好，我知道了。”

脚步声向着门的方向快速逼近。关月青赶紧移动脚步，侧身退到离门几步远的地方。

刚刚站稳，门“吱”的一声打开了。

看见关月青，周蓓脸上立刻浮现出甜美的笑容，快速地关上了门，“你怎么也来了啊。”

“啊，是。刚过来。”关月青笑着望着对方。

“是为了张睿斯的事吗？”周蓓走到近处，小声问。

“是校长让我来的。我也不知道是为什么。”

“这样啊。我跟你说。”周蓓轻轻拉着关月青的手臂，两人往楼梯口的方向走出几步。似乎是确定离校长室已经足够远了，周蓓才停下来。“校长好像认为张睿斯自杀和几个任课老师有关系，她要是问你，你只要说不知道就好了。”

今天的周蓓依然化着精致的妆，但她凑得越近，关月青越忍不住要后退。

“我本来就什么都不知道。”

“说得也是，但王珺不一定这么认为。我只是提醒你一句。”

“那谢谢了。”关月青挤出一个礼节性的微笑。

“我先回去了，一会儿见。”周蓓浓密的长睫毛闪动着。

“好啊。”

惊讶于对方逼真的演技，关月青机械地点了点头。周蓓的褶皱裙随着步伐左右摇摆，关月青目送着她的背影，直到确定她下了楼梯才松了一口气。

走进校长室，王珺示意关月青坐在离自己最近的沙发上。这段时间总是出入此处，关月青已经没什么陌生感了。

王珺端坐在柔软的办公椅上，今天她看上去精神饱满，显得比上次要有活力。不过，不知道自己来之前周蓓还和她说了些什么，在她脸上看不出任何表情。

“叫你过来是想跟你说昨天的事儿，有警察来过了，据说就是经常来的那位。”王珺率先开口道。

“昨天上午？”

“整个上午就在学校晃来晃去。”

关月青想象着柴原的样子，晃来晃去可不是他的风格。虽然一副让人难以捉摸的样子，但他似乎是个做任何事都带有明确目的的人。

“没人陪着他吗？”

“没有。”

其实，一开始的确是教务处的人接待了柴原，但似乎谁也不想和这件事产生瓜葛，所以在配合调查的过程中十分消极。而且，柴原在检查完现场后就谎称完成了任务，通过学生了解情况是他离校后又悄悄折回来做的事情，那时已经没有任何人在身边了。

“他是再次回来调查吗？”

沙发和王珺的办公桌呈垂直摆放，由于坐在近处，关月青更要扭过身子说话，让她感到非常别扭。周蓓留下的化妆品味也在沙发附近凝固不散，令人窒息。

“关键是他不只是去现场调查，还在走廊里随便和你班上的学生说话。”

“在走廊？”

“对，随随便便就搭上话了。”

“我昨天要是在就好了。”关月青表示出歉意。

“已然如此了，再说这种话也没有用。即便你在这，也不能正面干扰警察的行动。关键是以后怎么处理这种情况，昨天他说了可能以后还会来。我觉得我们可以抓紧时间好好想想对策，省得下次又措手不及。”

“这是要深入调查的意思吗？”关月青问。

“这倒没说，他和教务处的人留下这句话就走了，问了也肯定不会说。”

“也对。”警察怎么会轻易透露工作的信息呢。

“昨天那间屋子已经被封起来了，我觉得这是个重要的信号。”

事发那天，结束现场取证后，警方便悉数撤离。那间休息室，学校只是采取了暂时封闭的处理方法。因为若是彻底封起来反而会惹人注意。

“我是这么想的，反正这周就要会考了，完事儿离期末考试还有几周时间。这期间你就不用参加教研会了，有什么消息让魏立行回来转达给你。如果警察再来，你就负责盯住他，不能让他单独在学校活动，尤其是和学生接触。”

“那我周一也来学校？”

“警察不来的时候你只要在办公室做自己的事情就可以。”

“好的。”

关月青嘴上答应着，心里却没那么爽快。不是反感工作，只是相较之下，去教委开会更要好过在办公室坐着。

“你回去吧。”

王珺今天没有多唠叨，关月青感到十分庆幸。

回到办公室时最后一节课已经开始了，没课的几个老师已经无心工作，百无聊赖地打发最后的时间。周蓓也是，正专注地涂着唇蜜。

“准备下班了吗？”关月青主动打起了招呼。

听见椅子挪动的声音，周蓓才缓缓转过头，她睁着一双大眼睛，吃惊地看着关月青：“这么快就回来了？”

“是吗，可我觉得还挺久的。”关月青淡淡地说。

“校长说什么了？”周蓓停下手中的动作。

“让我以后多关心学生。”

“就这些？”周蓓对这回答并不满意。

关月青想了想说：“她还说警察在张睿斯的衣服上发现了不属于她的香水痕迹，如果这是谋杀的话，凶手很可能是女性。”

“啊？”周蓓失声尖叫，然而也没有人特意往这边瞧。

“要是谋杀的话凶手就一定是学校内部的人了。”关月青若无其事地说。

“那她有没有说是谁？”

“校长怎么会知道呢。”

“是啊……”

“不过，校长查过那天的课表，负责张睿斯课程的老师都在上课，所以不代课的老师是目前的重点怀疑对象。”

关月青越说越玄，连自己都快信了。

“那她具体在怀疑谁？”

“这我就不知道了。”

“她没有问你吗，张睿斯的死会和哪个老师有关系？”周蓓合上化妆镜，收起唇蜜，大概是补完妆了。

“没有，提都没提。”

“嗯，没事儿就好。”

周蓓看上去神采奕奕，可还是有一丝慌乱从眼角偷跑出来。

柴原是在马震整理教材的时候出现在他身边的。

马震只抬头看了一眼就继续自己的事情了。“他上课呢，等一会儿吧。”

“我是想问你几个问题。”柴原说。

“我？”马震看了看周围，还是指着魏立行的桌子难以置信地问柴原：“不是找魏老师？”

“我昨天就来找过你，可你不在。”

昨天从实验室管理员那里离开后，柴原就又回到了这里。不巧的是，因为是午休时间老师们全都出去了，只留下了几个学生，柴原是从学生口中得知马震的座位的。

“昨天下午有别的事情，我就提前走了。”

“所以我就没等你。”柴原说。

“找我有什么事吗？”马震觉得警察已经把自己调查过一遍，那就不要兜圈子好了。

“想了解一下上周五的事情。”

“噢。”马震搁下手上的红笔，“在这说吗？要不换个地方怎么样？”

“那再好不过了。”

虽然是上课时间，但上午办公室里还是有几位同事的，马震可不愿意在此旁若无人般地和警察聊天。谈话的地点仍然选在接待室，因为柴原只知道那个地方。

马震并没急着坐下，而是先推开窗子，站在窗台边上朝下望了望，然后拿出烟盒朝柴原来回晃晃。

已经坐在老位置的柴原摇了摇头。

“那我自己抽了。”

“请便。”

马震麻利地给自己点上了一根，夹着烟一边吸着一边走向饮水机柜子。房间里没有烟灰缸，只能用一次性纸杯代替。

“刚才我以为你要找魏老师呢。”

终于能痛痛快快地抽烟，马震看上去比刚才神情舒展得多，任由警察注视着自己也还是一口接一口地吞云吐雾。

“刚才说什么来着。”对视了几秒，马震才回过神。

“你说以为我是来找那位生物老师的。”

“啊，对。”

“事发那天已经和他谈过了。”

“是说上周五实验室那件事儿吧。”

“嗯。”

“太可惜了。”马震朝纸杯里弹了弹烟灰，“那么小的年纪就走了，好多老师知道了心里都受不了。”

“听说她学习也很好。”

“是个让人放心的学生。别看他们平时总是调皮捣蛋，或者抱怨作业太多，但都是很好的孩子。话说回来，有什么事情是解决不了的，非要选择这条路呢？我真是不理解。”

“动机是个问题。”

“不知道他们在想什么，可能有自己的烦恼。”

“那就更不该什么都没留下，悄无声息地离开。”

“什么都没留下？”烟已经抽完，马震把烟蒂扔到纸杯里。

“正在通过各种途径了解她死前的事。”柴原说，“听说上周五你也在实验室那边，是这样吗？”

“我是在化学实验室，因为过几天有实验课，得提前准备一下。在四楼，不是出事那一层。”

“听说你临时把实验调到了上周五。”

“因为这周有别的事情，那时觉得肯定来不及了。”马震回答，“这是谁说的？”

“这事儿又不是秘密，很多人都知道。”

调整实验课日期要提前申请，还要提前通知学生调课。马震也从未想过隐瞒什么，这的确已经是人尽皆知的事情了。但只是一想到有人向警察反映了情况，马震还是很好奇对方的身份。

“我觉得告诉你这件事的人一定是误会了。”

“人家只是如实回答我的问题而已。”

“但是你想问什么呢，直接问我好了。”马震又掏出根烟，见柴原还是无动于衷便自己点上了。

“你昨天要是在学校我肯定是会直接找你的。”

“结果呢，我想想昨天谁在学校，不会是学生说的吧？”马震仍然放不下心里的疑问。

“课程调来调去都是公开的，你还操心是谁说的干什么。”柴原明白了问题所指，可他根本不想在这种小问题上浪费唇舌。

“这倒是。”马震夹着烟，只好放弃了。

“为什么临时调课？为什么最后又改回这周的上课时间？”

“我想把教学进度提前一点，这样做完实验就抓紧复习期末考试的内容，要不然总惦记着还有实验课没上，后面的事情不好推进。”

“为什么不先复习一部分？课程安排的灵活度应该很大吧？”

看对方有一定年纪了，柴原认为经验丰富的老师不会被课时设置的问题难倒。

“对我来说都差不多，对学生就不一样了。”马震吐出一道烟，继续说，“实验前不需要讲太多，能直接动手就让他们尽快实际操作，是对是错在实验过程中纠正比在教室空谈强多了。再说，笔试中也有实验题，做过再讲印象会更深。”

柴原似乎也找不出什么漏洞。

“那为什么又改回来了？”

“没办法，以为孩子病了。”

“不舒服？”

“发烧，打过针也没见好。上礼拜四听大夫的意见输液了，既然这样，我哪还有时间上课，只能留到下周了。”

这事儿是上周一发生的，可能是夏天贪凉，到了晚上三岁的儿子忽然高烧起来，之后的两天虽然打过退烧针，但不见好转的迹象。在大夫的要求下最后只好留下输液，身为家长的马震当然要陪护了。

马震把医院的信息也如实告诉相告，柴原可以再去确认。

“上周五下午你在实验楼？”

“是啊，我是上礼拜四才提出把课程调回去的，可是实验室那边已经开始准备了，我总不能再麻烦管理员把东西都收回去吧。那天下午就在确认各项器材、药品有没有问题。”

“那天下午见过什么可疑的人吗？”

“我在实验楼的时间本来就不长，主要还是在实验室活动，外面什么动静也不知道。”

“但是你不是很快就走了。”

马震苦笑，说：“这你都知道。”

“昨天了解了一下。”虽然没有见到本人，柴原昨天却做了一些准备工作。

“我是在下课前，大概四点的时候从实验室出来的，没看见什么奇怪的人，也没有学生从上面下来。”

接下来就和实验室管理员说的一样了，他在四点多，也就是事发的那段时间归还了实验室的钥匙。但之后的事情还缺少直接的人证。

柴原点点头，又问：“然后呢，你就直接走了？”

“没有，我回办公室了，还有学生的作业没判完。”

“当时还有人在办公室？”

“有几个同事，他们能给我做证。”

马震传达出了真诚的自信，另一方面他有点后悔那天没有让管理员陪自己一同去实验室。

“那你是几点下班的？”柴原没有忘记摄像头拍下的那个背影。

“正常时间，五点多了。”

“这就不担心你孩子了？”

“他妈妈在医院陪着呢。”马震自顾自点了第三根烟，“我是那种只会讲课的老师，如果要了解关于那女生的情况，我觉得还是问问别人吧。”

“有合适的人吗？”

“坐在我旁边的政治老师平时和学生相处得不错，对学生的事情也比较了解。”

“他是班主任吗？”

“不是。可能是年轻吧，和学生没有代沟，有几次还在校外和学生碰上了。”

“这是他自己说的吗？”

“一块抽烟的时候总能从他那听到学生的事情。”

“带我去见他。”

柴原已经站起来了，马震使劲儿吸了最后几口，把所剩不多的烟蒂扔进纸杯，抢在柴原之前走出了接待室。

办公室还是没什么人，不过，令马震意外的是史磊的空位子。

“不在吗？”柴原问。

“早晨来了啊，我刚坐下就看见他进来了。”马震双手叉腰，盯着那把椅子好像要审问一番似的。

“去上课了？”

“我记得这节他没课。”马震往桌子下面瞧了瞧，什么也没有，“刚才包还在。”

“那就是出去了。”

“有可能，这几天都很少看见他。”

“上班时间就能出去？”

“没有你想的那么严格，只要不影响上课允许外出处理私事。”马震弯腰查看台历上的课表，今天没有政治课。

“怎么样？”

“不知道还回不回来。”马震转而问坐在另一边的一位女老师，“他说去哪儿了吗？”

戴眼镜的女老师只是摇了摇头。

“他平时就是这样吗？”

“偶尔。上完全天的课有时会走得早。”马震也没了主意，只好劝说道，“要不改天再来？”

柴原接受了提议。

不知为什么，只要来到这所学校总有种在黑色中前行的感觉，即使柴原每次都能循着记号前进，最后也会被黑暗遮住了去路。如果这里面每个人的行动都是三点一线那样程式化，是不是调查工作就会顺利很多呢？临走时，他瞄了眼课表，下次要挑个有课的日子过来。

快走出教学楼时，柴原遇见了迎面而来的周蓓，从女老师惊讶的表情看显然没想到自己还会出现在学校里。

“又来调查了吗？”周蓓站住脚问。

“是的。”

本想视而不见走过的柴原不得不停来下寒暄。

“但愿事情能赶紧结束。”

“应该快了吧。”

“要不把你电话留给我吧，如果有什么情况我及时联系你。”

虽不排斥，但柴原并不认为还能从这几位老师口中问出什么有用的信息。毕竟他们都是远离现场的人，而死者又偏偏远离人群。

留下电话后，柴原终于离开了学校，可是如同不知道下一步该如何调查一样，他一时间也没想到接下来应该去哪儿。

教室门关上的瞬间发出门锁扣住的沉闷之声，曲妙用力推了推，确认已经锁好无误。

此时早已过了放学时间，整个年级的人都走光了。尽管步履很轻，在安静的走廊里还是能清楚听见自己的脚步声。以及，从楼梯处传来的脚步声。

曲妙走到拐角的楼梯口的时候，魏立行刚好要从中间平台走上来。

他仰头看着曲妙，一副不可思议的表情。“你怎么还在？”

“刚做完卫生，今天是我值日。”

“锁好门了吗？”

“当然。”曲妙干脆地回答。

"放学回家吧。"

魏立行继续上楼，曲妙却正面迎着步下台阶。

"她是畏罪自杀的。"

"谁？"魏立行本能地警觉起来。

"张睿斯，她自杀是因为韩立洋的死对不对？"

魏立行不知道该怎么回答，甚至根本就不想回答这个问题。他上下打量着面前的学生，好像是外星生物一样不可理喻。

他忽然想起了关月青诉说过的苦恼，也许自己对学生也不甚了解。

"你想多了。她是自杀。"

"自杀是需要理由的。她好端端的没什么烦恼为什么要寻死？"

"你怎么知道她没有烦恼？"

"一天到晚高高在上，她只会让别人烦恼。"

"这是你片面的认识。"

"你是在维护她吗？"

"这不是在维护谁，我是为你好，为了这件事。"

"这种事怎么能忘，不只是我，大家都知道身边有人死了，你以为年级里面没有议论这些事吗？"曲妙并不让步。

"当然能。我告诉你，不管张睿斯是不是畏罪自杀，这件事都过去了。你还有你的生活，学习任务要完成。比如说高三，你以为再过几个月你还会为这件事操心吗，到时候你会连多花一分钟在这件事上都觉得浪费。"魏立行嘴角上扬，笑中夹带着轻蔑，"你心里很清楚吧，韩立洋不喜欢你，所以你才宁愿相信张睿斯的死是罪有应得。我本来不太喜欢管学生恋爱的事，但今天跟你谈了也无所谓。我劝你还是顾好自己，把精力放在学习上。你活得好好的，何必用别人的死来自欺欺人呢？你还是好自为之吧。”

兴许是心事被洞悉了，曲妙一句话也说不出来，只是睁大眼睛瞪着魏立行。她还是第一次发现班主任能言善辩的犀利一面。

第五章

1

空荡荡的会议室里只有柴原一个人。

今天并没有重要的会议，他在这里只是因为需要一个能独自思考的环境。

柴原坐在以往开会常坐的位置，专注地审视着桌面上的材料，目光不住地反复游移，想努力从杂乱的线索中找到一丝内在的联系。

因为在现场发现了一张糖纸包装，上面有张睿斯的指纹，负责此案的同事都已经将张睿斯的死视为普通的服毒自杀。但是，只有柴原仍然坚持认为存在他杀的可能。

房间反锁，唯一的窗户只能推开大约五厘米，人不可能通过，就算能挤出去，外面也是五层楼高的外墙，没有逃生的通道。房间钥匙被发现放在死者裤子口袋里，乍看之下并没有可疑之处。但想要自杀的人，通常会为自己寻找或创造一个不会被打扰的隔离空间。以往经手的案件中，有很多人是选择在自己卧室自杀的。一般会锁好房间，收起钥匙才开始实施行动。但不管是在自己房间还是陌生的地方，自杀者不会特意把钥匙装进口袋。

试想一下，张睿斯好不容易在没人注意的时候溜进了教师休息室，锁上门，还要特意把不属于自己的钥匙揣进兜里。这么做总让人感觉怪怪的。生无可恋的人有什么理由把不属于自己的东西带在身上呢？

上周五，也就是案发当日，当柴原从勘验人员口中得知这个细节时，他便察觉到了现场一种莫名的不和谐感。因此，柴原特意询问了钥匙平时放置的地点，而正如那个男老师所说，钥匙平时就挂在门后的墙上，那么张睿斯锁好门后只要随手挂回去就行。这样才是最自然的做法。

只是，身边同事对柴原的想法大都不以为然。虽然没有人直接表现出否定的态度，但基本将案件视为自杀了，只是上级对柴原的调查并不干涉，任由其沿着自己的方向继续挖掘线索。然而案件已经过去几天了，柴原依然没有发现什么关键性的证据。

这也难怪，钥匙放在哪里这种事和个人习惯有很大关系，甚至与死者死前的情绪有关也说不定。所以，即使问过张睿斯的家人也没有得到特别有价值的信息。在调查中净是些毫无用处的收获，当然也无法获得同事的支持，现在柴原成了孤军奋战的人。

“钥匙……通常不就是放在口袋里吗？”

没想到警察会问这个问题，大概也从来没有注意过这种小事儿，张睿斯的父亲回答的语气听起来很不确定。

就算没有头绪也并不意味着这是错误的侦破思路，相反抓住案件的疑点，找出背后的答案才有希望让真相浮出水面。

想到这，柴原站起来，走到窗台边上，把玻璃窗开到最大，室内清凉的空气这才流动起来。

除了钥匙，还有一点让柴原想不明白，那就是死者手里攥着一朵白花。

其实说“一朵”有点勉强，由于死者过于用力，花瓣已经被攥成了一团。刑侦部门的人员对花瓣做过分析，花本身并没什么特殊的地方。在学校里有不少开白色花的植物，没记错的话应该是广玉兰，现在正在花期中。

可是张睿斯为什么要握着花瓣自杀呢？这种做法有什么特别的寓意吗？

柴原两手交叠抱在胸前，临窗站立。楼下院子里偶尔有人进出。早就已经是午休时间了，柴原倒并不急着去吃午饭。

这几天，他私下和几名张睿斯的同学见过面，事实上学校里并没有谁会特别留意那些树，有的学生甚至叫不出广玉兰的名字。这并不奇怪，随处可见的东西通常都不会惹人关注，学生时代应该有更吸引他们的事物才对。

柴原又想起了韩立洋的死，这件事已经认定为意外事故了。但他也不觉得这是单纯的意外。

天台周围的女儿墙高度大约到成年人腰胯的位置，假设韩立洋会出于某种原因站上去，挎着单肩包的做法只会破坏平衡感，放在天台上才是最安全的做法。

无论是自杀还是意外，书包都是多余的物品，同样地，张睿斯的死亡现场也存在解释不通的细节。不能简单地看待这两起案件。

短短半个月，这所学校就有两名学生死去，柴原感到很伤脑筋，他曾试着从这两件事中发现什么共同之处，可惜行不通。

根据关月青的证言，她是在上周五四点半左右离开实验室去找张睿斯的，可是在上课伊始就发现张睿斯不见了，这几日通过询问张睿斯的同学得知，直到上一节课下课张睿斯都在实验室，而下课时间则是四点，再考虑先前对死亡时间的推测，张睿斯的死发生在下午四点至四点二十分之间。

这二十分钟时间里究竟发生了什么，如学生的证言，在此期间出入实验室的就是两个班的同学以及魏立行，倘若凶手存在于这些人之中，谁有可能实施谋杀呢？而最重要的是，凶手又是怎样布置密室并成功脱身的？现场的窗户的确是开着的，但五厘米的缝隙人类是绝对无法通过的。

目前只有疑问，可靠的证据却无处可寻。令人欣慰的是，张睿斯的家人已经同意进行尸检，最迟下午就能看到解剖报告。

但愿能够发现有用的信息，柴原心想。

还有三十分钟左右最后一场考试就要结束，这会儿已经有考生接二连三地从教学楼出来了。

关月青又一次核对着本校学生的名单，目光从那几个正走出的学生脸上一扫而过。

“别看了，总有几个非得磨蹭到最后不可。”魏立行在一旁适时阻止。

“会不会是物理太难了？”

“不如说是实力不济。”魏立行不客气地挑明。

又有几名学生嬉笑着走出对面的教学楼，他们大概发挥得很满意。关月青微眯着眼辨认了一番，没有熟悉的面孔，不是自己的学生。

“还差多少人？”

关月青以笔尖在名单上依次数着。“二十六个。”

“我说什么来着。”

魏立行转过身，一只脚蹬在花坛边缘，酸胀的小腿才舒服些。他们在考场外已经站了一整天。

会考的笔试只有一天时间，即一天之内要完成四门理科的考核。作为老师，为了保证每一位学生准时参加、顺利完成考试，关月青和魏立行也要承担起“场外监督”的工作。

今天一早关月青便来到考场外，按照计划，每科开考前学生都要在人名表上签到证明出席。能够统一行动的也只有入场环节，答完题出来时就没有这股掌控力了。也不知是有意为之还是别的什么原因，前面的三场考试无一例外地总有人拖到最后一刻才肯交卷。站在陌生的校园里，看着其他学校的学生陆陆续续地离开，关月青只感觉自己的耐性在一点一点地消失。

肯定有人会等到铃声响起时才出来的。魏立行不禁做了最坏的打算。

“真羡慕其他学校的老师，现在就能下班了。”关月青忽然感慨道。

魏立行向操场的方向望过去，远处刚好有位女老师满面春风地朝校门的方向走去。

“羡慕是没有用的，我们遇上了资质平平的学生，只能面对相应水平的工作。”

“真不知道重点校的工作是什么感受，是不是一点心都不用操啊。”联想到自己的学生，关月青叹了口气。

“也不会轻松到哪儿去，只是做起来比较得心应手而已。”

“得心应手？”

“怎么说呢，也不是让你为所欲为的意思。”魏立行说，“就是你不必在讲课或者作业方面花费太多精力，因为那些学生都能自觉完成，你可以把节约出来的时间用在拓展知识和提高训练上，能够把大部分教学上的想法付诸实践。工作量还是那么多，所以并不会轻松多少，但过程中会充满干劲儿吧。其实名校的优势真的体现在各个方面，像我们每天还得追着要作业，时间长了连自己都会感到身心俱疲。”

关月青对此也只好报以一个苦笑。

“努力把他们都调教好吧。”端详着手上的名单，关月青生出一个想法。

“太难了。”

“至少要调动起学习的积极性，不能总是把时间用在维持课堂纪律上。”

“感受不到他们对学习的兴趣。这是我几年来的体会，而且这种趋势越来越明显了。”

“你那几个班也是吗？”

“能有什么差别。”

每天仍然要周旋于一群不知上进的孩子中间，魏立行早已见怪不怪了。虽然现在仍站在讲台上，但他的工作几乎成了单纯的讲授。没有什么技巧，除了偶尔的随堂测验，也不讲究互动，本来就枯燥的理科内容显得更加枯燥了。这大概都表明魏立行的耐心已经降到最低了。不过，现在魏立行开始对工作注入了新的热情，他认为要好好迎接事业上的转机。

“但是班主任的课他们倒是非常老实。”

“当然了，这恰恰说明他们不傻。”魏立行笑着说。

“要是没有考试，每天也觉得他们挺有意思的。”

“和年轻人相处不容易老，时不时地还会有惊喜。”魏立行想起了平时让他棘手的几个问题学生。

“其实能够接受学生平庸的一面也是教师的基本能力。”

“哎？”关月青诧异地看着魏立行。

“怎么了？”

“我没想到你会这么说。”

“第一永远只有一个，不能强求每个人都做第一。”

关月青一只耳朵听着，却没再说话。她的注意力已经被校园另一端几个学生吸引走了。刚才，她的视线就已经转移到了教学楼那边，这次的人流中有几个自己的学生。确认完毕，她在人名表上连画了几个“✓”。

远远望见有自己的学生出来，魏立行心里也踏实了些。他忍不住打了个哈欠，在这里站了一整天，人已经累得不行了。虽说今天很早就起来，可为了挑件合适的衣服，来到考点时也差一点迟到。即便如此，魏立行还是认为腰带扣的颜色没有和卡其色裤子搭配好。

两人继续东一句西一句闲聊着，剩下的考试时间总算是打发过去了。如魏立行所言，真有几个学生是耗到了最后一秒才交卷出来的。

“一起去吃晚饭吧。”魏立行提议。

看着马路上拥堵的车流，关月青打消了回家的念头，而且她现在很想找个地方坐下歇歇。

“附近有家特色咖喱店非常好，就去那里吧。”

“好啊，听你的。”魏立行立马答应。

出了学校，两人步行穿过三个路口，又沿街走了一段小路，终于看到了关月青推荐的那家咖喱店。明黄色的招牌在一排餐馆中显得十分醒目。

走进店内，服务员立即将二人领到一张双人桌，并递上菜单和两杯冰水。魏立行环视了一番，店里称不上大，但布局合理，十来张餐桌有序摆放，并不会让客人感到拥挤。店内装饰也颇有卡通风格，原木桌椅和可爱的餐具肯定吸引了不少女孩子前来用餐。

“你习惯咖喱的味道吗，我刚才都忘问你了。”浏览着菜单，关月青忽然抬起头问。

“还好吧，很辣吗？”

“和辣椒的辣可不太一样，你尝尝就知道了。”说罢，关月青调皮地挑了挑眉毛。

“你这么在行，帮我选一份好吃的套餐好了。”魏立行将选择权拱手奉上。

浏览了一遍餐单，关月青为同学点了店内的咖喱牛腩套餐，自己则要了一份咖喱鸡翅饭。菜端上来时关月青已经觉得有些饿了，说了句“我不客气了”，就率先开动了。

她用勺子舀起热乎乎的咖喱浇在白饭上，再一口吃下去，满意的心情溢于言表。

魏立行观察着她这一套娴熟的动作，觉得可爱极了，自己也忍不住学着吃起来。

“味道如何？”

“很奇怪的味道。”魏立行尽力体味咖喱的香辛味道，可还是找不到合适的词汇描述口感。

“原本就是香料混合成的调料。”关月青说，“这家是日式咖喱，口味偏淡。”

“你常来吧。”

“偶尔。”

“我很少吃这个。”

“你平时吃西餐比较多吧？”

“主要是在中餐和西餐之间选择。”魏立行想到关月青的话大概和上次一起去的西餐厅有关。

“上次那家就不错。”

“当然啦。”魏立行笑起来，那里可是市内数一数二的西餐厅。

“不过我听说我们吃饭的时候那个叫柴原的警察又去学校了。”

“是啊。”关月青点点头，“他这工作也不轻松，算上之前韩立洋的事他可没少来学校。”

“但有点儿小题大做了。”

“可他那劲头儿好像不查出点儿什么誓不罢休的样子。”

“查出什么了吗？”魏立行问。

“和学生私下谈话了，具体说了什么我也不知道。但是，警察一定还会来的。”关月青一边吃一边说。

“这么肯定？”

“他昨天走的时候就这么说了。而且就算柴原不来，也会有别的警察来。”

“为什么？”

“是张睿斯家人的意思。”

魏立行停下筷子，说：“你怎么知道的？”

“他们昨天去学校了，去见王珺，后来我也过去了。”

“去见她干吗？”

“觉得女儿的死不正常。”

“现在自杀都要学校负责了吗，简直毫无道理。”魏立行嘟哝道。

“就算是自杀，家属也不会想都不想就接受的。据说现在连遗书也没有找到，警察掌握的证据也不能确定是自杀还是他杀，那么自杀的动机也无从谈起。”

“但是那样的做法很明显就是自杀。”

“是的。我们都看见了，张睿斯像是准备好久似的，终于在一个无人打扰的时候选择死亡。但是走调如此坦然的人却没有留下类似遗书的东西，不是更加奇怪吗？”

魏立行默默思索着。关月青的话不无道理，同为尸体的第一发现者，她却发现了事件的疑点，的确令人佩服。

“他们提供新的线索了吗？”

“没有。所以他们同意了进一步尸检的要求。”

“尸检？”魏立行不敢相信自己的耳朵。

“嗯。”

“什么时候？”

“还不知道。”

“不是已经知道死因是中毒了吗？”

“还不够吧，需要了解更多信息。我猜是这样。”

“王珺什么反应？”

“一副悉听尊便的态度，我觉得她已经被这种事搞得焦头烂额了。张睿斯的父母也不是来谈判的，只是告知一下，态度可强硬了。”

昨天上午，张睿斯的父母来到学校就直奔实验楼的教师休息室。他们无论如何都要去现场亲自确认一遍才行，即使房间已经被封，也想去看一眼。结果显而易见，隔着门上的磨砂玻璃根本看不清房间内的情况。张彦之用力摩挲着青灰色的木门，并不甘心，恨不得把门直接打碎。

然而张彦之也没有气馁的意思。

“封起来的话就说明会继续调查，是这样没错。”张彦之像是在给自己打气。只要女儿的死还没有定论，他是不会放弃的。

不仅是张睿斯的父亲，连她母亲也没有流露出明显的悲伤情绪。从头到尾，张彦之都以出人意料的理智和冷静分析着女儿蹊跷的死因。两人不同寻常的表现让关月青连说句安慰的话都显得不自然，最后她也没找到合适的机会开口。

现在回想着这对夫妇的表现，他们应该是以极大的理性克制了悲痛。对不可改变的事情再费唇舌争辩也无济于事。女儿的死尚有许多令人不解的疑点，寻死的动机、毒药的来源，这些才是更值得关心的。他们一定深信，只要弄清楚这两个问题就能知道女儿死亡的真相，所以才接受警方尸检的要求。可想而知，一旦这两个待解问题的答案与学校有关，他们必定会采取进一步的行动。到时候，双方的立场和态度会转变成什么样子呢？不管怎么说，和韩立洋父母暴躁的做法相比这一对儿采取的才是明智之举。

“看来他们是另有打算了。”

“当然了，一般人哪能沉得住气。他们俩可难对付了，你没看见，昨天王珺也束手无策。”

“是吗？”

到了关键时刻却任人宰割，对王珺的做法魏立行已经无话可说了。

“一直是在据理力争，说什么女儿在上课时间莫名其妙地死了，学校就是有监管不力的责任，但是因为事件还有存在疑点，所以我们会继续配合警察调查，最后拿出实际证据与学校对峙。”

“他们有这样的自信？”

“他们十分确信自己的女儿不会自杀，说了很多张睿斯生前的事情，那些迹象表明她就不是个要自杀的人。话里话外也能听出来，他们对现场的情况非常了解，肯定和警察有过沟通，能看出是下了一番功夫的。”

“真是出人意料。”

“希望他们的判断是对的。”关月青说，“我也不觉得张睿斯会自杀。”

“不说这个了。接下来是期末考试，你可别松懈。”突然想起接下来的工作，魏立行话锋一转。

“说起来，我有一件事得和你说，我暂时就先不去开教研会了。”

“为什么？”魏立行问。

“王珺让我最近一段时间尽量留在学校，好应付随时来的警察。”

“她这么说一点儿也不意外。你不去开会也可以，重要的消息我会及时转告你的。”魏立行继续说，“其实，不用去开会也挺好，这种例会本来也不用每次都开，一年又一年地不会有什么新变化，早就开烦了。”

一份咖喱饭吃完，两人体力都恢复得差不多了。从店里出来，天空已经暗下来，两人并肩在街上走着。

关月青在十字路口停下脚步，朝来车的方向张望，红灯一侧有几辆出租车正在等待通行。她决定就在这里乘车回家。

“其实，还有件事情想和你说。”魏立行忽然开口。

“什么？”关月青微笑着转过头。

魏立行凝视着关月青的脸庞，明明话就在嘴边，此时却又犹豫起来。对面的红灯开始闪烁，身边几个路人已经迫不及待地踩在斑马线上。魏立行好像能听到十字路口所有车子的引擎声。

“什么事呀？”关月青又问了一遍。

可是魏立行的话却让关月青一时不知该如何回答。

“做我女朋友好不好？”

2

关月青打开饮水机下面的柜子，取出一次性纸杯，盛满水，放在茶几上。柴原微微倾身道谢。

“你自己不喝吗？”柴原好奇地问。

“不是很渴。”说着，关月青在柴原对面的位置坐下。

如柴原之前的预告，他果然很快就回来了。然而并非是上次那样在校园里擅自行动，今天他是合乎情理地主动找到关月青想要了解情况的。

能坐下来谈最好，关月青不用时时刻刻跟着柴原走动了。

“有什么要问的吗，又有什么新的发现吗？”关月青先开口了。

“我想了解张睿斯的人际关系。”柴原回答得直截了当。

“嗯……”关月青沉吟着，考虑该如何回答。坦白讲，别说是张睿斯的人际关系，现在班上随便哪个学生的人际关系她都不是绝对了解。

“连班主任都不知道吗？”柴原说。

“也不是不知道，只是作为老师，我所了解得其实非常有限。”

“就讲你知道的。”

柴原从上衣口袋拿出小本和笔，翻到空白的一页。

“她的人际圈子很小，据我所知，只有少数几个女生和她关系比较要好。”

“都是女生吗？”

“是的。”

“是这样啊。”柴原摩挲起下巴来，“我记得之前死的韩立洋喜欢她是吧，还有那个和别人大打出手的男生也喜欢她，这么说她在学校还是蛮受欢迎的，应该会有男生和她走得比较近。”

柴原已经根据掌握的信息对张睿斯有了独立的判断。

“那两个学生是这么回事儿，但并不是所有男生都这样。”

“张睿斯有没有特别亲密的男性朋友？”

“我没发现。”关月青简洁明快地回答。

“是吗，我也听说她个性很冷漠。”柴原用笔杆在手册上敲着，“不过这可就难办了。”

关月青观察着手册敞开的一页，还是白纸一张，说明柴原还没有得到让他感兴趣的线索。

“请问，”关月青微微向前探了出来，“为什么忽然着重调查张睿斯人际交往的情况，难道说她的死和身边的人有关吗？”

“嗯。”柴原点了下头，“也不完全是。”

柴原的回答明显是矛盾的，不知道是不是不愿多透露有关的信息，关月青不由得犹豫起来，要不要继续问下去呢？

无人交谈的接待室安静得过分，连外面走廊里回响的讲课声都能听得一清二楚。

柴原注意到关月青的异样，问：“很意外吗？”

“不是特别意外，毕竟从现场看有自杀的可能，但要说是身边的人我觉得应该没有谁可能导致她死亡。”关月青说，“我并不认为她会因为和别人的事情而想不开。”

谈不上意外，关月青也觉得这不是单纯的自杀，但是要说是身边的人至少不应该在学校里，因为张睿斯的确是个不会和外界产生复杂关系的“绝缘体”。

“死的可不是一个人。”

“这是什么意思？”关月青一头雾水。

“她怀孕了。”

“这……”

震惊的同时，关月青瞬间意识到事情变得复杂了。

然而柴原却认为案件开始朝着简单的方向发展了。之前几天的调查工作主要围绕张睿斯本人展开，但因为死者没有留下足以证明其存在轻生念头的证据，工作并未取得令人满意的进展。反复进行着无用功让柴原伤透了脑筋。直到昨天下午，他看完尸检报告后心中才重新拾起对查出真相的信心。张睿斯怀孕的事情让柴原坚信案件有他杀的可能，只不过前几天的调查并没有针对死者生前和哪些男性交往过甚。柴原决定调整方向，重新开始排查线索。

“你还不知道这件事吗？”

关月青一个劲儿地摇头。

“也对，这种情况家属都不大愿意张扬。”

“你觉得她是自杀吗？”关月青问。

“还不确定。虽然看上去是自杀，但至今也没有令人信服的确凿证据，所以有必要考虑他杀的可能。”

“那凶手会是学校的学生？”

“也不一定，社会上的人也有可能。”也就是说目前嫌疑人的范围相当广。

“对不起。”

现在，关月青彻底明白一开始柴原那些问题的用意了。

“我是不是问得太多了。”

“还好。倒也没什么。”柴原调整了一下坐姿，“直说吧，我觉得嫌疑人应该就在学校里，那天上实验课的人都是嫌疑比较大的。”

“真的吗？”

“在上课时间学校有可能有外人进入吗？”

“应该可以吧，学生家长都可以进来的。”关月青说。

“如果有人隐瞒身份，比如谎称是学生家长呢？”

“确实会有这种可能。”

“那么可以不备案登记就进来吗？”

“那就难了。”

虽然没有十分把握，但印象中自己上学时，外人想要进入学校都会被传达室的保安询问一番，现在的中学管理应该不会不如从前。

“外人进来也会留下痕迹，那天没人来过。因此，稍做分析就会发现还是校内人员有嫌疑，尤其是那天在实验楼的人最有机会实施谋杀。”

关月青的脑海中浮现出班上学生的面孔，不论是谁都很难让人将之跟嫌疑人联系到一起。身边发生谋杀，这真是太可怕了。

“我不知道是谁。”末了，关月青只能以这句话回应柴原。

柴原把手册向前翻了几页，浏览了一遍上面的内容，抬起头问关月青：“事发那天，你说是下午四点三十五分发现张睿斯不见的，然后出去找她。对吧？”

“是。”

“课间休息是从四点开始的，那么从四点钟到四点三十五分之间都有谁离开过实验室，务必仔细回忆一下。”

“太多了，几乎都出去过。”这根本就不用仔细回忆，因为就算仔细回忆也没办法，听到下课铃离开教室是再正常不过的事了，要说有印象的不如说是留在实验室里的学生。

“真是麻烦。”柴原在想万一真有必要，调查每个学生也可以。

“不过，四点十五分就上课了，那之后没人再离开过实验室。”

“你确定吗，会不会有偷偷溜出去的学生？”

关月青回忆着上课时的情景。“除了张睿斯，大家全都在实验室，我当时给每个实验组发试管，记得很清楚。”

柴原皱起眉头。“既然这样，有没有谁回来得特别晚呢，或者说谁第一个就出去，却是最后一个回来的？”

关月青沉思了片刻，最后摇了摇头。

“如果一个人忽然走进教室，就算是下课时间也会给人留下印象。务必再努力回忆回忆。”

“最后回来的几个学生，不是一个人，一般下课之后学生们都是结伴出去的，而且我记得这几个人离开教室时也比较晚。上课铃声响起的时候他们就已经回到各自的座位了，没有人在实验室里走动，更别提是进去了。”

“不对，肯定还有人在外面，只是你没注意罢了。”

看来，柴原是不会轻易改变自己的判断的。

“对不起，我好像有件事情没和你说。”关月青若有所思的样子吸引了柴原的目光。

“上课之后我倒是出去了一趟。”

“你去干什么了？”

“停电了，实验仪器需要用电，我得去查看电路。”

“你之前为什么不告诉我？”柴原的声音听起来有些不快。

“你没问过我啊。”关月青一脸无辜的表情。

“后来呢，你修好了？”

“我请我那位同事修的。”

“也就是说你们都离开实验室了？”

“是的。”

“多长时间？”

“大概有十来分钟。”关月青想了想说。

刚一听说关月青还有事情没有告知时，柴原心里的确有所期待，不管是不是这段时间给凶手创造了作案的可能，都有必要重现梳理一下案发当天的时间线，也许就能发现什么新的线索。

“既然这样，我们就从头开始。”柴原一挥手，“把那天从下课到发现尸体这期间内发生的所有事情，不论大小，只要你知道的全部说出来，这次不能再有遗漏。”

按照柴原的要求，关月青把当时的经过一点不落地描述了一遍，有几次对方要求一定要回忆起准确的时间，她也尽力做到了。

柴原一边听一边记录，根据这次的陈述，一个新的时间表整理了出来，大致如下：

4:00　关月青提前下课

4:15　第二节实验课开始，魏立行把离心机送来，随后关月青发现停电，离开实验室，检查电闸箱

4:25　闭合电闸，关月青和魏立行回到各自实验室

4:35　发现张睿斯不在实验室，出去寻找

4:45　发现休息室的人影

4:55　进入休息室，确认死者是张睿斯

“你觉得在你出去检查电路的十分钟里会不会有人偷偷离开实验室？”柴原看着手册说。

“不可能，电闸箱在右翼的墙上，那个位置不仅能看到休息室，右翼走廊上有什么动静也能注意到。如果有人出来我一定能发现。”

“所以你认为这十分钟里什么事都没发生吗？”柴原再次谨慎地确认。

“我觉得是这样。”

柴原之前的推理是，嫌疑人先令死者服下毒药伪装成自杀的样子，再将现场布置成密室。谋杀和伪造现场的工作在下课时间内可以完成，但布置密室就不行，要反锁上门，还要迅速远离现场。最理想的犯罪时间当然是上课后，不然会有被人发现的可能。

凶手不会冒险在人来人往的下课时间行动，纵观时间表也只有四点十五分之后到发现尸体之间的这二十分钟是最佳时间段，然而关月青的证言却让一切都不成立了。

柴原阴沉着脸，一句话也不说，过了一会儿，他问：“你确定当时门是锁起来的？有没有可能只是被门挡卡住了？”

“应该不会，那样的话又怎么把门打开呢。”

“趁你不注意的时候把门挡拿开，再假装用钥匙开门？”

“这样的话，那谁能做到呢？那我的同事不就成了……”顺着柴原的逻辑，关月青得出了难以置信的结论。

“我只是提出了一种假设，也许凶手采取了别的方法。”柴原说，“当时是你在门外，所以只有靠你的印象了，有没有发现反常的地方呢？”

“门是真的锁起来了。”

关月青当时使劲推拉过门把手，门闩牢牢锁住门的感觉绝对不会错的。因为太用力，手都有些疼了。

“房间里没有别人了吗？”柴原想起来休息室的门是向里开的。

“你是说有人藏在里面？”关月青问。

“有没有可能？”

“房间里没有能躲藏的地方。”

“门后面呢？”

“藏不住的，我们进去之后只有我去拿手机时离开了一会儿，我同事一直在房间守着，凶手没有逃走的机会。”

人藏在门后再伺机出去的做法侥幸成分太高了，柴原也只是想想而已，凶手没有十足把握不会采用这么大胆的方法。可是，如果凶手就是魏立行放走的呢？

“门上有磨砂玻璃能显出影子，如果我转身出去一定能看出来门后面有没有人。”

存在共犯这一点柴原已经考虑过了，但是这些日子调查的结果显示，在事发的那段时间里，学校没有外人进来，其他班级没有学生缺课，老师要么在上课，要么在办公室。仿佛是谁都在和那幢实验楼保持距离似的，没人有机会参与进来，唯一的可能就只有提前埋伏好了。柴原带着最后的可能进行求证，可还是被关月青否定了，始终找不到突破点太令人懊恼了。

“我同事也不可能参与这件事，他没时间杀人。”

“我知道。张睿斯是在这之前死的，四点十五分之后的工作是伪造现场，我们现在解决这个问题。”

“怎么伪造？”

“做成密室。具体的手法，现在还不知道。”

“密室”这个词对关月青来说倒不陌生，但现实中的密室她一个都没见过。

“也许就是外面的人用钥匙反锁了。”关月青说。

“我的同事调查过，市里的锁匠没有人配过休息室的钥匙，传达室那里的备用钥匙也没有外借的记录。也就是说能用的钥匙就只有你们当天借出的那一把，凶手要锁门就只能用那个。”

不仅无法从钥匙上追查出有用的信息，柴原的同事已经到市内几家化学机构进行过调查，但氰化物的来源至今也还是未知数。

普通人能想到的，警察肯定早就想到了。关月青后悔自己多言，但她忽然想到了另一个问题。

“我想问一下，一般警察是不会随便透露工作内容的，为什么你对我不避讳？”

柴原抬起眼皮看了眼这位年轻女老师，说：“说了的都是不重要的，关键信息肯定不会让你知道。况且，你不可能和这件事有关。让你了解一下事情的进展说不定能提供重要的线索。”

“哦。”关月青笑着点点头。

柴原又埋头于手册中，并没有要进一步解释的意思，关月青只好继续问下去。

“为什么这么肯定我和案件无关，是背后调查我了吗，我很好奇。”

“你才来这所学校，和这里的人和事都没有纠葛。另外，你是女的，不可能让死者怀孕。”

“原来如此。”

一个对案件穷追不舍，介意各种细节的警察将自己的嫌疑排除，关月青其实是意外大过惊喜。她发现这个警察也不是不近人情、捉摸不透的人。

“关于密室，或许还有另一种可能。”女教师挺了挺腰板继续说，“请问当时休息室里面的那把钥匙放在哪儿了？”

“在死者口袋里。”

“上衣还是裤子？”关月青追问。

柴原迟疑了一会儿，说：“上衣。”

“凶手大概是杀害张睿斯之后，先躲在房间里，用线穿过钥匙扣上的铁圈，然后用双股线穿过张睿斯的上衣口袋，等到实验课开始时就悄悄出来，锁好门，从门缝下面收线，把钥匙送回到衣服口袋里，再把线抽回，密室就完成了。”

说完以后，关月青一点得意地看着柴原，好像在等着老师嘉许的学生。

“不行。”柴原予以否定。

“是因为现实中无法实现吗？钥匙不可能顺利进入口袋？”

“不。能进去。校服上衣的口袋很宽大。”

“那是为什么呢？”关月青问。

“然后呢，凶手去哪儿了？”

“走了，反正我们在上课，他可以自由行动。”

“这才是问题。你想说嫌疑人来自其他班级吗，那天有实验课的班级已经都调查过了，虽然是不同科目，但案发时间里全部在老老实实地做实验，也就是说有不在场证明。校外人员更不可能了，那段时间没人进出学校，这也已经和传达室的保安确认过了。”

“怎么会……”关月青小声说。

“如果这是他杀，嫌疑人是在你们那层的。”

“可是，密室是怎么形成的呢？”

关于密室手法的问题，柴原也没有主意。在死者的身上和现场都没有发现类似机关的痕迹。因此，他才决定放弃密室这个突破口，转而以不在场证明为切入口，锁定嫌疑人。现在却连这条路也越走越艰难了。

其实，柴原也考虑过关月青提出的密室手法，以沙发到门的距离少说也有三米。柴原蹲在门外收线，最快也花了十几秒，在人来人往的时刻布置密室风险太高，从心理上讲，凶手是不会冒险的。

“所以才要调查。”

“结果好像越说越像自杀了。”关月青开始泄气了。

“其实，我原本还希望从你这里找出有用的线索。”

“我是个外行啊……”

柴原盯着她看了两三秒，忽然讥笑了一声。“凭直觉就行，你认为现场有什么不对劲儿的地方吗？”

“不对劲儿的……”关月青微微皱起眉头，“没发现什么。”

之前关月青指出了现场的不和谐之处，柴原对这位女老师可谓是刮目相看，但现在看来是不能指望她的灵光一现了。

“还有一件事。”柴原说，“请问广玉兰树在这所学校里有什么特殊的意义吗？”

“啊？”

“学校里到处都是吧。”柴原扬起手臂朝窗外指了指。

“要有什么意义吗？”关月青似乎是被柴原问晕了。

“比如说在学生之间流传的说法，寓意什么的。”

关月青茫然地摇了摇头。

“那些树是什么时候种的？”

“不知道，我来的时候就在了。这也和案件有关系吗？”

“只是随便问问。”柴原淡淡地说。

关月青一点儿都不信。

忽然，她猛地抬起头。“我想起来了，那天确实有件挺奇怪的事情。”

“是什么？”柴原急切地问。

“也不是什么大事儿，就是我们开门进入之后发现里面有几只蜜蜂在飞。”

“蜜蜂？”柴原皱着眉不解地看着关月青。

“是。”

“有多少？”

“几只而已，绝没有超过十只。”

在当时的情况下，关月青已经没有心情去数了，只是在十几平方米的休息室里那些蜜蜂显得非常碍眼，还伴着阵阵的蜂鸣。

“后来我们的人到达现场后并没有看见蜜蜂。”柴原说。

“应该是飞走了。”

“应该？”

“我出去拿手机了，再回到那里时已经没有蜜蜂了。”

“你出去的时候，你同事一直留在现场对吧？”

“嗯。”

蜜蜂很可能是那团花瓣引来的，柴原想，但是这依旧不能解释张睿斯手握花瓣的行为。越是想要深入了解就有越多不合常理的事情冒出来，张睿斯的死不仅有不明朗的地方，连现场也存在诸多不合常理的现象。这种感觉一开始就有，现在这种体会也越来越真实了。这些细节和案件有没有关系呢？如果有，它们就像是散落的拼图块，该如何拼起来才能让真相完整呈现呢？

现在还有一个问题没有答案，张睿斯的孩子是谁的，如果知道孩子的爸爸是谁是不是就能知道死亡的原因了？直觉告诉柴原这将是个不错的突破口，但也是异常艰难的。怀孕的事连张睿斯的父母都感到震惊，外人就更不可能知情了，该从何查起呢？

无从下手是柴原从一开始就有的感觉，现在这种感觉蔓延到了案件的各个角落。

在询问的最后，柴原要求关月青对谈话内容全部保密，并留下了电话号码给她。如果有新的发现，柴原希望关月青能第一时间联系他。接着他又分别和事发当天最后回到实验室的几个学生进行了交谈，整个过程关月青都在一旁默默听着。学生提供的信息与关月青所说的基本一致，四点十五分之后再无人进出实验室了。

柴原来学校之前还是抱有一定希望的，可是旧的问题没解决，还多出了新的疑点，他现在清晰地感觉到心中的郁闷了。

从接待室出来，柴原没有立即离开。他沿着空中回廊向实验楼走去，休息室被封了，可是柴原认为有必要将整个楼层的情况再仔细确认一遍。

3

第三支烟抽到一半的时候，学校附近已经没有什么人了，连几分钟前逗留等人的那几个学生也骑车离开了，站在街对面便利店门外的魏立行仍不时向校门的方向张望。隔着黑色的铁栅栏，他看见一个熟悉的身影从灰白色的教学楼中款款走出。魏立行把烟扔在地上，踩灭，在车流的缝隙中穿过马路，朝着学校的方向走过去。

即使跟在后面对方也没察觉，在离关月青一步之遥的身后，魏立行开口道：

“才忙完吗？”

关月青应声回头，一看是魏立行便放慢了脚步。

“刚才有些事情需要处理。”

“学生吗？”魏立行问。

关月青挤出一个微笑。“被你说中了。”

说是关于学生的事也不尽然。因为柴原突然到访，关月青不得不和别的老师倒课。原本分散于全天的课程最终全部改在了下午，连续四个多小时的课，关月青小腿都肿了起来，放学后她在办公室休息了好一会儿才恢复过来。这期间当然有晚走的学生拿着习题过来请教，关月青只好耐心讲解，没想到时间一晃就过了半个多小时。

若不是担心王珺以后问起，她才不会承担起打探的工作。现在关月青竟然有些后悔了，要是没有这些杂事，她应该早就下班了。

“他们最近也开始变得积极起来了。”魏立行笑着说。

“可能是快到期末考试了吧。”

“是因为现在学的内容太难了。”

“不只是难，临近期末课程也变密集了。”

“是啊，光是下午我就上了四节课。”

说起会考，关月青更关心的是成绩：“什么时候公布结果？”

“应该这周末就能见到了。以前都是一周出成绩，会考阅卷很快的。”

其实，关月青并不是真的在意具体分数。对她来说，这次的成绩已经和会考这件事没什么关系了，她更想通过严格的考核对学生的水平有个大概的了解。

因为下班时间比平时晚了很多，现在正好赶在路上最拥堵的时候，在他们一侧就是慢慢蠕动的车流。并肩走了一小段路，再往前就是关月青等车的地方了。

魏立行说：“一起吃晚饭吧。”

“嗯……好啊。”关月青应允道。

“一起吃饭”听上去像是随口一说，可关月青心里明白，魏立行的潜台词应是：希望今晚得到你的答复。

上一次，两人从咖喱店出来的傍晚，魏立行表达了他内心对关月青的好感。看着一脸真诚的昔日同学，关月青毫无准备，她没有当即做出回应，希望能够考虑几天。

因此，今天便绝没有拒绝人家的理由了。

“吃什么好呢？”魏立行关心地问。

“还是你来决定吧。”不知为何，关月青预感魏立行早就有打算了。

“那好。”

魏立行推荐了一家小有名气的港式茶餐厅，就是离学校有段距离。两人坐上出租车，车子开了大约四十分钟终于抵达。

“如果不是堵车的话还能快一些。”魏立行看着后面的车流说。

下了车，魏立行走在前面，前方一张不起眼的招牌下就是餐厅的大门了。一进入饭店前厅，就有看似大堂经理的年轻男人走上前来，在他的引领下两人来到餐区。

和外面低调的装饰不同，饭店内处处流露出浓郁的中式风格，令人可以感受到装潢的用心。这里差不多已经坐了四成人，大都是年轻的上班族，有少数学生模样的，总之都是年轻人。

关月青挑了一张位置相对安静的双人座，坐下后不禁再度欣赏起周围的环境来。餐区特意设计成回廊的样子，在中间位置有一块小型的鱼池，里面养着几条锦鲤。

“怎么样，很有特色吧。”魏立行稍显得意地说。

“这里设计得倒是挺用心。”

这时，服务员送来了菜单。关月青只要了碗馄饨面，魏立行自己点了牛腩面，另外又加了份榴莲酥。没多久，服务员就上餐了。

“今天，”魏立行说，“那个叫柴原的警察问了我实验那天的情况。”

“我知道。他先来找的我。”

“我猜也是，不可能只问我。”

魏立行夹起一块牛腩。

“不过没什么，毕竟我一直在班里，那么多学生都能做证，他简单问了问就结束了。不过他问我有没有看见可疑的人我还是挺意外的。”

被柴原如此盘问时，魏立行马上反应过来这是针对排查嫌疑人而进行的调查。

关月青叫来服务员，又要了两杯冰可乐。

“你看见了吗，可疑的人？”不知为什么，关月青也开始关心起这件事来。

“一个都没有。”

实验那天，魏立行并没有像关月青那样允许早下课，所以柴原划定的四点至四点十五分这个时间范围内，真正属于学生活动的时间只有十分钟，也就是四点五分至四点十五之间的下课时间。在这期间，魏立行先是监督实验，下课后则带领学生去归还显微镜，整个过程都没有发现可疑的人或事。

这样的回答让柴原一度产生动摇，要将凶手作案的时间缩减至四点至四点五分的五分钟内。然而考量之前掌握的信息似乎意味着张睿斯就是自杀而死，这与柴原预期中的结果相悖。

“他是在怀疑凶手出自学生中间吗？”魏立行问。

“我哪知道，可能是吧。”

关月青想起柴原说过不能对外人泄露有关调查的谈话内容，可是转念一想，既然魏立行也是被问话的对象，保密与否也就不那么重要了。

“那他为什么要这么问呢，我觉得他问问题的方式和之前有了很大的不同。”

“或许是为了排除他杀的可能吧。”

“休息室是反锁着的，明眼人都能看出来这是自杀。”

关月青不置可否，低头吃着面。

“你还记得我们刚进去时屋子里有几只蜜蜂吗？”

“是有那么几只。”

“后来去哪儿了？”

“飞出去了，怎么了？”

“是你赶出去的吗？”

“当然了，咱们进去的时候我不也在往外轰吗。”

“为什么会有蜜蜂？”

“飞进去的吧。”

“蜜蜂会对尸体感兴趣？我不这么认为。”

“说不定张睿斯进去之前就在里面。”

“那她为什么不赶出去。”

“一心赴死的人不会在意外界的干扰。”

“那不见得，换作是我会更介意。”

“也许吧。”

关月青端起玻璃杯喝了口可乐。

“我总感觉那些蜜蜂不该出现在那间屋子里。”

“为什么？”

“它们不属于那里，就像是多余的事物。”

“是你多虑了。”感受到了同事忧虑的心情，魏立行立即开导。

“不，我这是最直观的感受。”

感受到对方的认真，魏立行也开始思考那天的事情。

“我当时也在，没觉得哪里不妥。”无论怎么看，魏立行也不觉得这是个问题。

“你觉得都很正常吗？”

“我们开门进去，屋子里的摆设都完整呈现在我们面前，没什么不正常的，所有物品各在其位。要说有不该出现的，就只有张睿斯才不属于那里。”

“这么说也对，可是……”

“别可是了。”魏立行打消了她的念头。

“我还是觉得要有存疑精神。”

“不会是怀疑蜜蜂吧，蜜蜂是不会杀人的。”

“当然不是这个意思。”关月青辩解道。

“那你在困扰什么？”

“没什么。”

关月青扫视了一眼别处，又开始吃馄饨。

“刚才说的只是我的主观感觉，不一定准。”

“要说怀疑，我也不是一点儿都没有。也许张睿斯留下了什么遗言，但是也有可能被藏起来了。”

“为什么要这么做？”

“故意追究学校的责任。”

这的确是个大胆的猜测，但是要想求证也很困难。

“如果真是这样，那么外人很难再找到遗书什么的，这不就成了……”

“死无对证。”魏立行说。

“那你觉得遗书是在哪呢，张睿斯死的时候带在身上，还是家里？我觉得带在身上不可能，警察到学校后应该检查过张睿斯身上的物品。”

“那就是家里。”

“既然放在家里那又为什么选择在学校自杀？”关月青意识到新的假设带来了新的疑问。

“我也正在想这个问题，也许是想表达什么。”

“是什么？”

“这就不好说了，可能答案在遗书里。”

“这样还是不能解释张睿斯的死。”

“是啊，无论哪个方向都没有合理的解释。”魏立行说，“那件事你能给我答复了吗？”

像是等待已久，魏立行生硬地把话题引入今晚的主题。

“我觉得，还是不要在一起了。”关月青低着头，仿佛是在跟馄饨说话似的。

“是嘛，那好吧。”魏立行继续吃着面条。

一问一答之后谁都没有说话，但关月青心里却无法平静。这种情况最好的回答是实话实说，虽然伤害对方感情已经是在所难免了，但至少应该由自己做出解释。

“是因为冼驹吗？”过了好一会儿，魏立行才打破相对无言的局面。

“当然不是！”

终于等来机会，关月青抬起头，表情极为严肃。

“我只是好奇才问的。就算是也没关系，不必紧张。”

“是真的与他无关。我非常清楚，只有翻过那一页才能让生活继续。不是无情，只是人不能为过去的事情牵绊。决定出来工作就是因为已经调整好状态了，不然我肯定还会在家休养。”

“这么做是对的。”

“我之前说过我没事儿了，那就是说明我真的没事儿了。”关月青点了下头。

“他当初怎么追的你？”

魏立行一边张望一边喝着冰可乐，右前方的一桌人正不知为什么大笑，他不禁多看了几眼。

“冼驹啊。”

“对啊，给我讲讲吧，我挺好奇的。”

“其实也没什么。”关月青说，“你还记得咱们系大三暑假时组织的那次野外实习吗？”

“在山里的那次？”

“嗯，就是那次。”

那时正值七月，系里安排了野外实习，这对刚刚结束期末考试的一群年轻人来说正是个放松的好机会。虽然是学习任务，可能够实地接触动植物样本总好过面对课本和标本。也就是那年夏天，魏立行已经开始着手自己的毕业设计了，他记得，为了不影响实验进度，自己早早就做好了携带样本参加实习的准备。

“听说咱们要去的山里每年夏天都会有好多萤火虫，出发之前大家就非常期待。后来到了驻地我们几个女生都在晚上进林区找过，可惜连一只萤火虫的影子都没见到，大家都挺失望的。”

“然后呢？”

那次野外实习对魏立行而言印象深刻，至今他还记得几天的调查中都采集到了什么样本，然而同一件事听别人从不同角度讲述，他也有点儿听得入迷了。

“后来一连几天都没发现萤火虫，我们也就有些心不在焉了。加上白天还要观察动植物，做记录什么的，萤火虫的事也没人再去关心了。”

“‘我们’是指你和别的女生吗？”

“我们班的几个。”

“你们晚上进林区胆子真是不小。”

“人多就不在乎了。”

“没遇上什么毒虫吧？”

“岂止！”回忆往事显然触及了关月青的兴奋点，她忽然来了精神，“为了不惊到那些小虫子，我们连手电都没带，只靠手机屏幕的光摸着黑走。第一天晚上还忘记带驱蚊水，被咬了一身的包。”

“没迷路回不来就是万幸。”

“我们白天做了记号。”关月青稍显得意。

“继续说，后来怎么样了？”魏立行催促着。

“实习第十天的晚上，冼驹约我出去，说是要送我礼物，我问是什么，他怎么也不肯说就让我跟着他往林子里走。走了好远，忽然看见前面黑暗中有绿色的光在移动，等到走过去时才看清是几十只萤火虫正在空中飞。”

“萤火虫？”

“嗯。”关月青说，“有几十只，你能想象吗？”

“有那么多吗？”

“应该更多，几十只只是在眼前的，远处和天上也有。”

“天上？”

“也就树梢那么高。”

那天晚上，关月青跟着冼驹已经走出驻地好远，树林里漆黑一片，黑暗中绿色的光飘忽不定，飞虫聚集的地方隐约映出了树的影子，影影绰绰的梦幻画面令关月青难以忘怀。

“萤火虫是哪里来的？”

“他捉的。”

“在哪儿捉的，捉了这么多？”

“应该就是附近。”

“可是如果附近有你们不早就看到了吗？”

“所以后来我想我们之所以没看见应该是被他捉去了。”

“他告诉你的？”

“好像是。”

其实关于萤火虫的事关月青也不是非常了解，当时自己太兴奋，根本顾不上问这问那。别说问了，明明都惊讶得说不出话了。

“后来他又提起过这件事吗？”

“没有。”

“原来如此。”

魏立行失神地盯着桌子，像是陷入了沉思。

“然后呢，你答应做他女朋友了？”

“本来就很聊得来，只是从来没往那方面想。为了让我高兴愿意去捉萤火虫的确让我很感动，他这么用心我觉得可以交往着试试。当时就是这么想的。”

时隔多年，再度回味这些恋爱中的事，关月青的语气里也依然浸透着可爱的气息。

“明白了。”魏立行说，“那后来呢，他是因为什么去世的？”

“车祸，我也在场。”

“你不要紧吧，没听你说起过。”

“我觉得没什么值得提的。”

“所以你才在家休养？”

“其实身体没有什么大碍，很快就恢复了，就是精神上一直不太好。”

“严重吗？”

“就是一时接受不了他去世的事。就算是知道事实无法改变，可是心理上就是不愿意接受。整天恍恍惚惚的，不停地想为什么是他，为什么偏偏让我遇上这种事儿。就在这个问题上钻牛角尖儿，越陷越深，好像钻进了死胡同，走不出去也不愿回头。”

一味沉迷过往，不敢面对现实，那时候的关月青是陷入了无法自救的困境。

“当时是他在开车？”

“我们本来是要出去玩儿的，但是被撞了。”

“是侧撞？”魏立行问。

关月青点了点头。魏立行的猜测得到了印证。

“难为你了。”

“已经没事了。”

魏立行挑起一筷子面条送到嘴里。时间太久，汤凉了，面也坨了，口感变差了很多。

“遭遇不幸时人总是本能地问为什么是自己，我失去研究生资格的时候也是。”

“你那只是运气不好。”

“有什么区别吗，难道你运气好？”

“我不是这意思。”

“你是在安慰我？不用。过去那么多年，我也一样不会介意了。”

关月青只是不希望同学用自己的遭遇安慰别人，没想到却弄巧成拙了。

“要说都是命中注定也不科学，可是最后把一切归结于运气的话好歹接受起来比较容易。”

“哪有什么命中注定。人总是把无力改变的事情说成是命中注定，这其实是自欺欺人的做法。”魏立行说得有些激动，“人做任何事情都应该拼尽全力才对，这样万一失败的话也好说是运气不佳造成的。可惜大多数情况人们根本就没努力到那个程度吧，因为自身的各种疏忽大意才导致了不可挽回的结果。”

“啊？”

“不是吗？”

“这……”

“我现在就觉得是。”

话题已经是越偏越远了，关月青并不能理解魏立行说话的意思，但还是听得出他正因为不能追求自己而懊恼。既然说什么都不能安抚对方的心情，自己现在最明智的做法就是赶紧闭上嘴。

但是不管怎样，关月青并不为直截了当地拒绝感到后悔。这种事还是快刀斩乱麻为上，如果抱着“还能做朋友”的态度继续给对方传递好感，万一被会错意将来更麻烦。

就算表面看上去若无其事，可是遭到心仪的人拒绝任谁心里都不会好受。也许说起以前的事情就是个错误，从一开始就该回避魏立行的问题。明明是自己都已经释怀的旧事现在又何必拿出来和第三人分享，关月青在心里埋怨自己。

“要不要做个测试？”见关月青沉默了好久，魏立行主动和她说话。

“什么测试？”

魏立行并不回答，只是默默地从包里拿出一包面纸，抽出一张，铺展平了放到关月青跟前。

"在上面写冼驹的名字，用手指就行。"

"这是要干吗？"关月青不解地问。

"别问这么多了，快写吧。"

关月青将信将疑地照办，心里却更加好奇他究竟会变出什么花样儿。

魏立行将双层的面纸一分为二，分别对边连折了三次，接着有条不紊地将两张薄纸认真撕成了十六个窄条。魏立行拿起其中一个纸条慢慢捻成一条细纸绳，剩下的也全部如法炮制。

做完准备工作，魏立行把十六条白色纸绳拢成一拢，握住中间的部分，伸到关月青面前，说："任意选两个打上结，全都这么系上。"

"死结还是活结？"

"看你喜好，不过死结的话更结实。"

关月青小心翼翼地捏住细细的线绳，很快就两两成对系上了死结。魏立行翻过手腕，示意另一边也要照着做。没花什么工夫，关月青也做完了。

"看看是什么结果吧。"

魏立行松开手，只提着其中一段在空中抖了几下，两个连在一起的绳环便魔术般地呈现在关月青面前。

"真有意思！"

因为并不知晓其中奥妙，即便是出自自己之手，关月青还是感到十分惊讶，忍不住发出一声赞叹。

"要是一个大圆环，说明你们就是命中注定在一起。不过，这个结果就代表你们缘分不够。"

"这还有说法啊？"

“当然有。既然你相信命中注定，那么这个结果怎么样？”

“我说过了我可以坦然接受。”

魏立行轻轻一笑。“小孩子的玩意儿，别当真。”

“我都没玩儿过。”关月青微微嘟起嘴唇。

“都说了别当真啊，人是不能编织命运的，只能去开拓。”

“还能再来一次吗？”

“你不行了。如果再试一次的话，”魏立行说，“这次你帮我。”

魏立行再次抽出一张纸巾，手指在上面快速写起来。

关月青安静注视着他熟练的动作，然后帮忙握住那些捻好的纸绳。虽然男生手指比较粗，魏立行却以极大的耐心打好每一个绳结，那专注的神态仿佛是在进行外科缝合手术。

如同揭晓魔术的结局，魏立行系上最后一个结后，关月青马上把一团纠缠在一起的纸绳在空中自然地垂下来。这一次，是连在一起的三个绳环。

周蓓推开咖啡店的门，挂在门口的风铃发出了悦耳的声音。吧台内的服务员认出是她后立即奉上亲切的笑容。

“先等会儿，一会儿还有个朋友过来。”周蓓对服务员说。

这家店虽然位置不起眼，但是经营的手冲咖啡在圈子里小有名气，名声传开后很快就受到了中青年群体的追捧。周蓓年前第一次光顾时就被店内的气氛深深吸引，打那之后变成了常客。

店里没什么人，在之前常坐的位置坐下后，周蓓拿出了化妆镜。现在离约定的时间还有几分钟，她想再补补妆。

本来她是不想再和学生的死扯上什么关系了，可是一想到自己可能会被怀疑还是有些许不安。要来了警察的电话也不能贸然询问，正好今天下午意外发现的事情让她隐约意识到某种可能性，没多想，周蓓果断拨打了那个号码。

约定的时间是晚上七点半，这是柴原提出来的。为此，下班后周蓓先在商场消磨时间，约莫着差不多了才不紧不慢地往这边走。

若是在平时，身为女人的她一定会故意迟到几分钟。男人看着自己姗姗来迟时露出的喜悦神色总能让她获得一点小小的满足。不过，既然今天见的是警察，还是算了。

左右端详镜中的脸庞，每一个角度都令人满意。周蓓又抚了抚上翘的发梢，合上了镜子。

柴原就是在这时候走进店里的，周蓓看见他站在门口张望，立刻扬起脸大声说："在这里。"

咖啡店里的灯光很暗，又是复古的欧式装饰，柴原有种别样的感觉。坐在周蓓对面，他看了看周围，可能还是晚饭时间，来这消遣的顾客不多，但坐在中心区域也太显眼了。

"是什么事？"柴原问。

"先要喝的吧。"

"我喝白水。你点自己的就行。"柴原还是那么直来直去。

"这家的咖啡真的不错，不尝尝吗？"

"不习惯喝。"

周蓓无趣地撇撇嘴，不再推荐，只为自己要了一杯摩卡咖啡。

"你在电话里说有事是指什么？"等服务员离开，柴原就问。

"其实我也不太确定，但我觉得还是告诉你比较保险。"

傍晚快要下班的时候，柴原接到了周蓓的电话。在电话里她只是神秘兮兮地说"还是见面再说更好"，即使柴原再问，她也只是说电话里不方便讲。

周蓓从花哨的包包中拿出一本书交给柴原，那是韩立洋的作业本。

“政治练习册。”柴原对着封面的字说。

“对。”

“有什么问题吗？”柴原已经一目十行地翻起来。

“空白的地方有不少随手写的东西。”

“嗯，也有画的图案。”柴原说。可这并不能说明什么，以前调查时就发现了同样的情况。

“往前翻，有一页我折了角。”

依照提示，柴原翻到了那一页，果然在不起眼的位置上同样有随手写下的字迹。

“她为什么没有走进医院？”柴原不自觉念了出来。

“你也注意到了。”

“因为这句最长。”

如柴原所说，除了这句还算是有表述意义的句子，其他都不过是些短语、单词之类的。

“没错，所以才值得注意。”

柴原又默念了几遍，但并没有体会出特别的意义。

“这是你新发现的吗？”

“是今天刚看见。”周蓓解释道，“因为在办公室，所以我觉得还是见面说更好。”

“这是怎么回事儿，你去韩立洋家了？”

“那男生死了以后他家长来整理过他的遗物，可是有的作业和试卷还在老师这边，前几天学校通知年级里的老师谁手里有韩立洋的东西就找出来统一还回去。”

“这只是政治作业，最好还有其他的。”

“不是拜托你帮我还书。”周蓓纠正道，“其他的应该都已经还回去了，至少也都在班主任那里。但这本不一样，这个一直在政治老师那里。”

“为什么？”柴原抬起头。

服务员这时送来了咖啡和水，跟周蓓寒暄了几句就离开了。

“我也不知道，不过这本练习册好像一直压在政治老师的作业堆下面。”

“你是怎么知道这些的？”

“我这也剩下几份语文卷子，下午准备交上去。因为政治老师这几天都不见人，年级里让我帮忙找找有没有遗漏的东西。”

周蓓喝了口咖啡，沾在嘴唇上的奶油因为唇膏的颜色看上去微微发粉。

“我就是习惯性地翻了翻，没想到看见了那行字。”

“你觉得这句话有问题？”

“我在意的是为什么会用女字旁的‘她’。可能是工作的关系，我就是喜欢咬文嚼字。”周蓓甩了甩头发。

“你的意思是？”柴原握着玻璃杯喝了口水。

“会不会和这次死的女生有关系？”

这种可能不是没有，柴原看见那行字时自然而然就想到了张睿斯，发现可疑的线索就会不由自主地和案件进行联想，这已经是最近的思维惯性了。可是，在没有直接证据的情况下这么推断未免又草木皆兵。这只是韩立洋生前信手写下的无意义的文字，或者是抄写的课文内容也说不定，有很多种可能。

“不能因为一行字就下结论。”

“但还是会让人往那方面联想。”周蓓道出了柴原的心结。

“你为什么会这么想，我从没说过这就是谋杀。”

“看你去学校这么多次就知道了，这件事不会那么简单。”

“我说过那只是去了解基本的情况。”

“也行，反正我不懂你们的工作。你怎么说都可以，但是学校这边也是有自己的想法的。”

“我以为学校只想尽快让事情过去呢。”

“这个不用学校操心，现在课程很紧，用不了多久大家都会淡忘的。”周蓓说，“但是，这次连校长也觉得有可能是存在凶手了。”

“校长知道什么吗？”

“她查过上周的课表，事发时没有课的老师嫌疑比较大。”

这称不上是什么重大发现，柴原现在每天做的就是调查所有人不在场证明。

“有谁的嫌疑比较大吗？”

“这我就不知道了，你们那边已经有眉目了吗？”

柴原笑了一下。

到底有还是没有呢？周蓓十分想知道答案。第一次和柴原谈话时她就注意到了，她说老师不可能故意做出这种事，柴原没有表现出反对的样子，甚至当自己说只是感觉同事之间很和气这种无稽的理由，柴原也没觉得可笑。这真的是已经认定了案件存在嫌疑人的警察吗？

关月青那天对自己说的话是真的吗？

“是出于保密原则不愿意和我说吗？”

“的确是不能随便透露。不过，就这次的事来说，还没有什么值得透露的信息。”

“不是说在现场发现了香水的痕迹吗？”哪怕直接问也无妨，周蓓不想再试探了。

“这是谁说的？”柴原很不理解。

“我也不知道。”周蓓笑着回答，“只是偶然间听到了这种说法而已。”

“即便是谣言也应该有个源头。”

“那我就真不知道了。”

现在周蓓基本确定关月青的话只是虚张声势了，但她为什么要这么说呢。当自己从校长室出来时她明明刚走上楼梯，一定还有别的原因让她故意骗自己。难道说是在走廊上说的那番话出现了破绽？

“这个我能带走吗？”柴原晃了晃练习册，打断了周蓓的思绪。

“不行，这个要还给学生家里，而且别人并不知道我带给你看，你也得理解我。不行的话我们去复印一份。”

柴原没说什么，又翻了翻练习册，最后用手机对着他认为重要的几页拍了照片。

“这样就行了。”

“你要着手调查这个吗？”周蓓一边喝咖啡一边问。

“不一定，但我总得留几张照片。”

周蓓一听就笑了起来：“可你刚看见时还和我说不能因为一句话就下结论，其实你心里已经重视这个线索了。”

韩立洋留下的文字是否和张睿斯有关，这一点还待定。柴原对比了练习册上的笔迹，的确是韩立洋的字，但这还不够。练习册既然是要交给老师批阅，学生怎么会明目张胆地在上面乱写？这不是自己用的笔记本，书写的时间又是何时，这些问题不弄清楚谈线索就为时尚早。

“你那天问我礼拜五下午谁在办公室，我没法回答你，但我昨天忽然想起来政治老师应该在，而且他不到放学时还离开过。”

“怎么那天不说？”

“我也是看到这行字才想到的，我不明白为什么一份作业要压在角落迟迟不交出来。如果硬要说存在某种理由，会不会说明和学生的死有关。我坐的位置确实看不见办公室全貌，但我能看见门，有谁进出还是有点儿印象的。我记得四点左右政治老师出去过。”

“四点前？”这和摄像中背影出现的时间差不多。

“好像是。”

“是离开学校了？”柴原问。

“也有可能是去上课，但我没看到他是不是拿了课本。”

“他那天下午没有课。”

“你怎么知道？”

“就是碰巧知道了。”柴原答道。现在他迫切想要尽早见到这个政治老师了。

4

柴原坐在史磊的位子上有半节课时间，终于等到下课铃响起，他将视线移到办公室门口，一刻不离地等待史磊出现。很快，一个男人迈着大步走进来，两个人的视线很自然地撞在了一起。

史磊发现有人坐在自己的位子上并不意外，虽然不知道柴原的名字，但他对这个警察还是有一点印象的。

若无其事地走过去放好教材，史磊拿起水杯喝了几口。魏立行上课还没回来，警察愿意坐在这等也无妨。反正自己准备下班了。

“您坐着就可以了。”说着，史磊就开始收拾桌子上的东西。

“要出去吗？”柴原抬起头问。

“是啊。”史磊干脆地答道。

“还没到下班时间。”

“有点儿事情要办。”

史磊低着头，不曾看柴原一眼，把需要的材料、烟、火机之类的东西一一放进背包。在旁边准备着讲义的马震却终于坐不住了，他忍不住提醒史磊：“警察是来找你的。”

“哎？”史磊似乎明白了什么，旋即做出诧异又茫然的表情，“找我干什么啊？”

“你这是要去哪里？”柴原问，“我来只是想了解一下上周五的事情。”

“您是想在这问我吗？课上完了，我准备走了。”

警察都找上门了就不能把人家视为空气，可是既然不是为了自己而来，史磊不希望被人牵着鼻子走。他一只手搭在包上，好像随时就要抓起来走人的样子。柴原要是识趣，最好是跟上来边走边聊。

“在哪里谈不重要，既然你准备走了，咱们换个地方也行。”柴原站起来，“但是时间不能改，我等你已经有一段时间了。”

史磊背上包，笑着说：“那就一块儿走吧。”

柴原记得课表上的时间，大约半小时前就到了学校。来到办公室后，他先向马震确认了史磊正在上课的事情，心里就有了谱，只要守株待兔就可以见到这位政治老师了。

不想被人看到和警察走在一起，史磊脚下尽量走得快些，但让人受不了的是柴原在楼道里还貌似关心地问这问那，史磊一边简单敷衍着，一边越走越快，想方设法和柴原拉开些距离。

“平时下班以后都做些什么，是回家还是？”

从教学楼出来，史磊总算松了口气，柴原的问题却还在继续。

“不一定，可能在外面转转，约人一起吃饭什么的。”

“今天呢？”

“还没想好。”史磊说，“你们呢，现在这是不是属于工作？”

“嗯。”

“学校不太安宁，你们辛苦啦。”

柴原苦笑，他第一次听到有老师承认学校不安宁。

“没事儿的话我也不愿意来。”

因为离放学时间还早，只有校门旁边的小门开着，史磊率先走了出去，然后站在门口的便道上笑着回看柴原。可是，那目光中的玩赏意味让柴原很反感。

身材结实的柴原从狭窄偏门出来后，史磊就问他：“您打算去哪里？”

“适合谈话的地方就行，我倒是好奇你平时下班后的生活内容。让我见识一下吧。”

“只是偶尔会放松放松，没什么大不了。”

“周边一定有能坐下聊天的地方。”

“可能环境有点儿乱，您不介意的话我是无所谓。”

史磊带去的地方就是市内一处时尚热闹的商业区，除了卖场，周边的娱乐餐饮店很丰富，是年轻人社交的一大据点。

从学校乘出租车大约十分钟就到了，史磊驻足在马路边，张望着附近的商场大楼。这一带主题卖场林立，超大的电子屏上放着时下流行的广告，吸引着往来路人的眼球。

史磊似乎是在考虑今天该如何消遣，嘴角不禁泛起笑容。

“你总是这么高兴吗？”柴原问。

“什么？”

“你看起来很高兴。”

“下班了就不用板着个脸。”

“你在学校的时候也很放松。别的老师都很严肃，总有忙不完的事情，你就不一样了。”

“我的课程比他们的简单。本来课时就不多，又不是必考的内容，盲目比较对我可不公平。”

“我们现在要去哪儿？”柴原催问。

“还没想好。”史磊原本是要去银行的，如果在柴原这耽误时间，那么回到家在网上解决也可以，只是现在就真的没什么计划了。

“有警察跟着你也不在乎吗，赶紧找个地方。找你可不是为了陪你逛街。”

史磊笑了起来。“说的也是。那就去前面喝点儿东西怎么样？”

“只要不是很远就行。”

那地方果然不远，就在一家商场门口的露天消费区。因为还没到下班时间，来此消费的人并不多。不过，柴原本不想在露天区域交谈的，所以他做主选了最靠里面的一处座位。

“您这是想问什么？我真没想到警察还会找我问事情。”史磊在黑色的藤编椅子上坐下，掏出烟和打火机放在桌上。

“还挺自信。怎么就不能找你啊。”

“也对。你也不只找我了。我听别的老师说你去过学校几趟。”

“必须得去。”

“是为了那学生吧。”

“你这不是挺清楚的吗？”

“你要喝什么？”

“白水。”

“哦，我明白了。”史磊露出一副什么都知道了的得意笑容，“那我喝可乐好了。”

柴原从手机里调出了韩立洋作品的照片，放在了四方玻璃桌上。

“你看一下。”

只瞅了一眼，史磊就看出了上面的内容。“这是政治作业。怎么了？”

“不止那一张，前后看看。”

史磊浏览了几张。“是我学生的？”

“韩立洋的。”

“噢。他怎么了？我以为你是为了上周那个女生的事情呢。韩立洋的死还没有结果？”

“又发现了奇怪的地方，所以和你确认一下。”

“想确认什么？这是他的作业，错不了。可是我也不太了解他。”史磊辨认着照片中的每一处信息，并没有发现可疑的地方。“这照片是从哪里来的，你们拍的？为什么又忽然查起这个了？”

“你是真不知道吗？”柴原问。

服务员把饮料送了过来，可两人都没有碰，可乐里的气泡贴满了杯壁。

“我怎么会知道。”史磊把手机还给柴原，跷起了二郎腿。“你们怎么能怀疑我呢，我什么都不知道。”

“为什么这本练习册迟迟没有还给韩立洋家里？”

“我没给吗，我不记得了。”

“这是实话吗？”柴原不客气地问。

“不会吧，已经认定是我干的了？”

或许是因为感到荒谬，史磊一副哭笑不得的样子。

“你先回答我为什么一直没有把教材还回去。”

“就是忘了。每天工作很多，谁能老记得这些，忽然有个学生不来上课了，一天两天大家还当个事儿，到第三天谁还会放在心上，该忙什么继续忙什么啊。”

相比其他老师的工作态度，史磊可谓说出了大实话，但这也没用，因为柴原发现了其中前后矛盾的地方。

“刚才在办公室你还说课程不多，现在又说忙，到底哪句是真的？”

“只是口头儿一说而已，大概形容一下自己的状态。”

“你形容的漏洞是不是太大了？”柴原问。这时候就应该乘胜追击。

“无所谓吧，你要是认准我有嫌疑，我说什么也无济于事。”

“摆出一副软硬不吃的样子是干什么？”

“你们也得拿出实际证据才行吧？”

“我说了今天找你只是想弄清几个问题，请先配合一下。”

“你先等一下。”史磊伸出手掌，制止柴原说话，“可是我确实不记得那本作业的事情了。收上来的时候应该在韩立洋死前的一周，一般都是在隔周上课的时候再发回去，中间隔了一个周末，谁还会记得。”

“上课发回去，韩立洋不在课堂的话不是一下子就发现了，你为什么还会带着单独一本回办公室？”

“他那本我是不是压根儿就没看啊，我好像记得因为人都死了作业就不会看了。”

“说得还挺像那么回事儿。”

史磊笑得无可奈何，可柴原就是讨厌嬉皮笑脸的样子。

“我看没看过他的作业其实只要把那本作业找来核实一下就行了。

你不信我也不惊讶，就算我看了又怎样？这能说明什么？”

“你看见上面的字了吗？”柴原指了下手机屏幕。

“看见了，是他写的。”

“我是说空白地方的那些。”

“那个也看见了。”

“不意外吗？”

史磊摇摇头。“有什么好意外的。”

“那些字是他的吗？”

“不然还能是谁的。”

柴原把手机拿回来。昨晚，他就用电脑放大对比照片上的字迹。如果字迹是别人造假的，连柴原也要承认对方的模仿能力了。

“嗯。看过都会这么想，但是我有个疑问。这是作业本，平时会交给老师批阅，学生怎么会在上面写写画画呢，会被老师问话的。所以这会不会是有人后来写的呢？”

“如果有，这个人就是我。我拖这么长时间没有还给学生家里就是在模仿他的笔记。你是这么想的吧？”史磊反问。

“是的。”

不知不觉，便道上的行人多了起来，他们周围几张桌子也全部坐满了顾客。

“你这是外行人的观点，可是事实总有人想不到的情况存在。我不是说是你外行警察，但学校的事情你真的不懂。”史磊得意地说。

看他志得意满，柴原略有好奇，究竟自己的推理有什么疏漏，不，其实他更想看看对方是如何从自己的围堵中逃脱。

“收作业虽说是小事儿，可每个老师都有不同的做法，我习惯让学生翻到刚写完的那一页打开交上来，这样的好处是看的时候节约时间，但是前面的部分我根本不会去看，我也想不到学生会在上面乱写。当然了，有的老师喜欢一板一眼地把书码整齐，因人而异。”

“这倒是个合理的解释，有谁能证明呢？”

“那就太多了。”史磊满不在乎地说，“我的学生都能证明，他们最清楚我收作业的习惯。平时那些练习册就堆在我办公桌边上，同事也都看得见。”

史磊说完把冰可乐喝下大半杯，解释了这么多实在口干舌燥。

“那你上周五在哪儿呢，尤其是下午那段时间。”关键问题柴原不能放过。

工作习惯就算不能作为牢靠的证据也无妨，只要能抓住不在场证明的漏洞，同样可以让对方失去还手之力。

“我在上课。没课的时候就在办公室备课，都干完就下班了。”

“几点下的班？”

史磊搔着头发，说：“放学时间是在五点，等收拾好东西，五点多出来的吧。具体时间我也记不清了。”

这恰恰是柴原期待的答案，他整个身体探到前面。“但是五点之后从学校离开你没记错，是这个意思吧？”

“绝对没错。”史磊答得信心十足。

“你知道吗，如果你的证词有误的话，我现在就可以请你到另一个地方，再好好问你。”

“那女生的死和我有什么关系？你干吗要怀疑我？”史磊不自觉地提高了声音，但周围乱哄哄的，没人理会他们俩在谈什么。

“行啦行啦，我就是提醒一句。”柴原又开始安抚，“因为有人看见你四点左右就离开了办公室，摄像头也显示那时有人离校。出于谨慎，肯定要再问你。”

“你都问了一圈了，最后才问我。”

柴原没开口。

“我是出去了，和今天一样，没课就早下班。”

“出来干吗呢？”

“随便转转，吃东西，就在这附近。”

“一个人吗？”

“对。”

“那就没人能证明你说的话了。”

“我每天的生活单调又重复，你不能因为没人能做证就怀疑我，再说下班之后做什么是我的自由。”

“你紧张什么，就算是一个人活动也没关系，你在外面用过餐吗，如果是的话餐厅的人会有印象，你能找到这样的人吗？”

“没有。”史磊干脆答道，转过脸装作看路人。

“我看咱们还是换个地方说话吧，你跟我回局里。”柴原准备要离开了。

史磊无奈地笑了一下。“我特别不明白，你为什么偏偏认准我了呢？你能给我解释一下吗，如果有充分的理由我和你走也没关系，但这不是说我要认罪。我什么都没做，你们查了就知道。”

柴原直勾勾瞪着史磊，许久才说出两个字：“不行。”

“那你为什么怀疑我？”史磊已经百思不得其解了。

“你的不在场证明。”

柴原这么说多少有点违心了。对此案的耐心越来越少，现在不管是什么可能他都认为有彻底调查的必要，但真正让他坚持怀疑史磊的还是因为怀孕的事，嫌疑人是男性这一点是确定无疑的了，再加上史磊一直在闪烁其词，柴原更不能轻易罢手。

“我算是服了。”史磊端起杯子把饮料喝完，“你知道离这不远有个电玩城吗？”

“好像不止一家。”

“对，但是我只去其中一家。我上周五就在那，那的服务员可以为我证明。你要不信我们现在过去。”

“你为什么现在才说？”

“我什么都没做不需要为自己辩解。”

“那你现在也不用解释，跟我去局里也不迟。”即便史磊话说得大义凛然，多年经验还是让柴原不能掉以轻心。

“你去问那边的服务员，我不想再解释了。”

这附近的几家商场里都有供人消遣的电玩城，但史磊常去的一家稍远了些，步行大概花了二十分钟。避开了商业区的喧闹氛围，位置也不怎么起眼，但只是刚走近门口就能听到里面噼里啪啦的拍打声。

“就是这。”

走进里面最先看见的是左右两排夹娃娃机，里面的玩具都是最近流行的卡通形象，可是玩的人并不多。往里走，大厅里摆的才是勾人兴趣的大家伙，成排的赛车模拟机、跳舞机，每台上面都有年轻人在体验。

史磊对这些并不感冒，带着柴原在空隙中穿行。

“就是那儿吗？”柴原问。几米之外，在大厅中部，有一个半圆形柜台。

“对。”

“那你在这等我。”

史磊无意反抗，看看柴原一个人走了过去，和黄头发的服务员说了几句一会儿又回来了。

“你先在这周围随便玩儿点儿什么。”柴原把十个游戏币交给史磊。

史磊看着手上的十个币不知该说什么好，这警察可能从不来这种地方，不知道随便一台机器都要两三个币才能启动。现在，他成了整个游戏厅里最穷酸的玩家。

撇下史磊，柴原又回到柜台。和刚才一样，卖给他游戏币的女生目不转睛地看着电脑屏幕，并不主动理会柴原。

“喂，那个人你有印象吗？”柴原指着身后，刚坐上一台赛车机的史磊，“他上周来过。”

女生歪着头看了一眼，问柴原：“你问这干吗？”

“有印象吗，他说上周五下午来过。”

“谁记得啊，这每天进出有几百号人呢。”女生一脸不耐烦地说完，又熟练地点起了鼠标。

柴原只好拿出证件，伸到她眼前。“喂，好好想想，这是很重要的事。”

看到警徽，女生的脸色立刻变了。不知是粉太厚还是太惊讶，她仰起惨白的小脸，再次向史磊望去。“他隔三岔五就来。”

“真的？可别看错了，毕竟每天要接待几百人。”

女生不好意思地笑了。“他是经常来。我有印象。”

“上周五也来了？”态度一百八十度的转变让柴原有些不放心。

“来了，他平时都是下午过来，那天也是。”

“具体是几点？”

“四点多吧。”

柴原叹了口气，从时间上看，史磊一定是无辜的了。

“他来一般干什么？”

“玩啊。”女生站起来，凑近了些说，“他出手挺大方的，有一阵子，每天都要花几百块。”

“他？”

“嗯。”女生鸡啄米似的点头。

“最近呢？”柴原问。

“最近少了，但也没少多少。”

柴原回头看看史磊，他正握方向盘，好像开真车一样，身体不时左右摆动。

柴原走到机器后面，显示屏上的倒计时所剩无几，史磊驾驶的赛车还在全速行驶，他的目标是下一个弯道后的加油箱。

可惜，因为速度过快，车子在转弯时甩了出去，重新调头浪费了宝贵的时间，最终停在了距离加油点几米的地方。

史磊重重地拍了下方向盘。

“你应该减速。”

“你问出什么了？”

“说你上周五下午四点多在这里。”柴原淡淡地说。

“这回你总算该相信了吧。”史磊从机器上下来，“我能走了吗？”

“嗯，你没有嫌疑。还有游戏币吗？”

“还有四个。”史磊准备还给柴原。

“都用完再走。咱们找台机器怎么样，格斗游戏你行吗？”

“没问题。你随便挑？”

嘴上说得胸有成竹，实际上史磊并不擅长格斗游戏，但他断定警察更不会精于此道。再说，被无端怀疑了这么久，他迫切想要发泄一下心中的不满。现实中不能把警察怎么样，到了游戏里就另当别论了。

离开体感游戏区，绕过几排老虎机，柴原总算发现一排格斗游戏。大多机器都空着，只有系统放着设定好的宣传画面。现在已经很少有人玩这类游戏了。

“这个你行吗？”柴原指着其中一台机器说。

“什么都行，快开始吧。”

柴原选中的是一款3D风格的格斗游戏，没什么特别的理由，只是觉得画面清晰。史磊虽谈不上精通，可也有擅长的角色。两人分坐在两边后开始投币，正好全部用完。

游戏很快就开始了，史磊特意选了擅长踢腿的角色，希望利用距离优势压制柴原。这一策略明显奏效，面对凌厉的攻势，柴原只能专注防守，可这也不是办法，屏幕上方的倒计时提醒柴原仍然要主动出击。不幸的是，还没有真正发动几次攻击，就被对方一一破解，柴原被对方以绝对优势打倒了。

没有泄气，第二回合他便改变策略，一边和对方拉开距离，一边等待破绽迅速攻入。“击打，脱离”战术让两人的操作节奏变快，控制台上一阵噼啪响动。虽然史磊增加了跳跃动作，可最后反而因为落点判断失误让柴原险胜一回合。

“到决胜局了。”

已经没有游戏币了，接下来只有赢才行。史磊一点没想到要打到三局两胜的地步。

过场动画结束，最后一战正式开始。这回两人都十分谨慎，迂回进攻，快攻短打。格斗游戏就是这样，一旦熟悉了对方的套路，战斗就会变得胶着，胜负往往只在几个关键时刻。史磊就是不经意间的一个破绽给了柴原机会，还没反应过来，自己的角色就被一串连击打倒在地了。

“我赢了。”

史磊怔怔地盯着屏幕，还是无法接受。

“还要继续吗？”

“不用了。”

“那就走吧。”柴原拍了下他的肩膀。

从电玩城出来，史磊仍没有走出震惊、羞愤的情绪，倒是傍晚的凉风冷却了燥热的脸颊。

“我就先走了。”史磊故意选择和柴原相反的方向。

“先等等，还有事儿想问你。”柴原叫住他。

“你不是说没问题了吗？”

“是别的事儿，你要去哪里，可以边走边说。”

“还有什么要说的？”

“听说你平时和学生关系很好，也经常在校外遇见他们。有没有发现张睿斯反常的行为，她放学后都去过什么地方？”

“你把我当成跟踪狂了吗，我怎么会知道这些？我放学以后没见过他们。”

史磊兀自向前走去，柴原就在旁边跟着。

“可是有人是这么告诉我的。”

“学会分辨信息的真伪是很必要的事，尤其你这职业。”

“这又不是陷害你，有可能是在骗我吗？”

“我回答不了。谁告诉你的，你就去问谁。”

“赛车开不好，游戏也玩儿不好。要是我没猜错，你一直在玩赌机。”

“我不会那个。”

“柜台的女生跟我说，你每次来消费都不低。花那么多钱，游戏就打成那个烂样子？我平时可从不来这种地方。”

“今天没发挥好。”

“随便你怎么解释，这事儿我不管。回答我问题就可以了。”

“我只在学校见过学生，没法回答你。我还有事儿先走了。”

史磊没有听出柴原的让步，加快脚步想要甩开柴原。柴原没有着急，紧跟在后面，不紧不慢地说：“老师沉迷赌机传到学校会是什么结果？”

史磊终于停下了。

“能回答了吗？”

“可能我的职业要我必须做个完人，但人都会有个爱好不是吗？”

“你的爱好影响很不好。你自己非常清楚。”

史磊无力地点了点头。

“我看见他们一般都是在刚才我们坐着聊天那一带。学生喜欢那里很正常，但是看见了也不会怎么样，我不会带他们来这里。他们有时也会装作没看见我，毕竟课余时间碰上老师多尴尬。”

“张睿斯呢？”

“很少见她，一般都是和几个女生同行，有一次是韩立洋在她身边，但那次是在另一条商业街。”

“他们在干什么？”

“逛街吧，我也不知道。”

“最后一个问题。你能根据那张照片上的题目告诉我对应的课程时间吗？”

史磊想了想说：“应该是今年五月初的内容，但是他写的时间应该在这之后。我每隔一周收一次作业。”

“也就是说，最早是五月中旬。”

“应该是。”

“你早说不就完了。”

“你一直在怀疑我。”

“现在只是普通的调查。”

“反正我知道的已经全都说了。”史磊现在只想赶紧走人。

“你没有欠钱吧？”

史磊脑子一转就明白了柴原所指。“当然没有。我玩赌机只是为了刺激，运气好的时候吐出来的游戏币很多，可以卖给别人，能收回不少钱。”

“但是总体上你是不可能赚钱的。”柴原一点也不信。

“那也得分人。”

柴原毫不掩饰地讥笑了一声。“真没看出来。好心提醒你一句，你一个工薪族还是收敛点儿为好。”

“不用你说我也知道。”史磊倒是没欠下巨债，但信用卡上已经为此透支了一笔钱，虽然数目不大，但最近已经体会到了拮据的滋味。

“好自为之。”

没有在错误的方向上越走越远，同时又失去了一个可能揭开真相的机会，柴原有些欣慰又有些懊恼。下面，他唯有去医院进行排查了。

第六章

1

“你晒黑了呀！”

肖馨的手臂被晒成黑白两截，脖子也比胸口的皮肤黑了不少。见面第一眼，关月青就看出了朋友的变化。

“可不是吗。”肖馨感慨道。

“怎么不防晒？”

“在山里打伞太麻烦了。”

“那也应该多注意啊。”

为了行动方便，肖馨出发前只准备了一顶素色宽檐帽，暴露在外面的手臂并没有任何保护。因为野外调查大都是在白天进行，肖馨这几天被晒得不行。前天，野外实习结束，当晚肖馨便随院里的车回到市里。休整了一天后，昨晚肖馨和关月青约好今天放学后在学校宿舍见面，顺便把带回来的山货分给她。

关月青把包挂在衣架上，毫不见外地从冰箱中取出一瓶矿泉水。

这间宿舍有二十五平方米左右，是标准的双人间，有独立卫浴和一个朝阳的阳台。肖馨的舍友从研一起便在外面租房生活，这里因此成了肖馨的私人空间。

关月青懒懒地倚在靠近阳台的布艺沙发上，拧开瓶盖一口气喝掉半瓶水。一个小时前关月青还在学校上课，一放学她就马不停蹄地奔了过来。

“期末复习已经开始了吧，没想到你下班这么早。”

肖馨倒坐着办公椅，两手垫在靠背上沿。

“下午上完课就出来了。哎呀！期末考试！”关月青发出一声痛苦的哀号。

“怎么了？”

肖馨还没明白是自己的话让关月青重温起工作的压抑。

“学生根本就不在状态，因为天气越来越热，我也觉得每天很难静下心来了。”

“不在状态就轮到你发挥作用了啊。”

“不行。以前考完试就会放假，心里再不情愿可只要一想到假期还是会努力复习一阵子，这次是高二升高三，暑假也会用来补课，所以期末考试对他们来说就是一场阶段性的考试。再加上会考刚刚结束，他们还处在消极倦怠的状态，看不出有紧张备考的样子。”

“那你岂不是也没有假期了？”

“可不是吗。下学期我得跟着带高三班，肯定也不会轻松。”

“恭喜你。”

肖馨不怀好意的嘲讽并没有起到作用，关月青窝在沙发里连动一下的力气都没有。今天她上了整整一天的课，已近透支。

“那个问题学生又惹麻烦了吗？”

“谁？”

“不把你当回事儿的女生。”

“没有。”关月青说，“惹不了了，人死了。”

“啊？什么时候的事儿？”

关月青坐起来解开马尾辫，让乌黑的长发柔顺地垂下来，然后她又坐回去，身体陷入软软的沙发中，很舒服。和冰箱一样，这个布艺沙发也是肖馨住进宿舍后自己购置的。

“就是你出发那天。”

“怎么死的？”肖馨的好奇心被勾了起来。

“中毒。一开始以为是自杀，现在警察认为有被杀害的可能。”

“天啊。”肖馨吃了一惊，“为什么会中毒呢？”

“就是这一点不明白才令人有所怀疑。”

“中的什么毒。”

“氰化物。”

“有没有人因为你们关系不好而怀疑到你？”

“没人知道，也怀疑不到我。那学生死的时候我在上课。当然被警察问话是少不了的。”

“为什么？”

“我是班主任啊，而且她就死在学校。”

“这学校可真是要命。”肖馨皱着眉说。

矿泉水已经喝了一半多，关月青还没有停下来的意思，看来是渴得不行了。

“还不是你介绍的。”

“警察都问你什么了？”

“一般的调查而已，比如那学生死前的情况。放心吧，什么事儿也没有。”

仅有的一次长谈中张睿斯表现得不卑不亢，面对身为班主任的关月青也不曾露怯，为自己的冷淡态度进行巧妙的辩解。从一开始，关月青的指责就在滴水不漏的自我辩护前处于下风，这让她没有底气继续抓着问题不放。本以为两人会来日方长，可是现在已经没有第二回合了。

张睿斯那张白皙干净的小脸又一次浮现在关月青眼前。她究竟是怎么死的，那间屋子的不协调感又是怎么回事？若是重回现场大概就会发现什么线索，可惜那里已经被封了。

“我记得那天下午你还给我打电话了。你没说几句就挂了是因为这件事？”

“是刚好没电了，和你通话的时候已经完事儿了。”

沙发边的写字台上放着一包装在透明塑料袋里的山菌，关月青伸手取了一块出来，又干又轻，还带着咸咸的泥土味。

“这是你买回来的山货？”

“你拿走点儿，我吃不了这么多。”肖馨说。

“都说了不用带东西给我。”

“都是整包整包地卖，没办法啊。”肖馨无可奈何般的拖长声音。

“好吧，我装一些带走。”

关月青抓了把菌类出来，在手掌上掂了掂，端详了一阵又重新放回去。

“现在连学校都不安生了，有家长让孩子转学的吗？”

“没有吧。”关月青沉吟着，“至少高中部还没有转学的。”

“不会是习以为常了吧。”

肖馨话一出口，两人同时笑了起来。

笑过之后，关月青说：“说起学校，你觉得现在的学校在教育中发挥着什么样的功能？”

“提供适宜的学习环境？大学应该是这样，可是中学更倾向于保证学生完成日常教育。不同时期侧重不同。”

“那教育呢，怎样的教育才算是好的教育？”

“这种事哪有绝对的好，总会有预期之外的情况出现，不能指望教育解决任何问题。”

“你说的预期之外是指什么？”关月青问。

“很多啊，比如我导师现在做的项目，虽然很前沿，但就是太前沿了，上面给的经费不算多。还有，即使配备最好的科研条件，也不是谁都能做出成果的，个人资质很重要，也许一个动摇的念头就去搞金融、创业什么的了，那之前的教育投资不就白费了吗？”

“所以，育人真的很难。”

“被教育也不容易啊。”肖馨不禁感叹起来。

关月青呆呆地望着天花板，安静地坐着一动也不动，过了会儿，她说：“魏立行要追我。”

“哎呀！这是好消息。你接受了？”

“没有。”

“为什么？”肖馨一副关切的神情。

“你希望我和他在一起啊？”

“也不是，但是总比你现在一个人好。你们可以先试着交往一下。”

“你是不是觉得我很闲啊？”

“嗯！”肖馨笑得很调皮。

“可恶。”明明自己是单身，却希望朋友随便开始一段感情，关月青不能接受。

“到底为什么不行呢？”刨根问底是肖馨一贯的风格。

“观念上有些不合。”

“哪方面啊？”

“工作。”关月青说，“教育理念上的事，我们好像差得太远。”

“观念是可以相互影响，不断调整的。”

“我觉得很难。”关月青语气坚决。

“看来是背道而驰了。”

“把通过考试作为检验教学质量的标准并没有错。我知道这也关乎教师的生存发展，但这不该是唯一目标。他却不是。他太务实了。他并不在乎学生是不是真的掌握了知识。你知道吗，现在的课程难度根本不及咱们上学那会儿，但学生的学习能力反而下降了。”

终于找到了倾诉对象，关月青吐出了心中积攒已久的郁闷。

“只抓几个尖子吗，掉队的就不管了？”

“还不至于，但是以他现在的心态，离出现这种情况也不远了。”

“他这是在偷懒，可惜他班上的学生了。”

“这正是我要说的。”

“在该培养创造性思维的年纪却只能做死记硬背的事情，到了研究生阶段就能体会什么是力不从心了。”

“你在说自己吗？”

“我还好，但身边有这样的人。”

“做不出课题？”

“做是肯定做得完，几个人一起做还能做不完吗，但就是有拖后腿的。”

导师分派下来的课题都是由自己的几个学生共同完成，既然是分工协作，工作进度必定会参差不齐。一般来说，专业基础不扎实或者从心底抵触课题内容的学生都容易在科研工作中感到力不能及，进而影响整个课题的进度。

“当初何必读研呢，不喜欢就不要来报到了。”

“也许是渐渐地就不喜欢了，越来越厌学这种情况在中学也很多。”

“你是说研究生像中学生一样任性？”

“努力得不到回报会渐渐地失去兴趣。说破罐破摔有点儿难听，但真的已经丧失上进的动力了。”

“那也要坚持混到毕业，不然更吃亏。”

“研究生还比较好混，中学就不行了，那可都是实实在在的考试。他们对学习的兴趣不大，只是当作任务被动地完成。我觉得应该想办法激发一下他们的求知欲。”

“适当地可以给点儿压力。”

“压力也不是对每个人都管用。压力可能会引起更强烈的抵触，那就得不偿失了。”

“那怎么办？”

“引导吧，关键还是让他们有学习的动力。考试是考核学习质量最直接的方法，但是他们不明白考试并不是目的，它只是一种手段。既然有考试，就一定能把成绩分出三六九等，但是把全班培养成所有人都得满分并列第一的事情是不可能出现的。老师做不到，教育也不是把人变成统一模式的机制。人与人之间必然存在差异，承认并尊重这样的差异，发现每个人的特长，培养他们的兴趣，让天赋得到发展，以后进入社会也可以凭借自身的优势选择职业或是生存方式。这不是很好吗？”

“因材施教的成本太高，大多数家庭只能让子女接受集体教育。”

“即使是集体教育也可以再细化，只要老师能朝着这个方向努力。”关月青说，“性格要强的就激励，内向的给予自信，聪明的就注重引导。”

“你想试试？”

“就应该这样。教育的目的不是培养考试人才，教育也不能保证人类永不犯错。事实上人总在犯错，甚至重复同样的错误。如果把教育视为规避某种风险，让生活可以一帆风顺的保证就错了。我们不能把读过的书直接变为生活资本，但是读书可以提高生活的质量，完善人格，感受美，对变化的事物做出明智的判断，等等。这让人变得更加文明，更加科学，可以更加幸福地活着。虽然这是我离校多年刚体会到的，对于那些年轻的学生，可能也要再过些年才能明白，可我还是觉得尽早引导传递出这个观点也不坏。”

即使只是荧荧火光，也尽最大努力去为那些学生指引方向。这便是关月青现在对教师这份职业的理解。

“接下来就是高三了，你要拿他们做试验吗？”

“我再想想，可以从下届开始。现在最重要的是让他们重视这次考试，再努力把他们的兴趣和动力都激发出来，这样的话总能学到东西吧。”

可能是坐累了，肖馨站起来，回身从书架上取出一个白信封，递到关月青面前。

“是这次实习的照片。”

肖馨把椅子正过来，坐下，抱着晒黑的胳膊跷起二郎腿。

关月青抽出一沓照片，一张接一张地浏览着。照片的内容大都是动植物，少数是风景照，更少的就是集体合影以及野外活动时的抓拍。

“大约从中间开始，到后面就全部都是萤火虫的照片了。”

“你拍的？”关月青把前面白天的照片放到了一边，认真浏览起余下的部分。

“一连等了几个晚上才拍到的。”

“种群分布还是很难追踪。”

“而且这几年人为捕捉越来越频繁了，总觉得这些小虫子很可怜。”

萤火虫分为陆栖和水栖两大类，但不管是哪一类，对生存环境都有着极高的要求，清洁、安静的天然环境更容易成为萤火虫的栖息地。通常，萤火虫会在靠近溪流草木茂盛的地方出没，但即使知道这些规律，想要见上一面也要看运气。

“挺不错啊！”关月青连着看到几张令她眼前一亮的照片。

从光线上看，拍摄是从黄昏时分开始的。起初照片中的还只是尚未发光的成虫，越往后看，随着夜幕降临，画面上黄绿色的光点就越多。萤火虫最多的几张照片上甚至能清楚看见映出的青草暗绿的颜色。

“我特意带了长焦镜头，躲在远处拍的。”

半沓照片被关月青从头到尾反复看了几遍，尤其是后面几张满是黄色线条的延时曝光照片让她意犹未尽。

“真漂亮。”关月青再次发出赞叹。

忽然，她的视线停留在一张照片上，一只萤火虫正安静地伏在草叶上。关月青抽出其他萤火虫静态的照片对比着看了又看。

“怎么只有尾部在发光。”

“当然啊，发光器就在尾部。”肖馨说。

“没有全身发光的吗？”关月青在几张照片上快速辨认。

“你说的是幼虫吧。”

肖馨凑近了，和她一起看。两人的脑袋快要挨到一块儿了。“没有幼虫的照片。”

“或许是吧。”关月青轻声说，可心中还是有点疑惑。

感到有些憋闷，肖馨坐直了身体。“有没有勾起你的往事？”

“有一点儿。”

关月青微笑着把照片拢整齐，塞回信封里。

“这可不是我的本意。”肖馨故作无辜地耸耸肩膀。

“已经没事儿啦。”关月青拖长声音，人仰到沙发里，脸上带着一种对往事释怀的笑容。

“虽然这么说不太好，但是他出事以后时常会想起在一起的日子，我反而越来越觉得可能最后我们也不会结婚。”

肖馨只是惊讶地望着关月青。

“真的。我也没想到现在会有这样的想法。”

“有什么问题吗，你们那时候不是都快要订婚了？”

“可他并不是一个适合结婚的对象。”关月青说，“不是说他不值得托付，而是他还不能胜任角色的转换。”

“那不就是不值得托付吗？”

“不太一样。他至少还能让人在他身上看到一些希望。”

“只是还需要等等？”

“对。”

“女人最怕的不就是等待吗？”

关月青曾经听说过，有很多人即使恋爱多年也是硬着头皮才结婚的，在婚后才一点一点融入新的人生角色中。那时，她对冼驹便抱着差不多的心情。两人何时结婚还没有定下来，但一起努力的话，冼驹会渐渐进入一家之主的状态。

“他是不是还没玩儿够啊？”

“是还没学会承担责任。凡事自我中心，不懂关心人。”

“男人不成熟真麻烦。”

“变成熟是需要时间的，要么你花时间陪一个男人成熟，要么找个现成的。”

“都不好办。”肖馨懒懒地说。

“话说回来，你还不找个男朋友？”

“你不说等现成的吗？”

“你就拖着吧。”

研究生都快毕业了，肖馨还是单身，但她自己好像并不着急。

“你不也拒绝了魏立行。”肖馨立即反击。

关月青撇撇嘴，无话可说了。

“继续说冼驹，既然他不争气，为什么不在毕业时分了呢？”短暂跑题，肖馨把话题往回拽。

“那时候没想这么多啊。”

肖馨站起来，从冰箱里拿出一瓶水。“冼驹这个人，虽然以前没听你说过，但我觉得也差不多。”

“你能看出来？”关月青坐起身子，拜托肖馨再给自己拿瓶矿泉水。

“印象中你主动给他打电话的时候要多，而且有时候打电话给他却又不出来见面，只是你自己去上自习，偶尔他才去找你吧。”

“一开始还是挺体贴的，经常陪我，后来要么打球，要么打游戏，他忙起来几天不露面的情况也有。”

“你真忍得了。”肖馨露出厌弃的神情。

“并不需要忍。那个时候谁会想那么多呢，两个人在一起上课下课，一起吃饭，有个人陪着总比一个人好，难道还不能给对方一点儿私人空间吗？要求太多是不对的，为了扮演善解人意的女朋友的形象，我也就不去计较这些了。”

“可是毕业之后还是会计较啊。”

“因为对感情的要求不同了，社会不像学校那么安逸，更希望从对方身上得到关怀、理解、承诺。”关月青顿了顿说，“甚至金钱。”

“不安全感在与日俱增。”

“主要还是女生吧，总是渴望更多的陪伴，不然心里会发慌。男生则更现实，觉得工作了一天已经很累了，回家睡觉才是正经事儿。时间长了，两个人反而会疏远。”

“但的确不能总是腻在一起。”

“那不一样。我的要求并不高，日常见面很正常吧。可是刚上班那会儿每天都特别忙，有段日子我们一个月才见了一面。再忙总有吃饭的时间吧，是真的忙还是不想见呢，我那时候工作也不轻松啊！”

要说对男朋友心生不满，大约就是从这个时候开始的。

“不太正常。”

“谁都这么觉得。”

“他不是去追别的女生了吧？”

“没有。”关月青略带得意地说，“他也追不到。”

“可是你们最后还是走到了订婚那一步，说明冼驹对你还是不错的。”

“物质上的照顾确实是越来越好。”

毕业以后，关月青和冼驹都顺利找到工作，可作为职场新人，两人要学的东西太多，日子并不轻松。忙碌的工作让两人一起相处的时间越来越少。好不容易下班后一起吃顿晚饭，话题也大多是平淡的日常。所幸从第二年开始，两人都已经适应了工作上的事情，加上收入上比先前宽裕，生活很自然地回到了正轨。

但不知是不是在一起时间太长彼此没了新鲜感，两人在一起时不会再像从前那样有一见面就说不完的话，大部分时间两个人各忙各的，互不干扰。好像两条并列行驶的快车，知晓对方的终点，深谙只要这么一门心思行驶下去，就不会出什么差错。虽然相安无事，可总让人觉得缺少了点儿什么。

主动打破这种状态的是关月青，是她提出了无论如何想再看一次萤火虫的要求。

“你知道我为什么坚持在订婚之前再去一趟山里吗？”

“你想回去看萤火虫啊。你想回到被告白的地方，女人啊，就爱执着于这些有的没的，是不是？”

“说得好像你不是女人一样。”

“我可不会对消逝的事情念念不忘。”

关月青白了她一眼，说：“自从那次实习之后，他再没有带我看过萤火虫，即使是市郊的几座山也没带我去过，更别说亲手捉一只了。”

“那虫子生命很短的，不捉就对了。”

“他可不是出于爱护动物的心理。相反，每次他都很不耐烦，说什么季节不对，或者是栖息地被破坏了也见不到萤火虫什么的，每次都能说出好多理由，反正就是不愿意陪我去！”

肖馨歪着脑袋想了一会儿。“那山里住宿条件一般啊，路也不好走，不知道这几年变什么样子了。”

“再荒凉的地方我们都去过，他还是挺喜欢户外运动的。”

“那是为什么呢？”

“不为什么，就是不愿意吧，路那么远，到了也不一定就能看见萤火虫。万一还要亲手捉虫子多辛苦啊。”

“当初就不该捉，带你去看就可以了。”

“年轻的时候做什么事情都无畏无惧的，为什么男生一毕业就变得无聊了呢。”

关月青平静地看着对面的墙壁，她一定是在内心梳理着冼驹在她生命中留下的痕迹。戛然而止的感情，事后再评述谁对谁错也没什么意义了。

见好友陷入沉默，肖馨开口安慰：“可他最后还是陪你去了，算了吧。”

关月青轻轻叹息：“我也只是说说而已。”

“别再想了。”

在前往目的地的路上，一辆货车从侧面驶来，冼驹躲闪不及，两辆车重重地撞到了一起。

事已至此，幸运活下来的人却还在埋怨过去的恋人。但是关月青深知这并非吹毛求疵，这真的是跳脱出来，理性地审视了感情中隐藏的问题才发出的感慨。

这种情况下，即使是发现了前任的出轨证据可能也恨不起来吧。关月青心里其实是无奈多于愤慨。

肖馨看了看手表，已经将近七点，两人商量去附近一家中餐馆吃晚饭。

“等我先洗个头吧。”关月青挠着头皮，头发已经不像早晨出门时那样清爽了。

“好。你自便吧。”

“不客气了。”

天气日渐炎热，长发披散着久了也会让人闷得难受。关月青像是在自己家一样拿出洗发水和毛巾，闪身进了卫生间。

关月青在洗手池里浸湿头发，打好洗发水，认认真真地清洗了一遍。洗完，她用毛巾擦拭头发，顺手把水池塞子拔掉。稀少的泡沫和几缕长发随着水流绕来绕去，最后消失于旋涡中心，关月青擦拭的动作也渐渐停了下来。

她慢慢走到肖馨面前，一脸认真地说："有件事可不可以帮我确认一下？"

2

"我想你已经知道了，所以还是问问你比较好。之前有没有发现什么征兆？"

"知道什么？难道说你们发现什么了？"

偌大的餐厅里，柴原和吴燕坐在一隅。吴燕从警察的话里听出了玄机。

"你老公没告诉你吗？"

"我们早就离婚了。到底是怎么回事？"

这个答案着实出人意料，柴原的期望落空了一半。

"是尸检的结果，发现你女儿怀孕了。"

"你说什么？"吴燕不敢相信自己的耳朵。

"我也没想到。"

吴燕早上接到柴原电话时虽然有点意外，可一想到警方既然联系到自己，肯定意味着有重要的事情传达，正要加班的她立即约在了公司附近的餐厅见面。可是，现在的她内心难以平静了。

"多久了？"

"几个月吧。听说不大。"

"他就把孩子带成这样。"吴燕的话里带着十分讥讽。

回想起那天晚上两人在医院的表现，柴原终于理解他们都陷入悲痛又不能分担情绪的原因了，但为什么当时没能想到离婚的可能呢？

“你找我只是想告诉我这个消息吗？还是他让你找我的？”吴燕想起来自己从没有给警察留过任何联系方式。

“我原以为妈妈会更容易观察到女儿的变化，所以想直接问你。现在看来不行了。”

“如果是这样他自己为什么不和你说？把事情推到我这是想说这是我的失职吗？”

“和他没关系。再说他也大吃一惊。”

柴原在电话里把结果告诉张彦之后，虽然看不到对方的脸，但听到那一连串的反问也能猜出对方惊愕的样子了。

“不是他给你我的电话的？”

“电话是从张睿斯手机里找的。”

“但是我没法提供什么能帮得上忙的。我们只是偶尔通电话，我上次见她还是这学期刚开始。我不记得她哪里有异样。”吴燕继续说，“不对。后来我们也见过一次，那次是她爸出差，我带她在外面吃饭，但是我也没看出她有什么变化。”

“看不出来是正常的。”

若是肉眼就能看出来，事发当天赶到现场的医生总不至于无动于衷。柴原要问的也是最近有没有明显的生理反应，再推测是否留下其他的线索。

“但是我觉得你就是问张彦之也问不出什么。”

“为什么？”

“他根本管不好孩子。”

“据我了解，张睿斯在学校的表现还不错。”

“那是孩子自己努力的结果，和张彦之有什么关系。”

“这就不知道了。”

“他除了工作还可以，生活真是个没什么意思的男人。自以为是，以为只要花钱就能满足家人的一切需求，对孩子也宠得不像话，什么都依着她。不加判断地给予很不利于孩子成长。”

“看来你们分歧很大。”

“他工作上一板一眼，但是对家里的事情不是很关心，就算能用钱买来有品质的生活，但那种堆出来的生活有什么意思，他本身就不是个能主导生活的人。”

“听你形容好像是他很乏味。既然这么讨厌他，当初干吗留下女儿和她一起生活，你带走不是更好吗？”

“是那孩子自己选的，那时她已经上初中了。”

“出于物质方面的考虑？”

“多半吧。反正他们父女关系很好。”

可是从吴燕的穿着打扮来看，经济条件也绝对不会差到哪儿去。而且品味入时，和张彦之不在一个层面，所以即使从外貌也能感受到二人的不同。想到这，柴原不禁又后悔起了那晚的疏忽。

吴燕像是在安慰自己，“算了，现在说这些没用了。”

“其实在电话里，他已经跟我说他一无所知了。”

“你看，他就是这样，一到关键时刻就不行。”

柴原不由得笑了笑，承诺无论如何都不会放弃调查的。

彼此都不能为对方提供有价值的信息，吴燕因为要赶回去上班，决定就此告别。临走，她希望最后不管是什么结果都要告知她，柴原爽快地答应了。

独自坐在隔间的沙发上，柴原又一次体会到一无所获的滋味。不知该不该高兴，这一次他倒是提前做了准备。

柴原拿出手机联系凌沐，昨晚他们就商量好今天的行动计划：兵分两路，柴原与吴燕见面，凌沐去市内几大医院地毯式排查，完事两人再汇合。

“喂？”凌沐接通了电话。

“你那边怎么样？”

“不怎么样。这太吵，我换个地方和你说。”

门诊大楼内到处都是排队的病人，凌沐索性就走出来了。

“刚问完一位大夫，没见过死者。”

“你去了几家医院了？”

“这是第四家了。”

这一上午的走访可以用马不停蹄来形容，凌沐昨天列出来的大型医院还有七八家。

“下一个要去哪儿？我这边完事儿了，我去找你。”

“已经谈完了？她都说什么了？”

“没有好消息。”柴原把吴燕的情况讲了一遍，电话那头陷入了沉默。这种谁都想不到的情况说是节外生枝也不为过。

末了，他们约定好在下一家医院的正门处见面。

凌沐在离医院一个路口远的地方停好车，步行前往。如他所料，柴原还没到，他在正门边上人流较少的地方站住，左右来回张望，不知道柴原一会儿会从哪边出现。

大约过了一刻钟，柴原健壮的身影从马路对面的一辆出租车上下来，他们同时看到了对方。医院门前这段路车流不断，柴原走走停停了几次才过来。

“快点儿吧，争取今天都问一遍。”

“我看够呛，就算医院不会关门，大夫总得下班。”

“算上明天应该没问题了。”

“那肯定够了。但是我刚才想到了另一种可能。”

“什么？”柴原非常好奇。

“她真的会来正规医院吗？”

一上午连续碰壁的经历让凌沐不得不做出新的思考。

“你是说……”

凌沐点头。

“不管怎样，先把这些大医院挨个问一遍。”

此处是一家三乙医院，门诊大厅同样是人山人海。柴原和凌沐在排着长队的服务台向导诊护士问清了妇科诊室的位置，穿过人群，走向电梯那边。

妇科诊室在医院五楼，柴原和凌沐等到一位患者出来就立即进去了。科室里有两名女医生，柴原说明了来意又调出手机里张睿斯的照片给医生看，一位姓张的医生接待了他们。

医生拿着手机辨认了一会儿，还是摇了摇头。

“最早是五月中旬来过，您再仔细想想。”

医生转过身，在电脑键盘上敲了敲。“没有这个人的记录。”

“就是说没来过？”

“肯定没来过。”年轻医生像是做了最后诊断。

“要是用假名呢？”

“不太可能吧。再说只要来过的病人我都记得。这才一个多月，不会忘的。”

柴原决定放弃，问凌沐还有没有要确认的。凌沐只是摇摇头。对此结果他已经没有意外之感了。

“前面四家也是这样？”从诊室出来，柴原就问。

“这样一家一家地问本来就要靠运气。”

“效率太低了。”

“可是也没有更好的办法了。”

“你说她会去什么样的医院呢？”等电梯的空当儿，柴原试图揣测张睿斯的心理。

“我觉得……”凌沐没有任何想法。

“是大型综合医院还是专科医院？”

“私人医院呢？”

“那就是从保密性上考虑。”

“不对吗？”

“但是正规医院不是更安全？”

“对于那个年纪的学生来说，还是更注重隐私吧。我听说现在私人医院技术上也很成熟了。”

柴原拍了下凌沐的肩膀。“你是不是带人做过啊？”

“怎么可能！”凌沐大声反驳。

“但是公立医院现在也很注意保护病人隐私。”

“所以就要看死者更看重哪个方面了。”

“还有手术费用的问题，毕竟她最后没有走进医院。”

“对啊！所以是不是该从收费低的医院查起？”

这时下行的电梯到了，柴原说了句“好主意”后，两人就随着人流慢慢步入拥挤的电梯里。

来到一楼，凌沐提议先给剩下的所有医院打电话，咨询清楚手术价格再按照从低到高的顺序一一确认。这个方法得到了柴原的认可，可就在两人重整旗鼓离开医院之际，门诊楼前独自前行的张彦之出现在他们的视线里。

三个人默默对视了一下，还是柴原先开口了：“来看病？”

“你们肯定不是为了看病。”

“被你说中了。”柴原大方承认，“我看你也不像。气色挺好的。”

“要等做了检查才知道。”

“是吗，希望没事儿。另外说一句，妇科在五楼，我们已经去过了，没发现什么。”

张彦之来回看了看二人，然后一声不吭地走向门诊大楼。

“不用管他吗？”凌沐问。

“不用。”

走出医院，凌沐带着柴原回到停车的地方，拉开车门的柴原却忽然怔住不动了。

“怎么了？”凌沐也没上车。柴原却还是盯着车座没有反应。

“要不我去找他回来？”

“不，和他没关系。”

“那是为什么？”

“我在想既然现在调查的起点被提前了，那么是不是意味着它其实不是个孤立的案子了呢？”

“什么意思？”凌沐猜不透柴原的想法。

“先去后面的医院。这件事等我想清楚再去解决。”柴原一边说着一边上了车。

出租车在小区外的路边停下，司机并没有立即熄火，像是在等待指示要不要开进去。坐在副驾驶位置的关月青看到横在小区门口的电动挡车杆，决定就在此下车步行进去。

这片小区是在几年前修建的，虽然远离城市中心地带，但房屋设计舒适合理，加上小区内环境优雅，物业也很规范，非常适合居住。价格方面稍微贵了些，但也不是很离谱，仍然吸引了很多收入不错的家庭在此安居。

进入小区后，关月青沿大路一直前行。可能是下午的原因，一眼望去路上只看见两三个人在不紧不慢地走着，看样子都是这里的业主。修剪整齐的绿化带一直延伸至道路尽头，关月青则在第三个路口拐到了一条小路上。

昨天，关月青从班级的同学录上找到了张睿斯家的电话，很顺利地联系到了张睿斯的父亲。她在电话中提出了想要上门拜访的要求，对方稍作考虑后将时间定在了周日下午。按照同学录上留下的地址，关月青在一幢高层住宅楼前停下了脚步。她按了下电子门上的号码，很快门锁就“咔”地弹开了。

乘电梯到达张睿斯家所在的楼层，电梯门一开，关月青就看到一个身着便装的中年男子站在电梯间，原来对方已经在此等候了。

“这边请。”

张彦之轻声说了句，然后就开始在前面引路。从电梯间出来，右面第一间就是张睿斯的家。张彦之没有锁门，只是拉动把手门就开了。

这是间典型的宽景房布局，两室一厅，虽然还看不到其他房间的内部，可单是客厅就有大约五十平方米，中间人为地设置了中式隔断，让空间看上去更具层次感。正对着房门的就是宽大的阳台，整个客厅显得十分明亮。

“谢谢老师还专程跑一趟。”张彦之请关月青在客厅中央的实木沙发上坐下，自己隔着茶几，坐在了对面。

“千万别这么说，是我应该做的。”

“关老师刚刚接手我女儿的班级，不来也没关系。”

“那怎么行，这和时间长短没关系。”

“她表现还好吧？”

“挺好的，很聪明。”关月青笑着点头。可事到如今，再说什么也没意义了。

“昨天接到电话时我很意外，没想到老师要来。”

“是有点儿突然，但我还是想尽快过来一趟。希望没有打扰到您休息。”

“没关系，周末我很少工作。”

已经在外企工作了将近二十年，张彦之十分认同“今日事，今日毕”的工作风格，通常都会安排好工作，按照进度在公司做完便准时下班。

“可是关老师来的目的是什么呢，如果只是来慰问的话，我想说我的状态可能不像你们想象的那么差。如果是代表学校来寻求私下解决的方法，我觉得就不用谈了，我肯定会坚持我的想法。”既然对方不是警察，自己也不想浪费时间，张彦之把话直说了。

“不，您误会了。我今天是以个人名义来的，和学校方面没有任何关系。”

“是吗，那真是太好了。但我也没什么想说的，因为在查明真相之前我也不会盲目地怀疑谁，或者是要谁来负责。”

“我认同这种做法，肯定是要查清楚再做打算的，我今天只是想来看看。”关月青摆明了态度，“如果谈话中有您不想说的内容，您也不必告诉我，只是目前有什么发现吗？”

张彦之犹豫了一下，叹口气说：“疑点太多。”

“我也有同感。”

厨房里传出水烧开的声音，张彦之站起来朝厨房走去，再出来时他手中多了两只冒着热气的马克杯。

“只是普通的绿茶。”

“不用这么麻烦，白水就可以了。”

“那怎么行。”

张彦之把杯子放到茶几上，坐下后继续刚才的话题：“关老师为什么也认为有疑点呢？”

“虽然和学生相处的时间还不够多，但每个学生的特点我已经大致了解了。我觉得以张睿斯的性格并不会做出这种选择。”

“没错，这正是我要说的。我女儿不仅独立自强，处理问题的能力也比同龄的女孩子要高出许多。不是我自夸，这些年不管是学习还是生活，她没让我费过心。”

“我明白，老师们对她的印象也很好。”关月青说，“所以，现在疑惑的不只是您，我们也觉得蹊跷，但说起这件事也不敢随便猜测。您觉得在这件事背后有什么原因，您所说的疑点太多究竟是指哪些疑点，接下来打算怎么办？”

“我清楚接下来该做什么。不过，就像我刚才说的，在查明真相前，我不打算和任何人透露。”

“要一个人解决吗？”

“只能这样了。”

关月青若有所思地点点头。“是因为她怀孕才这么做的吗？”

“有这方面的原因，但也不全是。没有确凿的证据我说什么都没用，所以还是等有了新的进展再说吧。另外，您是怎么知道怀孕的事的？”张彦之看上去有些失望。

“警察说的。”

“请不要再告诉别人了。”张彦之恳切地说。

“您放心，我没有跟谁提起过，警察也应该只对我说过。”关月青赶紧解释。

也不知道对方是信了没有，张彦之只是叹着气说：“我也不知道为什么会这样，这根本不是我女儿会做出的事情。”

“但既然已经怀孕了，就必定存在那么一个人。您是要找出这个人对吗？”

“抽烟可以吗？”张彦之拿起茶几上的烟盒。

“请便。”

被如此周到地照顾着，关月青哪能再介意别人抽烟。

张彦之抽出一根烟在烟盒上磕了两下，站起来走到阳台，用金属打火机点燃，背对着关月青抽起来。

关月青看着一个中等身材的背影，觉得还是不要打扰比较好。

连抽几口之后，他转过身说：“只有这么做才是正确的吧。”

“我能理解。”

“警察告诉我这件事的时候我还以为自己听错了，后来警察又重复了一遍，我觉得一定是报告写错了。”张彦之自嘲地笑了笑。

“我知道时也很意外，因为张睿斯给我的印象不是这样的，她在学校很少和男生有接触。”

“的确如此，所以我更想知道是哪个小子干出这种浑蛋事儿。”

平时，若是和朋友聚会，大家总会聊起各自的子女。每次听朋友说起担心女儿被别的小子带坏时，张彦之都有一种优越感。女儿各个方面都让他很放心，真是做家长的幸事。

“您没发现她在恋爱吗？”

“没有。”张彦之沉默了片刻才回答。

茶杯还在冒着热气，关月青扫了几眼客厅内的装饰，电视柜和沙发、茶几好像是成套的，设计简洁、颜色深沉。电视两侧的矮柜也仅仅体现出实用性，连家庭合影、陶艺之类的常见装饰都没有。

张彦之眺望着不远处的人工湖，吸了最后几口，然后在窗台上的烟灰缸里把烟摁灭。以前女儿在家时他总是站在阳台抽烟。

“她妈妈也没发觉吗，一般母亲观察得更细致。”

张彦之重新坐回来。“我们早就离婚了。”

关月青意识到自己说错了话，赶紧致歉。

“上次我们是一起去学校的，你不知道很正常。”

关月青再次环视了一遍房间，这里确实缺少了女主人的痕迹。

“没有再婚吗？”

“没有，从那以后我一直一个人抚养她。”

“一定很辛苦吧。”

“这是身为父亲应该承担的责任，辛苦也没什么好说的。而且张睿斯不希望我给她找后妈，我觉得应该尊重她的想法。其实，这些年过来我觉得也挺好，不一定非得三口之家才美满，我觉得我们父女俩一样可以生活得很好。”

“我明白了。”关月青说。

关月青端起杯子，啜了一口茶水，温度已经正好适合了，她又喝了几口。

“我想看看她的房间可以吗？”

“当然，这边。”张彦之将关月青引到次卧外面推开门，一间二十几平方米的房间便呈现在眼前。关月青走进房间，这里的每一件物品都带有女生的气息。印有卡通图案的被子整齐地铺在床上，书架柜上分门别类地摆放着课内书、小说和漫画。书桌上也有几本常用书，小型台历上还别了一张少女偶像团体的照片。

自从女儿出事后，张彦之再没动过房间内的摆设，这里还保持着房间主人最后离开时的样子。

“她平时就坐在那里写作业。”

关月青在房间内轻轻走着，这里和同龄女生的房间并没有太大的差别。

“她出事那天穿的衣服还在不在？”关月青问。

“不在了。你问衣服干什么？”

“没看见她的校服所以我问问。”关月青嘴角浮现出礼貌的微笑，“那件衣服去哪里了，是烧了吗？”

“我也不知道。我觉得不吉利，又是件普通的校服，就没要，放在警察那边了。”

“现在还在？”

“这就不好说了，不知道他们怎么处理。”

房间内整洁有序，甚至让人不愿再去碰触任何东西。关月青又看了几眼，觉得时间差不多了，应该尽快告辞。

“节哀之类的话我就不说了，相信在查明真相之前您心里也听不进去。既然您决定要追查这件事，我也希望能尽快看到结果。今天谢谢招待了。”说完，关月青微微鞠了一躬。

“还有人想着她，我很欣慰。”

虽然年轻老师的到访曾让张彦之心生疑惑，但现在得到对方的支持，他发现自己并不是孤军奋战，也更加坚定了调查下去的决心。

从家中出来，张彦之坚持送关月青到电梯间，看着她走进电梯才肯离开。而就在电梯门关上后，关月青便立即拿出了手机。

魏立行从公寓楼出来，朝小区门口的方向走去。出去之后向右转沿街走大概三百米就能看到马路对面有一家小型便利店。店面虽然不大，可日常用品齐全，是魏立行经常光顾的地方。

魏立行一边走一边想着需要购买的东西，前方一张熟悉的面孔却打断了他的思路，连脚步都不由得慢了下来。对方也看到了魏立行，两人走近后，在小区门口停住了。

“要出门吗？”

“正要去买东西。”

“耽误你点儿时间，还有事情要问你。”

“可以。在这里吗？”

“嗯。”柴原左顾右盼，指着魏立行身后一处景观长廊，“那里不错。”

回廊那里一个人都没有，的确适合谈话。柴原主动提出坐下谈一定是准备了不少问题。不过见到他本人的那一刻，魏立行就已经有心理准备了。

“有什么我能帮忙的就请问吧。”坐下后，魏立行说。

“还是学生的问题，我觉得有必要再确认一下。你那个班的下课时间是从下午四点五分到十五分之间，那么这十分钟里有没有人离开的时间比较长？”

“你是说我班上的？”

“对。”

“好像没有谁出去时间特别久，预备铃响起时就都回来了。”

“他们下课时都做什么，去卫生间或者在楼道自由活动？”

“差不多是这样。不会离开特别远。”魏立行回答。

上次柴原针对关月青班上的学生进行了排查，但结果是都有不在场证明。那几个最后回到教室的学生也没有看到可疑的人。当然，他们离开实验室也比较晚，不可能是嫌疑人。如果还要沿着之前的思路，就只有魏立行班上的学生有犯罪的可能了。

"卫生间在楼的另一侧，也就是说大部分学生有机会从休息室门前路过。"

"我不觉得谁有机会在下课时进入那里，很容易被看到的。"

"也不是没有机会。"

"可是我下课时去了仪器室那边，往返时并没有发现异样。"

"你看不见房间内发生了什么。"柴原一针见血地指出，"而你在仪器室的时候连走廊都看不到。"

魏立行点点头。"我是看不见，但还有我的学生。他们把显微镜放好就陆续回去了。"

"你在仪器室多长时间？"

"也就几分钟。"

"你离开时那里还有人吗？"

"没有了，我是最后离开的。"

"然后你先去了关月青的实验室，再回到自己那边？"

"那时候我的学生全都在。"魏立行肯定地说。

柴原以为上课前的几分钟是嫌疑人最有可能进入现场的时间，然而有学生和魏立行陆续返回，此后几个关月青的学生因为较晚出来也证明没有人进出休息室。假设不成立，柴原感到很失望。

"为什么始终当作他杀调查？可能我是外行，我真的没看出他杀的可能。"

"因为没有自杀的可能。"

柴原的话听起来有些不耐烦，可能他已经不是第一次回答这个问题了。不过，他已经在实验楼的走廊内走过多次了，只要设想身边会不时有人经过就难以随心所欲地行动，这不是心理素质能克服的问题。

“有没有一种可能，张睿斯和韩立洋其实正在交往。”柴原目不转睛地看着魏立行。

“为什么这么说？”

“想好再回答。”

柴原的问题让魏立行对之前的观点失去了把握。柴原的想法一定是试图为张睿斯的死找一个合理解释。想到这，魏立行便不敢草率作答了。

身边偶尔有人经过，没人在意坐在长廊的两人。魏立行想，幸亏柴原是便衣打扮，不然警察和自己坐在这一定会引人侧目。

“倒是有可能在一起。”

“说说理由。”

“也许在学校保持距离正是为了掩饰恋人关系。单凭他们在学校的表现太片面了。”

柴原知道张睿斯怀孕的事情后，设想过孩子爸爸的身份。如果是韩立洋的话，那么近期两例非正常死亡事件也就都讲得通了。之前，韩立洋的死被定为意外，不仅韩立洋的父母不接受，柴原也不敢苟同。如果他和张睿斯就是恋人关系，倒有可能是张睿斯造成了他的死，张睿斯则是畏罪自杀。麻烦的是，前面调查得到的信息都没有指向这种假设。

“五月十三日那天，韩立洋在学校有什么表现？”

“那天我不在学校。”

“请假了？”

“不。每周一有教研会。”

“开完会不用回来吗？”柴原问。

“可以不回学校。”

“还真是轻松。”

其实，有一个最简捷的办法可以确认他们的关系，那就是隔代亲缘关系鉴定，胚胎的DNA提取物做了保留，能得到韩立洋父母随便谁的DNA就可以进行了。只是柴原料想韩立洋的家人百分之百不会答应。所以，后面仍然要花时间仔细调查。

“没有证据能证明他们在一起。”柴原像是自言自语。

“可是学校里也有人见过他们走在一起。”

“那不能说明什么。”柴原说。

“如果两人刚刚在一起外人就是很难发觉。”

柴原不作声，皱着眉站了起来。即将开始和之前完全相反的思考，他感到脑子很乱，已经不想接收杂乱的信息了。

“就这样吧，有事儿我会再找你。”

“一起走吧，我送你出去。”魏立行去便利店正好顺路。

在到小区门口的这段路上，柴原一言不发，不知道在想着什么。在小区门口，两人道别后朝相反方向各自走去，但没走出几步柴原的手机就响了。

“哪位？”柴原就站在路边接听了，两眼随意地张望着。

“我是关月青。”

“什么事？”柴原并没有想到女老师会给自己挂电话。

“有件事情想请你帮我确认一下，张睿斯死时穿的衣服还在你们那里吗，能帮我找回来吗？”

“为什么？”柴原的目光移到了已经远去的魏立行的背影。

“有件事情需要确认。”

“先等会儿，一会儿我打给你。”

说完，柴原挂断了电话，追着魏立行快步走去。眼看对方就要过马路，柴原在还有几步远的位置大声喊出了魏立行的名字。

“还有件事情得问你。”柴原走到跟前说，“教研会一般开到几点？”

“不一定，看当天的会议内容。”

“五月十三日是几点散会？”

魏立行想了想说：“大概下午五点钟。”

“然后你去哪了？”

“到处走走，吃饭，然后回家。”

“具体是去了哪里，吃饭的地方在——”

魏立行说了市内的一座商场的名字。柴原默默记下，再次道别时他像是重燃斗志般微笑着转身离开了。

尾声

六月十一日，星期二。

从五月开始，广玉兰树便进入花期。时至六月，学校外围的广玉兰悉数盛开。放眼望去，每一株广玉兰上都有大团的白色花朵点缀。相比之下，间种在一旁的五角枫就青绿得有些单调了。

可是盛极必衰，六月一过花期也就结束了，那时候广玉兰花会相继凋零直到只剩下叶子。到了秋天，就是五角枫展示自我的时节了。站在走廊的窗前，关月青望着下面的植物，大脑却停不下思考。

今天早晨她已经和柴原通过话了。得到对方应允后，她去传达室借来了钥匙，又前往实验楼将贴在休息室门上的封条撕了下来。

现在是下午的倒数第二节课，要做的就只有耐心地等待了。

回到办公室的座位，关月青尽量让心情平静下来。前天晚上与肖馨道别后回到家中，她就迫不及待地想要联系柴原，但想到刑侦部门可能已经下班，最终还是打消了念头。到了昨天柴原终于打来了电话，虽然早有预感，可当心里猜测的那件事被证实时，关月青依然不敢相信。

翻开的教材平放在桌子正中，关月青心思却仍然不在课本上。坐在旁边的周蓓正安静地看着文学期刊。最近，她很少主动搭话。这样最好，希望今后也不要凑上来问这问那。

始终难以集中精神看书，外界的一点儿动静都会让自己分心，一股烦躁的心情正在体内横冲直撞。明明已经有所准备，还是不由自主地慌乱起来。以前的自己总是临危不乱，现在镇定自若的力量到哪儿去了呢？

关月青又确认了一遍时间，还有五分钟就要下课了，那么该做点儿什么呢，打发时间也好，或是平复纷乱的心情也好，总之应该找点儿事情做。

想到这儿，关月青更加迷惑。刚才还盼着时间快点儿过去的自己现在竟然因为下课的临近而陷入紧张。

毫无预兆，走廊上方响起了下课铃声。过了一会儿，外面渐渐变得吵闹起来，几个老师先后进了办公室。大概是拖堂了，三四分钟后，魏立行才夹着课本不紧不慢地走了进来。

关月青有条不紊地整理着桌子，铃声再次响起时，办公室里只剩下几个人。魏立行此时一定正在位子上忙着什么。他最后一节没有课，关月青已经事先确认过了。

关月青悄悄站起来，轻轻走到魏立行身边，小声说："出来一下好吗？"

带着疑问和好奇，魏立行跟了出来。在走廊里，关月青的声音很轻。"有件事情想和你说，我们换个地方。"

魏立行不假思索地跟在关月青后面，两人穿过空中回廊一直来到实验楼。

“来这边干什么？”魏立行站在入口处问。

“这里安静。”关月青回过头说，但并没有停下脚步。

两人上到五楼，关月青用钥匙打开了教师休息室的门，她回过头说：“进来吧。”

“这里，你不怕啊。”魏立行走进房间，四下看了看，房间里还保持着之前的样子。

“有什么好怕的，空房间而已。”

魏立行问：“门上的封条呢？”

“已经揭下了。”

“什么时候，警察又来过了？”

“今天上午。”关月青关上门，走到沙发前面，在灰色的扶手椅上坐下。

“找我什么事儿？”

关月青两手插进牛仔裤口袋，注视着站在自己面前的昔日同学。终于到了这一刻，现在反而不知道该如何开口了。

“好热啊，打开电扇吧。”

“不用了，一点儿都不热。”

“还是打开吧，这里挺闷的。”关月青扬起下巴，朝电扇的方向点了一下。然而魏立行并不理会，他走到窗边，拉起百叶窗帘，推开悬窗。“实验楼本身就荫凉，让空气流动起来就好了。”

其实，房间里并不是特别热，打开窗子也感觉不到空气的流动。

“说吧，到底是什么事儿？”

关月青抬头望着魏立行的脸，调整好情绪，问：“你为什么要杀人？”

"我杀人？"

"对。"

"我杀谁了？"魏立行平静地反问。

"张睿斯。"

"怎么可能！她是自杀。"魏立行说，"你找我就是为了说这个？"

"你要否认吗？"

"我不能承认没有的事儿。"

关月青一言不发直视着魏立行，仿佛是无声的逼问。沉默在两人之间蔓延，直到填满整个房间。

"警察认为不是自杀。"

魏立行轻蔑地笑了一声。"这是那个柴原说的？"

关月青坦率地承认了。

"所以你认为凶手是我，还是警察认为凶手是我？"

"不是你吗？"

魏立行无可奈何地叹了口气。"如果你要玩侦探游戏的话就到此为止，我可以当做什么都没发生。我们回去吧。"

"你不打算说吗？回去干什么，咱们俩都没有课。"

"那是自杀，我说过了。"

似乎是失去耐心，魏立行转过身，准备开门走人。

"等等！"关月青几乎是跳了起来，声音也高了八度，"你坚称那是自杀，但是也有他杀的可能，要听听吗？"

魏立行停下开门的动作，转过身警觉地看着她。关月青站在那里双拳紧握，脸上绷紧的肌肉看上去比刚才更严肃了。

"说说看。"

"事发那天下午四点，我提前下课，再次上课是四点十五分。这时候张睿斯没有回来，也就是说她在这十五分钟内的某个时间点进入了休息室。所以，嫌疑人也是在下课时间前往房间，将其杀害后伪装成自杀的样子的。最后，也就是最重要的，嫌疑人用线穿过钥匙环，再折成双股线穿过张睿斯衣服口袋，到了外面锁好门，快速把线倒回来，这时候钥匙就被牵引着从门缝底下穿过，一路送到口袋里了，密室就完成了。”

一口气讲完，关月青目光锐利地盯着魏立行，期待他的反应。

“那线呢？”

“钥匙进入口袋后，换成单股的收回来。”

“真麻烦，这么费时间就不怕被抓到吗？”

“可惜就是没有目击者。”

“你想说凶手太幸运吗？”

“我想说你有时间做这些。”

“我一直在上课，没时间做这些。”

“下课的时候你也出去了，回来的时候还帮我把离心机拿到了实验室。”

“可是像你说的，在下课时间内杀人，还要布置成密室，而且得在门外收线，嫌疑人必须要冒着随时暴露的风险。不要说是我，以那天上课的情况看，没人具备犯罪的条件。也就是说你的推理不成立，这是自杀。”

“不，推理不成立就说明推理本身存在错误，不等于彻底排除了他杀的可能。”

“你知道吗，在那种情况下杀人，只要一有机会离开现场，逃离才是明智的做法，站在门外收线和自杀没有什么区别。”

“这话我同意。”

“那就没问题了，清醒点儿，我们回去吧。”魏立行再一次表现出去意。

“我说了你听我把话说完。”关月青态度坚决。

“你有推翻自杀的证据吗？”

“警察认为现场有不合理的地方，自杀的人一般不会把钥匙放在口袋里。”关月青不打算继续隐瞒调查信息了。

“一般？”魏立行反问。

“是的。”虽然回答得简单，可关月青没有退让的意思。

“那么严谨地说，有的人就是会在自杀前把钥匙放在口袋里。这个细节并没有绝对的说服力。”

“你说得也有一定道理。”

望着眼前严肃的脸庞，魏立行不禁笑了出来。“你是要承认这是自杀了？”

“那不可能。说真的，按照这个思路想下去，无论怎样都是无解的。所以我决定放弃。然后，我发现那天还有另一件事情很奇怪。”

“是什么？”魏立行双手插进裤袋，不解地问。

关月青坐回沙发扶手，说：“那天中午我手机电量不足，你帮我拿到药品存放室充电，这是实验课开始前的事情。后来我们发现了张睿斯的尸体，我立即去取回手机急救，之后也是我报的警。我们接受完调查，我在回家的路上给肖馨挂了一通电话，话没说几句就因为电量不足中断了。鉴于那天下午电路跳闸，你觉得实际充电时间应该是多久？”

“这我怎么知道。”魏立行单手插在腰间，站得笔直。

“估计一下也该有个数儿，应该没多久。”

“也许吧，我不知道。”

“但具体是多长时间呢，我很想知道。你去充电时电路还没有问题对吧，连接的时候手机有反应？”

“嗯。”

“急救和报警的电话都很短，一分钟都不到，和肖馨的也是。三次通话加起来不会消耗多少电量，从接上电源到被我拿走，中间有将近两节课的时间，却连三个电话都支撑不住。你运气真是不好，八成是你刚从存放室出来电路就出问题了。”

“这么说我运气确实是太差了。”魏立行语气轻松地说。

“别人说也就算了，自己怎么能轻易就承认呢。实际上，还有另一种可能——一开始就是断电的状态。”

“你是说我骗你了？”

“有可能。”

魏立行冷眼看着她。“不要以为别人对你有好感就可以随便怀疑，我不需要为这种小事儿骗你。”

“我也希望你没有。为这种小事儿说谎确实不值得，实际上谎言也不是为此而生的。”

“什么意思？”

“虽说下午没有谁拥有充足的作案时间，可是很多人都离开过实验室。比如我们两个就一起去检查了电路。”

魏立行不再说话，房间里好像比刚才更安静了。

“还是把电扇打开吧。”关月青再次要求，“太热了。”

“开着窗户就可以，根本不热。”魏立行强忍住不耐烦。

关月青并不理会，站起来直奔电扇走去，但立即就被一只有力的手拽住了。

“电扇是坏的。”

“什么时候坏的？”关月青转过身，“我记得张睿斯死前一天的实验课上你还建议我把电扇拿到实验室用，怎么坏了呢？”

“就是出事那天，上课前我想拿过去的，结果发现坏了。”

“那……好吧。”

手上感觉不到向前冲的劲头，魏立行松开了她的胳膊。

“还是再试试吧，万一好了呢。”

仿佛就是为了摆脱阻挠一样，关月青大跨步地疾奔过去，等魏立行反应过来时她已经蹲下按动了电扇开关。

三片扇叶越转越快，传出了一阵清晰的风声。

魏立行看着眼前的一幕，整个人都愣住了。

“还能用啊，那就开着好了。”关月青又坐回沙发扶手上。

魏立行站在原地，只是直勾勾地看着电扇，不知该说什么好。

“继续刚才的话题。既然凶手不能在下课时间内完成杀人和布置密室，那就分开做好了。杀完人，用线穿过钥匙环，变成双股线穿过口袋里的布，一直延伸到电扇那里，固定在电机轴上。做好这些，只要趁没人时来到门外，用钥匙锁好门，再从门缝底下扔到房间内，剩下的只要等我发现停电，再借查看电路的时候拨回电闸就可以了，转动的电机轴会自动完成密室。”

在看到断发随着水流消失于下水口时，关月青便恍然大悟。

“你是说靠电机转动？”

“是的，电机卷起线的过程钥匙就会被线牵引到口袋里。这样就不需要人守在现场外面了。”

魏立行忍不住笑了起来。他走在窗台边上，看着被夕阳照射的一片小楼，说：“令人惊叹的想象力，可惜这个推理还是存在漏洞。电扇可以把钥匙拉进口袋，可把线一点儿一点儿收回来却要换成单股的。

这种工作人能完成，机器是绝对办不到的。”

“说到点儿上了。那么，如果再加个小装置就行得通了。你应该最清楚不过了。”

“我不知道你在说什么。”

“怎么会不知道，这分明是只有你才会使用的道具。”

关月青从口袋里抽出右手，伸到前面，摊开手掌。手心正中是一个硬币大小的细纸绳。

“线是不能直接穿过钥匙环的，否则张睿斯身体的重量会把电扇拉到沙发那边，然而只要加个纸环这个问题就迎刃而解了。钥匙到了口袋里，电机轴继续转动，等到再也拉不动的时候，纸环一定会被割断，双股线直接被卷在电机上。而口袋里有碎纸屑就再正常不过了，很难引起别人注意。”

昨天上午，柴原前往刑侦办公室查看张睿斯的衣物，然而由于是无人认领物品，已经被同事以废弃物品处理了。虽然关月青在电话中始终不愿说明情况，可是柴原凭借直觉还是认为应该作为重要物证进行调查。问清废弃物品的去处后，柴原就立即前往存放处，只要还没被焚烧处理，多花些时间就能找回来。最终，柴原在几箱子等待处理的衣物中找到了张睿斯的校服。如关月青所说，柴原在口袋里发现了碎纸屑。

“就算这个方法可行好了，可为什么我就是凶手？也有可能是凶手利用我们去合上了电闸，甚至也有可能是你利用了我。”

“不会是我。在发现电闸断开之前我一直在实验室，下课都没离开过。这一点我的学生可以为我做证。”

“不排除有共犯。”

关月青赞许似的点点头。“这场谋杀做得非常完美，你考虑到了每一个细节，比如那些蜜蜂就是为了分散别人注意，掩盖电机转动的蜂鸣声的。我一开始真的被骗过去了，虽然还是感觉有些不对劲儿，但是也没多想。后来我才明白问题出在哪里，因为蜜蜂不停地飞，振翅声听上去也会忽近忽远，然而有一个固定的声源始终能稳定地发出声音。后来是你把蜜蜂赶出去的，趁我去拿手机时？”

“这个我们以前就说过，是我赶出去的。但是我不知道为什么房间里会有蜜蜂。”

“电扇也是趁我出去时关掉的吧？”

“我和你说不通。”

“你何苦呢，刚才你几次阻止我开电扇的做法就足以证明你是凶手。”

“我说过了，电扇是坏的。”

“那你为什么一开始不告诉我？”关月青继续说，“因为电扇并没有坏，可也不是一点儿问题都没有。你提前动了手脚，把扇叶和电机轴分开，这就能解释为什么那天我们进入休息室时，电扇看起来是静止的了。你就是害怕被我发现才阻止我的，可是你负隅顽抗的样子并不好看。”

“这些只是你的想象。”

“电扇上一定有你的指纹。”

房间内陷入了漫长的沉默，落地扇送出的凉风在两人小腿上来回扫过，墙壁上金黄色的阳光正是耀眼的时候。

“你说过的，人不能编织命运，你用谎言编织的假象已经让你进退维谷了。”

过了好久，魏立行才开口。“你把电扇修好了？”

“和别的楼层的调换了一下。这么重要的物证我不会随便碰的。”

早上，关月青一个人来到休息室，仔细检查了电扇的结构，扇叶部分看似是通过一根轴承与电机连接，实际上那只是一根带孔的空心管。真正的电机轴被藏在了里面，一旦通电，细线就会通过预留的孔收回到里面。因为孔是朝下的，外表看来毫无异样。

"哪间？"

"鉴于你敢做不敢当的表现，我不想说。"

魏立行只是嗤笑了一声。"你准备告诉警察吗？"

"恐怕警察已经怀疑你了。柴原问过我教研会的事情，还问我韩立洋死那天你去了哪里。"

"你怎么说的？"

"我说我不知道。这是实话。"

魏立行发出一声沉重的叹息，窗外的景色已经不能再吸引他。他走到房间中央，如释重负地坐在了茶几侧面的单人沙发上。那天下午，当他看到关月青想要给手机充电时就有不好的预感，然而魏立行并不准备改变计划。只要绝对避免关月青接近电源，整个计划就不会被识破。

要说有什么没把握的地方，也就是在关月青取手机报警的时候了，那时魏立行心里的确是捏了一把汗。好在混乱之中关月青并没有在意电量，这更加增强了魏立行的信心。

"你那种纸环是不行的，那是打结做出来的纸环，割断后要是绳结还在会惹人注意的。"魏立行平静地说道，"在韧性强的纸上穿个洞，直接捻成纸环，折起来绕过钥匙环再穿过线。这样可以割成两段，看起来会很自然。当然，做之前还要反复试验几次。"

"这算是承认了吗？"

"我原以为放在张睿斯手里的花瓣会露出破绽，没想到你直接就识破了。"

虽然最重要的机关留在现场无法收回，但魏立行并不认为警察会发现其中的奥妙。相反，在之后的几天里，让他惴惴不安的是放在张睿斯手心的花瓣。在他看来那才是现场多余又显眼的东西。

魏立行身体歪向一边，始终回避着关月青的视线。

"为什么杀人，尸检结果说张睿斯怀孕了，孩子是你的吗？"

"嗯。"

"竟然真的是你！"

"看来你早就猜到了。"

"把孩子打掉不行吗？"

"本来已经商量好等到暑假就去医院，可是进入五月后，张睿斯开始变得异常敏感，情绪也很不稳定，希望我时刻陪着她，对我日常接触的异性都抱有敌意。你也看见她是怎么对你的了。一开始我安慰她，她还能听进去。终于有一天她对我说要把孩子生下来，这样我就永远不会离开她了。"

"所以你就——"

"我不能答应这种要求，而且一旦放假我连见她都很难，那样一切都会失控。"

"天哪……"关月青似乎全明白了。

"她下课去休息室干什么？你怎么下的毒？"

"提前在茶几上留了她爱吃的一种夹心巧克力，告诉她下课后在那里等我就行了。以她的习惯，一定会先吃掉糖的。毒药就在里面。"

"氰化物呢，你怎么弄到的？"

"只要花点儿钱还是能买到的。"

听魏立行平静地叙述杀人过程，关月青感到不寒而栗。

“门是你打开的？”

“是。”

“但是我想不明白，后来你是怎么进去的，下课时间不怕被发现吗？”

“拿到离心机后，我是先去了休息室，再去的你那里。”

“你怎么能这么做，你想过后果吗？如果这时候你被看到就完了。”

“隔着玻璃能看到右翼走廊的情况，我人在左翼，当然也把学生的行动都看在眼里。”魏立行说，“我往回走时，只有你班上的学生在外面活动，很好掌握时间的。”

关月青不禁转头向窗外望去，在她的位置也能看到左翼的走廊，她不得不佩服这种大胆的行动。

“韩立洋知道了你们的事？”

“这是你调查出来的？”

“既然警察问了韩立洋死那天你的行动，除了这种情况我想不出别的原因了。”

“是他自找的。他居然威胁我给他申请高考加分的资格。异想天开，他根本不够条件。”

“他是怎么知道的？”

“他跟踪过张睿斯，看见我们一起进了医院。”

“过分。”关月青低声咕哝。

那是在五月的第一个周六，虽然已经用过试纸，可为了期望中的“万一”，魏立行还是带着张睿斯去医院确认。

“是你把他推下去的吗？”

魏立行沉默地点点头。

那天，魏立行以谈判的名义约韩立洋放学后在天台见面，对方毫不犹豫地就答应了。

“然后你一直藏在学校里？”

“天黑以后就从看台后面翻墙出去了。”

上班第一天，当自己坐在实验室窗边的时候，上面的天台正酝酿着一场谋杀。想到这，关月青内心的恐惧感更加强烈了。

“你们是从什么时候开始的？”

“今年春天。”

“你怎么能做出这种事，她还是未成年人。”

“现在的高中生心智已经很成熟了。”

“那是他们自以为是的早熟，没有丰富的人生阅历，十多年来过着单纯的校园生活，怎么可能跟成年人相提并论。”

“是她主动的。”

“你的意思是因为女方主动，你就可以理直气壮地做出这种事情是吗？你不会拒绝吗？就算你说的是真的，身为老师的你不是应该在这个时候让她悬崖勒马吗！”

“我找不到拒绝的理由。我们拿着那么点儿薪水，却还要辛辛苦苦教育学生，付出和所得根本不平衡。难道让他们给老师一点儿回报就不对吗？这可比什么好成绩要实际多了。”

“别说了！”

大概是身为女性的缘故，关月青心中的愤怒已经到了无法遏制的地步。

“你后悔吗，为你的所作所为？”

魏立行摇了摇低垂的脑袋，说：“我问过自己，为什么事情会发展到无可挽回的地步，可是我也不知道是怎么回事儿。我从不想伤害谁，是他们做了与学生身份不符的事情，那么为此付出代价也是理所当然的。”

“你也做了与教师身份不符的事情。”关月青提醒道。

“可是我从没想让事情发展到这地步。”

“别胡说了，让悲剧发生的正是你。”

“是他们让这件事开始朝坏的方向发展，如果我什么都不做，后果不堪设想。”

“你怎么变成这样。”虽然谈不上十分了解，可眼前这个人大学时并非如此。

“别这么说。你看看身边的人，大家都这样。”

“别找借口了。你真是无可救药了。”

“是你理解不了。”魏立行望向窗外。

“我也不想理解，这件事我们没法沟通，继续谈下去也是浪费时间，你还是准备和警察解释吧。你现在说的，我一句都不信。”

太阳已经燃烧完一天中最后的热量，不再像刚才那么灼目，房间里开始走向暗淡了。

“没有余地了吗？”

“柴原一开始要直接来见你的，我让他等到放学后，这样不会被学生看见。”关月青看看手表，“他应该已经在下面等了。”

“你装作什么都不知道，我去把电扇装好。”

“不行。”关月青说，“你杀了两个人。”

“不能像以前一样好好上课吗？马上就要高三了，一起把升学率提高上去吧，我们的事业可以发展得更好。”

“不可能。你真的没有退路了，柴原已经都知道了。”

“算了，我只是随口一说罢了。”魏立行双手撑在沙发扶手上站起来，“我下去见他。”

“我和你一起下去。”

“我不会跑的。”

“不是因为这个。等等。”关月青叫住对方，“我还有最后一件事要问你。”

“什么？”

“你说你毕业时的实验失败了，具体是什么实验内容。”

“为什么想起来问这个？”魏立行收回开门的手，转过头不解地望着她。

“只是很想知道。”

“我和你说过是基因工程方面的。”

“具体呢？”

虽然已经委托肖馨向当年推荐魏立行到研究院的老师询问过，但因为并没有直接参与项目，那位老师也知之甚少。现在，关月青决定亲自求证了。

魏立行苦笑。“别问了，这件事你不必知道。我走了。”

“不行，我想知道真相。也许过去这么多年我再提起不好，但我不想被一直骗下去。如果真的是冼驹的行为导致了实验失败，我也愿意代他道歉。”

鼓足勇气说完的这番话似乎真的起到了作用，魏立行缓缓转过身。

“你替他道歉？为什么你要替他，这种事情不能由别人代劳。”

“但他是为了我才这么做的。”

“那现在说什么也于事无补。”

“你说得对。”愧疚让关月青无法反驳。

“你是怎么知道的？”魏立行问。

“因为，那些蜜蜂发出的声音和那时是一样的。”

“这都能被你发现，不简单。”

“我并不愿意相信。”

“你不相信也改变不了什么。”

“所以真的是他……”

即使已经有了充足的心理准备，这一刻关月青还是被一股落差感慢慢包围。

“既然你已经猜到了，也就没什么好隐瞒的了。我做的是荧光蛋白在昆虫体内表达的基因工程实验，但只是众多实验组中的一组，而且一开始我没有抱太大的希望。相比其他实验组，基因表达得太晚了，直到我们出发的前两天晚上才有几只蜜蜂发出了绿色荧光。为了继续观察，我只好把它们放在实验箱里带着一起走了。”

“但是却不见了。”

“他直接把箱子拿走了。”

六年前的那天晚上，全宿舍的人一起外出，回来后魏立行才发现箱子和蜜蜂不见了。虽然四处找过，可根本没有人见到，天也已经很晚了，魏立行最终放弃了找回来的希望。

“真是对不起。”

“不用你道歉，你又没做什么。你不也被骗了吗？”

“不，我当年就该有所察觉。萤火虫的发光器在尾部，幼虫的也只在身体两侧，何况幼虫还不会飞，成虫也不能飞到那么高的地方，这是我疏忽大意的结果。”

所谓密室内的异样感，并非只是房间内持续的蜂鸣声，蜜蜂四处飞舞时发出的声音也让关月青觉得以前仿佛在哪里听到过。尽管似曾相识，但仅仅是对声音的模糊记忆仍很难让人发现其中的联系，直到关月青看到肖馨带回的照片。

“那场面很好看吗？我都没见过。”

“很不一般，是自然与科技结合的景象。”

“那也不坏啊。”

“可是，真的对不起。”关月青再次道歉。

“算了吧，我都不去想了。”

“但是我不能。那是可以直接发光的新基因，不用紫外线照射，和已知的绿色荧光蛋白完全不同，也许是全新的发现。”

“不要轻易下结论，也有可能是蜜蜂体内还存在某种共同作用的物质才导致发光的。科学是严谨的，没有进行更深一步研究证实，仅凭表面现象就下结论太武断了。”

“可是已经没有机会了。”

“我说了已经无所谓了。”

之前听关月青描述看萤火虫的经过，魏立行就猜得八九不离十了，但得知真相后的愤懑仅仅持续了片刻。

“为什么？”

“不在乎了吧，读研的那些同学现在不也和我们差不多吗。每天朝九晚五，忙忙碌碌。在科研上取得进步并不意味着科学家的生活质量能提高，有些人到退休也只是个助教。”

关月青沉默不语。

“我下去了。”

“一起走吧。”

“那好。”

走在安静的实验楼中，谁都明白这段路的尽头意味着什么，尽管相对无言，可谁也没有刻意打破沉默。直到接近一楼大厅，魏立行提起了工作上的事。

“接下来可能会辛苦一段时间，我带的那些学生就拜托你了。”

“我一定会教好他们的。”

“你越来越像个老师了。”

“真的吗，我自己都没发觉。”

“是真的。”

“嗯，谢谢。”

图书在版编目（CIP）数据
夏日萤火 / 谢筠琛著．-- 北京：新星出版社，2017.11
ISBN 978-7-5133-2866-1
Ⅰ．①夏… Ⅱ．①谢… Ⅲ．①侦探小说-中国-当代 Ⅳ．① I247.5
中国版本图书馆 CIP 数据核字（2017）第 243838 号

午夜文库
谢刚 主持

夏日萤火
谢筠琛 著

责任编辑：王 怡
特约编辑：王 萌
责任印制：李珊珊
装帧设计：冷暖儿

出版发行：新星出版社
出 版 人：马汝军
社　　址：北京市西城区车公庄大街丙3号楼　100044
网　　址：www.newstarpress.com
电　　话：010-88310888
传　　真：010-65270449
法律顾问：北京市大成律师事务所

读者服务：010-88310811　service@newstarpress.com
邮购地址：北京市西城区车公庄大街丙3号楼　100044

印　　刷：北京玥实印刷有限公司
开　　本：910mm × 1230mm　1/32
印　　张：11.125
字　　数：165千字
版　　次：2017年11月第一版　2017年11月第一次印刷
书　　号：ISBN 978-7-5133-2866-1
定　　价：38.00元